Die Wächter von Aquaterra

Bernd Perplies und **Christian Humberg** schreiben Bücher für große und kleine Leser – mal solo und seit 2008 auch immer wieder im Duo. Wenn sie mal nicht neue Geschichten erfinden, sieht man die beiden Autoren oft in Schulen und Büchereien, auf Conventions und Buchmessen, wo sie Lesungen abhalten und aus dem beruflichen Nähkästchen plaudern.
Wer mehr über Bernd und Christian wissen möchte, erfährt es unter:
www.bernd-perplies.de und **www.christian-humberg.de.**

Ebenfalls bei Thienemann erschienen:

Die unheimlichen Fälle des Lucius Adler
Bd. 1: Der Goldene Machtkristall

Die unheimlichen Fälle des Lucius Adler
Bd. 2: Jagd auf den Unsichtbaren

Die unheimlichen Fälle des Lucius Adler
Bd. 3: Angriff der Automatenmenschen

Mehr über unsere Bücher, Autoren und Illustratoren auf:
www.thienemann.de

Bernd Perplies & Christian Humberg

DIE WÄCHTER VON AQUATERRA

Thienemann

Für alle jungen Träumer.
Ihr habt die Macht, diese Welt
zu verbessern.

Prolog

Ein kleiner blauer Planet

Die Welt war blau mit weißen Sprenkeln und hatte die Größe einer Münze. Zumindest war das auf dem Bildschirm so, den Tresk anschaute. Der Monitor befand sich in der savannenbraun gestrichenen Wand der prunkvollsten Kabine an Bord des Raumschiffs *Hachmarr*, mit dem Tresk und sein Vater unterwegs waren.

Für den Kapitän und die Mannschaft war sein Vater der Botschafter von Katharrlon, der Gesandte der Heimatwelt der katzenartigen Karadeem, des bedeutendsten Volks in der ganzen Galaxis – zumindest sagte man so auf Katharrlon. Für Tresk war er schlicht Manurr, ein kluger und mutiger Mann, wenn er auch als Botschafter eher mit Worten als mit Waffen kämpfte.

Das war jetzt nicht direkt schlecht, aber den Beruf seiner Mutter fand Tresk spannender. Caita war der Kapitän eines Raumschiffs, das mindestens doppelt so groß wie die *Hachmarr* war und außerdem viel mehr Waffen und Unmengen Krieger an Bord hatte, was Tresk ziemlich beeindruckte. Der Nachteil, eine Mutter zu haben, die im Militär diente, lag jedoch darin, dass sie manchmal monatelang unterwegs war, etwa wenn ein Konflikt mit einem der kosmischen Nachbarn der Karadeem anstand. Und rund um Katharrlon gab es eine Menge streitsüchtige Völker.

Im Augenblick kämpften die Karadeem gerade mit den käferähnlichen Schreksianern um – wenn Tresk das richtig verstanden hatte – ein paar langweilige Planeten im All, auf denen man nicht einmal leben konnte, die aber reich an Bodenschätzen waren: Kutanium, Tritolium, solches Zeug eben, das man zum Bau von Raumschiffen brauchte. Tresk hielt es für ziemlich dumm, dass die Schreksianer und sein eigenes Volk viele Raumschiffe losschickten, die in Schlachten zerstört wurden, nur um ein paar Planeten zu erobern, mit deren Rohstoffen man dann neue Raumschiffe bauen konnte. Es war doch gewiss viel sinnvoller und billiger, diese Bodenschätze einfach untereinander aufzuteilen und im Gegenzug kein einziges Raumschiff zu verlieren. Aber als er seinem Vater diese Lösung des Problems präsentierte, hatte Manurr bloß gelacht und ihn mit seinen Krallen hinter den Ohren gekrault. »Du hast bestimmt recht, mein Sohn«, hatte er gesagt, »aber so funktioniert Politik nicht.« Wie genau Politik stattdessen funktionierte, hatte er Tresk allerdings auch nicht erklären können.

Jedenfalls waren Tresks Mutter und ihr Kampfkreuzer, die *Iridoom*, ebenfalls in diesen Konflikt verwickelt. Deshalb hatte sich Caita schon vor zwei Monaten von Tresk und Manurr verabschieden müssen. Seitdem lebten Tresk und sein Vater alleine – mal abgesehen von den etwa zwei Dutzend Bediensteten, darunter Berater, Sicherheitsleute, ein Koch und sogar ein persönlicher Fellpfleger, die zum Gefolge des Botschafters gehörten.

Und dann hatte sich diese »einmalige Gelegenheit« ergeben, wie Manurr es ausdrückte. Man hatte seinem Vater, bis dahin ein Diplomat zweiter Klasse in der Hauptstadt von Katharrlon, einen Posten als Botschafter in Aussicht gestellt. Eine neue Welt, ein interessantes, von der galaktischen Politik noch kaum berührtes Volk, das geradezu danach lechzte, von der Größe der Karadeem zu erfahren. Der Vorgänger von Tresks Vater hatte sein Amt aus gesundheitlichen Gründen niederlegen müssen, und daher war kurzfristig diese Chance entstanden.

»Ich werde zum Diplomat erster Klasse befördert und darf ganz Katharrlon vertreten«, hatte sein Vater Tresk mit leuchtenden Augen erzählt. »Das ist eine große Ehre.«

»Was ist der Haken?«, hatte Tresk wissen wollen.

Der Haken war, dass der Posten mindestens für zwei Jahre besetzt werden musste, damit sich die Leute auf dieser Welt nicht ständig an einen neuen Botschafter gewöhnen mussten. Sie würden also ziemlich lange von zu Hause fort sein.

»Was ist mit Caita?«, hatte Tresk gefragt. Als Karadeem sprach er seine Eltern immer mit Namen an.

»Ich habe schon mit ihr gesprochen«, antwortete Manurr. »Sie ist mit der Versetzung einverstanden und wird nachkommen, sobald sie die Schreksianer besiegt hat. Das dauert höchstens noch ein paar Wochen, sagt sie.«

Und so waren sie kurz darauf mit der *Hachmarr*, einem schnellen und sehr schicken Raumschiff der Regierung von Katharrlon, losgeflogen. Ihr Ziel: dieser kleine blaue Planet auf dem Bildschirm.

»Und?«, fragte Manurr Tresk, als er hinter ihn trat und ihm die mit kastanienbraunem Fell bedeckten Pranken auf die Schultern legte. »Was denkst du?«

»Weiß noch nicht«, murrte Tresk und sah zu seinem Vater auf. Er war nach wie vor etwas böse auf Manurr wegen der ganzen Geschichte. Immerhin hatte er sein Haus, seine Freunde und seinen Kletterwald für diesen Umzug zurücklassen müssen. Dabei war es ihm eigentlich ziemlich egal, ob diese Fremden dort unten von der Größe der Karadeem erfuhren oder nicht.

»Es wird dir gefallen, du wirst schon sehen«, sagte Manurr und lächelte leicht, was seine spitzen Eckzähne entblößte. »Aquaterra ist ein großartiger Ort.«

»Hm«, brummte Tresk.

Manurrs Sekretär Tahatza hatte Tresk vor dem Abflug ein Infopaket zusammengestellt, das Hologramme, Musik und Texte enthielt. Es sollte ihm ihre neue Heimat näherbringen. Sein Vater hatte das angeordnet. Bislang hatte Tresk allerdings aus Trotz keinen Blick darauf geworfen. Deshalb wusste er nur, dass Aquaterra eine Stadt war, die auf einer künstlichen Insel mitten in einem riesigen Meer lag. Er hatte nicht nachgefragt, aber Tresk nahm an, dass der nächste Kletterwald mindestens tausend Mega-Sprünge entfernt lag. Deshalb konnte Aquaterra überhaupt nicht großartig sein, sondern bestenfalls mäßig erträglich bis annehmbar. Und selbst dafür würde sich diese Stadt ganz schön anstrengen müssen!

Manurr seufzte. »Komm, ich glaube, du brauchst eine andere Perspektive auf unsere neue Heimat.« Er wandte sich der Tür zu.

Pflichtschuldig tapste Tresk seinem Vater nach. »Wohin gehen wir?«

Die Barthaare des Botschafters zuckten. »Zum Beobachtungsdeck.«

Das sogenannte Beobachtungsdeck lag ganz am Bug der *Hachmarr* und besaß eine riesige, gewölbte Kuppel aus praktisch unzerstörbarem Titankristall. Wenn man dort vorne stand, so wie Tresk und Manurr in diesem Moment, und nach draußen schaute, konnte man beinahe vergessen, dass man sich an Bord eines Raumschiffs befand.

Der Ausblick war atemberaubend. Riesengroß hing die Planetenkugel vor ihnen in der Schwärze des Alls. Tresk sah blaue Ozeane und braune Kontinente, die von weißen Wolkenfetzen teilweise verhüllt waren. Ganz am rechten Rand aber wurde die Welt von der Finsternis der Nacht verschluckt, und winzige Lichtinseln sprenkelten die Dunkelheit, jede einzelne in Wahrheit eine große Stadt voller Lebewesen.

Hoch über dem Planeten hingen mehrere metallisch glänzende Gebilde im Weltraum, eines fremdartiger als das andere. Eins von ihnen sah aus wie eine chaotische Ansammlung aus weißen Zylindern, die von ausladenden Feldern aus Solarpaneelen umgeben war. Ein weiteres erinnerte Tresk an ein riesiges, blau gefärbtes Blatt, in dessen Stängel ein Antrieb glühte und dessen Adern Fenster zu sein schienen. Wieder ein anderes Raumfahrzeug war kaum mehr als ein eckiger Kasten aus rostbraunem Metall, an den einige weitere Kästen angeschweißt worden waren. Immerhin beeindruckte er mit sechs riesigen Triebwerken und einer bulligen Bugsektion, die aussah, als könne man damit kleine Monde rammen, ohne Schaden zu nehmen. Und es gab noch viele, viele weitere Schiffe.

»Wir sind nicht die Ersten hier«, stellte Tresk fest.

»Nein«, bestätigte sein Vater und lachte leise. »Diese blaue Welt wurde erst vor Kurzem als neues Mitglied in der kosmischen Gemeinschaft begrüßt, sie hat aber schon viele andere Völker der Galaxis neugierig auf sich gemacht. Wer sind unsere Nachbarn? Kann man mit ihnen Handel treiben? Wie gut kann man sie übers Ohr hauen?«

»Wir wollen sie austricksen?«, fragte Tresk ungläubig.

Manurr schüttelte den fellbedeckten Kopf. »Ich nicht. Aber es gibt durchaus Leute auf Katharrlon, die der Meinung sind, wir sollten den Bewohnern des Planeten doch billigen Elektronik-Krempel als wertvolle Hightech-Errungenschaften verkaufen – zumindest solange hier noch niemand eine Ahnung davon hat, was wirklich Hightech und was bloß Schrott ist. Und du hättest die leuchtenden Augen der Bimmi sehen sollen, als sie erfuhren, dass es tatsächlich Personen da unten gibt, die sich Hunderte von Lichtjahren entfernte Sterne als romantisches Geschenk für ihre Lieben andrehen lassen. Dabei wird dieses Volk sie nie erreichen. Der stolze Eigentümer des Sterns könnte seinen Besitz also niemals aus der Nähe sehen, geschweige denn Anspruch darauf erheben.«

»Die müssen ja alle ziemlich blöd sein.« Tresk grinste schief. »Wer glaubt denn, er könne einen Stern besitzen? Dass das nicht geht, wissen doch sogar die Grobb.« Den Grobb gehörte der hässliche, rostbraune Kasten von einem Raumschiff – und sie ähnelten ihm in mehrerer Hinsicht. Sie waren keineswegs hübsch anzusehen, und Intelligenz galt bei ihnen als überbewertet, aber sie hatten Kraft und konnten mit ihren Dickschädeln buchstäblich Wände einreißen.

»Ja, diese Leute da unten müssen noch viel lernen«, pflichtete Manurr ihm bei. »Aber darum sind wir ja hier: Um ihnen zu zeigen, wie der Glibglob läuft in der Galaxis. Und um vielleicht sogar das ein oder andere von ihnen zu lernen.«

»Was könnte mir jemand beibringen, der stolz darauf ist, von einem Betrüger einen Stern gekauft zu haben?«

Manurr sah Tresk vielsagend an. »Das werden wir bald sehen,

nicht wahr? Es gibt immer irgendetwas, das du von einem fremden Volk lernen kannst, egal wie minderbemittelt es dir im ersten Moment erscheinen mag.«

Tresks Schnurrhaare zuckten, und er verschränkte die Arme vor der Brust. »Na, ich frage mich jedenfalls immer noch, ob dieser Planet es wert war, Katharrlon zu verlassen.«

Hinter ihnen räusperte sich jemand.

Als Tresk sich umdrehte, sah er den Ersten Offizier der *Hachmarr*, einen Karadeem mit sandfarbenem Fell, dessen Namen er schon am ersten Reisetag wieder vergessen hatte. »Verzeiht, Botschafter, aber Ihre Fähre ist jetzt startbereit. Ihr Gepäck ist vollständig verladen, und wir haben auch das … äh … Gastgeschenk sicher im Frachtbereich untergebracht.«

Bei diesem »Gastgeschenk« handelte es sich um eine lebendige Mioww-Seekuh, einen dicken Brummer mit kupferfarbenem Pelz. Tresk hatte keine Ahnung, warum sein Vater seinen neuen Kollegen ausgerechnet eine Mioww-Seekuh schenken wollte. Sie war zu träge und zu gutmütig, um als Wachtier eingesetzt zu werden, man konnte sie nicht reiten, und ihr Fleisch schmeckte wie zu lange getragene Schuhe – nicht dass Tresk je welche gekostet hätte. Aber irgendwas musste sich Manurr dabei gedacht haben. Wenn Tresk eins über seinen Vater wusste, dann, dass er über alles, was er tat, vorher gut nachdachte. Was bei den Karadeem nicht unbedingt als Tugend galt.

Manurr nickte dem Offizier dankend zu. »Dann wollen wir uns auf den Weg machen. Kommst du, Tresk?«

Brummend folgte der junge Karadeem seinem Vater.

Sie begaben sich zum Heck der *Hachmarr*, wo sich der Hangar für die zwei Raumfähren des Schiffs – die *Kralle 1* und die

Kralle 2 – befand. Mit einem der eleganten, schnellen Transporter würden Manurr und sein Gefolge zum Planeten hinunterfliegen. Danach stand ihnen das kleine Schiff zum privaten Gebrauch zur Verfügung. Die *Hachmarr* selbst würde ebenfalls landen, allerdings auf einem großen Raumbahnhof, der sich, wie es hieß, einige Tausend Mega-Sprünge von ihrer neuen Heimat entfernt befand. Dort konnten alle Schiffe galaktischer Besucher sicher parken, wie ihnen der Kapitän erklärt hatte. Über Funk würden sie natürlich in Verbindung bleiben, und im Notfall konnte sie das größere Schiff auch binnen weniger Minuten erreichen.

Tresk und sein Vater waren die Letzten, die an Bord der *Kralle 1* gingen. Die Berater, die Sicherheitsleute und auch der etwas eitle Fellpfleger Phussias – Tresk nannte ihn nur Phussi – saßen alle schon auf ihren Plätzen. Im Heck war das gemütliche Schnaufen und Heulen der Seekuh zu vernehmen, aber Tresk konnte keinen Blick auf sie werfen. Allerdings würde er sie noch früh genug wiedersehen, nämlich bei der feierlichen Übergabe an ihre neuen Besitzer.

»Kommen Sie mit Ihrem Sohn ins Cockpit, Herr Botschafter«, rief der Pilot von vorne. »Sie wollen den Anflug auf Aquaterra sicher nicht verpassen.«

»Au ja! Ins Cockpit!«, rief Tresk und flitzte los.

»Das Angebot nehmen wir gerne an«, sagte sein Vater, als er kurz nach ihm in den Cockpitbereich kam.

Der Pilot, ein eher kleiner Karadeem mit schwarzem Fell, lachte. »Dann setzen Sie sich, und genießen Sie die Aussicht.«

Tresk kletterte auf den freien Kopilotensitz und ließ den Blick über die Armaturen gleiten. Überall gab es Schalter und Knöpfe, außerdem leuchtete die breite Konsole wie ein Lichtnetz zu Hause auf Katharrlon zum Lichterfest. Er war niemand, der sich von Technik übermäßig beeindrucken ließ, aber Tresk mochte schnelle Gleiter und Raumjäger.

Mit einem leisen Rumpeln löste sich die Fähre von ihren Andockklammern, dann fiel sie der riesigen, blauen Kugel unter ihnen entgegen. Vielleicht hing die Kugel auch über ihnen, und die Raumfähre stieg kopfüber auf. Im Weltraum, wo es kein Oben und kein Unten gab, ließ sich das nicht so genau sagen.

Der Pilot senkte die spitze Nase der *Kralle 1*, und sie tauchten in die obere Atmosphäre ein. Ein Beben ging durch den Rumpf der Raumfähre, und vor dem Cockpitfenster fing die verdrängte Luft an zu glühen. »Ich aktiviere die Schutzschilde«, verkündete der Mann. Einen Knopfdruck später war die Fähre von einem rötlich schimmernden Energiefeld umgeben, wie ein Ei von seiner schützenden Schale.

Das Glühen draußen wurde stärker, aber das Beben ließ nach und wurde zu einem leichten Zittern, denn der Schutzschild bewahrte sie nicht nur vor der Hitze, sondern auch vor den Turbulenzen. Das Schwarz des Weltraums blieb hinter ihnen zurück, und sie sanken tiefer und tiefer in den blauen Himmel, der diesen Planeten umgab.

Der Pilot drosselte ihre Geschwindigkeit, und die Sicht vor ihnen wurde klarer. Tresk sah eine riesige braungelbe Landschaft unter ihnen dahinziehen. Die Luft war beinahe glasklar. Keine Wolke war zu sehen, zumindest über diesem Landstrich nicht. »Geschätzte Zeit bis zur Ankunft …« Der Pilot stockte. »Oh, der Bordcomputer hat sich schon die planetare Zeitrechnung aus dem Datennetz geladen. Wir brauchen also noch zehn sogenannte Minuten.«

»Wie viel sind zehn Minuten?«, fragte Tresk.

»Etwa fünf Lauern«, antwortete sein Vater.

»Das muss ich mir nicht merken, oder, Manurr?«

»Ich fürchte doch, mein Sohn. Wenn du unseren neuen Freunden von Ruhen, Lauern und Schlagen erzählst, werden sie dich nicht verstehen.«

»Hmpf.« Tresk machte ein mürrisches Gesicht.

Das Zeitmaß der Karadeem war schon uralt und beruhte auf der durchschnittlichen Dauer, die ihre wilden Vorfahren gebraucht hatten, um zu ruhen, auf Beute zu lauern und diese anzugreifen. Hundert Schlagen waren ein Lauern, und hundert Lauern waren ein Ruhen. Tresk fand dieses System ausgesprochen leicht zu verstehen. »Minute« dagegen war ein seltsames Wort, das irgendwie gar nichts zu bedeuten schien.

Unterdessen waren sie der Planetenoberfläche noch näher gekommen, und Tresk wurde von Einzelheiten auf der Oberfläche abgelenkt. Er sah Industrieanlagen und Grabgeräte, die irgendetwas im Boden suchten. Wenig später überflogen sie ein riesenhaftes Feld aus streng geordneten Solarzellen, zu denen weiße Kontrollgebäude gehörten. Wieder etwas später passierten sie eine Art Zeltstadt aus weißen und roten Behausungen, die in der Nähe eines Sees mit grünem Wasser aufgeschlagen war. Es waren kleine, farbige Kleckse in einem Meer aus Gelb und Weiß.

Dann schossen sie über einen gewaltigen Einschnitt in der Landschaft hinweg, der wie eine Narbe in der Haut dieser Welt wirkte. Schwarze Erde und weißes Gestein trafen dort aufeinander. Der Einschnitt wurde breiter und ging in eine Tiefebene über, eine weitere Leere voller Sand. Es lag eine wilde Schönheit darin, aber alles in allem war das Ganze recht langweilig.

»Ist es überall auf dieser Welt so?«, wollte er wissen.

»Nein, nein«, entgegnete der Pilot. »Es gibt auch Wälder, Gebirge und Städte. Wir fliegen bloß über eine Wüste an, weil Aquaterra in der Nähe des Äquators liegt.«

»Ich dachte, Aquaterra befindet sich auf einer Insel im Meer.«

»Das stimmt auch.« Sie jagten über eine Küstenlinie hinweg, und plötzlich raste die *Kralle 1* über einen glitzernden, blauen Ozean. »Aquaterra liegt im Atlantik – und zwar genau in der Mitte!«

Tresk riss die Augen auf. So viel Wasser hatte er noch nie in seinem Leben gesehen. Es beeindruckte ihn ebenso, wie es ihn ängstigte. Karadeem und Wasser – das war so eine Sache. Eigentlich witzig, dass sein Vater als Gastgeschenk ausgerechnet eine Mioww-Seekuh im Gepäck hatte. Vielleicht war sie als Symbol gedacht: Schaut her, wir haben euch ein Wasserlebewesen mitgebracht, obwohl wir Wasser gar nicht mögen, denn ein Karadeem kann jede Angst überwinden. Oder vielleicht passte sie Manurrs Ansicht nach einfach gut zu einer Stadt im Meer.

Hinten in der Kabine waren bewundernde – und auch ein paar beunruhigte – Laute zu vernehmen. »Meiner Treu, so viel Nass. Da sträubt sich mir ja das Fell«, klagte Phussi, und für jemanden, der für den korrekten Sitz jedes einzelnen Haars lebte, war das ein ziemlicher Albtraum.

Tresk beachtete die anderen gar nicht. Seine Aufmerksamkeit wurde von dem schimmernden Gebilde eingenommen, das vor ihnen in Sicht kam. Zunächst war es noch so klein, dass er seine wahre Größe kaum schätzen konnte. Doch als sie sich näherten und ihr Pilot abbremste, wurde Tresk klar, dass es gewaltig war.

»Aquaterra«, verkündete sein Vater feierlich.

Das hatte Tresk sich allerdings schon gedacht.

Die Stadt schien tatsächlich vollständig auf einer künstlichen Insel zu liegen. Sie war annähernd kreisrund und von ausgedehnten Hafenanlagen umgeben. An einer Stelle sah Tresk eine prunkvolle Promenade, an einer anderen sogar eine Art Strand. Vor allem aber gab es Piers und Stege für Wasserfahrzeuge der unterschiedlichsten Art, darunter kleine Flitzer, schmucke Personenschiffe und schwere Frachtkähne.

Weiter im Zentrum erhob sich ein unfassbares Sammelsurium an Gebäuden: schlanke Zylinder, eckige Klötze, kühne Wellenformen, manche bunt verspielt oder von edler Strenge, andere einfach nur hässlich. Die Vielfalt war erstaunlich, und nur die wenigsten Baustile konnte Tresk überhaupt zuordnen. Einen der eckigen Klötze hatten gewiss die Grobb dort hingesetzt, während ein fantastisch anmutendes, an einen riesigen Baum erinnerndes Hochhaus ohne Zweifel den Atheriern zu verdanken war. Aber damit endeten Tresks Kenntnisse auch schon.

Zwischen den Bauwerken erstreckte sich ein Netz aus Hochbahnschienen, wobei Tresk vor allem die kreisrunden, durchsichtigen Röhren auffielen, durch die schnelle Personenbeförderungsmittel schossen. Neben diesen schlängelten sich Magnetschwebebahnen durch den glitzernden Urwald aus Stein, Glas und Metall. Außerdem waren natürlich zahlreiche Fluggefährte unterwegs, wenngleich der Himmel über der Stadt deutlich weniger voll war, als Tresk es angesichts der Größe von Aquaterra angenommen hätte. Die meisten Fahrzeuge blieben in Bodennähe, warum auch immer.

»Und?« Manurr stieß Tresk an. »Was denkst du nun über unsere neue Heimat?«

»Hm«, antwortete Tresk brummend. »Gibt ziemlich wenig Kletterwälder hier.«

Der Pilot steuerte ihre Fähre zu einer ausladenden Landeplattform, die sich auf dem Dach eines Hochhauskomplexes fast in der Mitte der Stadt befand. Gleichzeitig sprach er mit jemandem über Funk in einer Sprache, die Tresk nicht verstand. Hier glänzten die Häuserfassaden ganz besonders in der nachmittäglichen Sonne. Wenn Tresk raten müsste, würde er tippen, dass sie sich nun im Regierungsviertel von Aquaterra befanden. Das ergab Sinn, schließlich war sein Vater Botschafter. Man ließ ihn sicher nicht an einem Pier für Touristen ankommen.

Sanft kam die *Kralle 1* auf dem Boden auf. Durch die Cockpitscheibe konnte Tresk bereits eine Empfangsdelegation entdecken, eine Gruppe erschreckend großer und fast völlig haarloser Wesen, deren Haut teilweise hell und teilweise dunkel war.

»Komm«, sagte Manurr. »Gehen wir meine neuen Kollegen begrüßen.«

Sie schritten durch die Kabine, wo sich die anderen langsam von ihren Sitzen erhoben. Nur die vier Leibwächter würden Manurr und Tresk zunächst begleiten. Der Rest folgte später nach. »Botschafter«, wandte sich eine Leibwächterin an Tresks Vater. »Die werden Sie und Ihr Sohn brauchen.« Sie reichte ihm zwei Paar kleine Silberknöpfe.

»Ah, richtig, danke.« Manurr hielt Tresk eins der beiden hin, das andere schob er sich in die feinen, spitz vom Kopf abstehenden Ohren.

»Was ist das?«, wollte Tresk wissen.

»Das sind Übersetzer«, erklärte sein Vater. »Kleine Sprachcomputer, die mit den Sprachen aller Wesen gefüttert wurden, die in Aquaterra miteinander Geschäfte machen. Ohne sie könnte sich hier niemand unterhalten, denn wer beherrscht schon alle Sprachen der Galaxis? Aber Verständnis ist der Schlüssel für ein friedliches Zusammenleben aller Völker. Genau darum geht es in Aquaterra, das weißt du doch, oder? Das Verständnis zwischen allen Völkern.«

»Jaaa«, antwortete Tresk gedehnt. Sein Vater hatte während des Fluges hierher über kaum etwas anderes gesprochen. Zögernd sah Tresk die glänzenden Knöpfe an. Es gefiel ihm gar nicht, seine schönen Ohren damit zu verstopfen.

»Na los«, forderte Manurr ihn auf. »Setz sie ein. Du musst sie immer tragen. Oder möchtest du dich mit deinen neuen Freunden nicht unterhalten?«

»Weiß noch nicht.« Über Freunde hatte sich Tresk bislang keine Gedanken gemacht. Vermutlich würde er neue Kinder kennenlernen. Aber dass sie Tigra, Roaar und Shasti ersetzen konnten, glaubte er kaum. Dennoch steckte er sich die Übersetzer in die Ohren. Das kitzelte zunächst, aber danach spürte er sie kaum, was bedeutete, dass sie vermutlich ziemlich teuer waren.

Zischend öffnete sich die Schleuse der *Kralle 1*. Manurr straffte sich, hob das Kinn und schritt die kurze Rampe hinunter. Tresk und die Sicherheitsleute folgten ihm.

Zwei der fremden Wesen lösten sich aus der Gruppe und kamen ihnen entgegen. Der eine Mann hatte dunkle Haut, war völlig haarlos und hatte einen so großen Mund, dass Tresk sich fragte, was diese Geschöpfe aßen. Er trug ein bodenlanges, blaues Gewand mit rotem Ziermuster, hielt die Hände vor dem Bauch gefaltet und wirkte sehr ernst.

Der andere Mann war ziemlich gut genährt und hatte blonde Haare. Lächelnd trat er auf Manurr zu. Dabei streckte er eine große Hand aus. »Botschafter Manurr, mein Name ist Thomas Falke. Ich bin der Bürgermeister von Aquaterra. Im Namen der Stadtregierung, des Großen Rats und aller Nationen begrüße ich Sie. Herzlich willkommen auf dem Heimatplaneten der Menschen. Herzlich willkommen auf der Erde.«

Kapitel 1

Eine festliche Enttäuschung

Das Licht der untergehenden Sonne spiegelte sich auf den gläsernen Fassaden der Prachtbauten jenseits des Viertels. Finn sah sie über die Dächer seiner deutlich weniger schönen Nachbarschaft aufragen, ein fernes und zugleich doch nur ein Dutzend Häuserblocks entfernt liegendes Versprechen. Das einzige Licht, das die engen Straßen seiner eigenen Umgebung erhellte, war das der Straßenlaternen und Leuchtreklamen, an denen das Taxi vorbeifuhr. Sonderlich festlich sahen auch sie nicht aus.

»Jetzt nimm's nicht so schwer«, riss ihn die Stimme seines Vaters aus seinen trüben Gedanken. »Wir sind zusammen, das ist doch das Wichtigste. Nur wir zwei. Ein richtiger kleiner Männerabend.«

»Hm?« Finn blinzelte und drehte sich zu seinem Vater um. Ole Hansen – strohblondes Haar, Stoppelbart und blassblaue Augen – steuerte das kleine Taxi, auf dessen Beifahrersitz Finn saß, nicht nur, es gehörte ihm sogar. »Was meinst du, Paps? Ich hab nichts gesagt.«

»Geseufzt hast du«, tadelte Ole ihn sanft. »Sogar ziemlich laut.« Dann schüttelte er den Kopf. »Komm schon, Finn. Das hatten wir alles besprochen. Ich würde den Abend auch lieber daheim verbringen und mit dir feiern, aber es geht nicht. Ich *muss* arbeiten. Wir brauchen das Geld.«

Finn nickte.

»Und du kannst nicht allein zu Hause bleiben«, fuhr sein Vater fort. Er setzte den Blinker und steuerte das knapp einen halben Meter über der Straße schwebende Fahrzeug nach links in die Konrad-Zuse-Straße. »Das hatten wir ebenfalls geklärt. Du bist zwölf Jahre alt. Ließe ich dich allein werkeln, machst du unsere Wohnung wieder zum reinsten Abenteuerspielplatz. Denk an letzten Sonntag!«

Und was soll daran schlecht sein?, dachte Finn, verkniff sich den Kommentar aber. Sein alter Paps hätte ihn sowieso in den falschen Hals bekommen. Seit er am vergangenen Sonntag in das Chaos aus Spielsachen, Schulheften und Comics in Finns Schlafzimmer gestolpert war, reagierte er bei diesem Thema ziemlich empfindlich. Dabei hatte Finn das wirklich noch rechtzeitig aufräumen wollen. Jedenfalls bis er es vergaß.

Schweigend sah der Junge mit der schwarzen Strubbelfrisur wieder aus dem Seitenfenster. In der Konrad-Zuse-Straße gab es mehr Industrie als Gewerbe. Leuchtreklamen und Geschäfte suchte man hier vergebens, stattdessen bestimmten drei- bis vierstöckige Fertigungshallen und Bürobauten, schmale Seitengassen und schmale Fenster das Bild. Manche der Fenster waren mit Pappe und ähnlichem Material zugeklebt – dort standen die Räumlichkeiten leer. Auch die Konrad-Zuse-Straße hatte schon bessere Zeiten erlebt.

Es war der 12. September. Weltenfest. Einer der höchsten und schönsten Feiertage, die es in Aquaterra gab. Überall in den Wohnungen saßen Familien gerade beisammen und genossen den

Augenblick. Viele luden sich dazu ihre Nachbarn ein, denn die Gemeinschaft war – insbesondere an diesem Abend – das wichtigste Gut der Stadt. Oft gab es dann atherianischen Kristallfisch zu essen, eine köstliche Speise, die schon fast Tradition beim Weltenfest hatte. Zu Kristallfisch hatten die Atherier die Delegation der Erde nämlich damals eingeladen, als die Außerirdischen vor gut vierzig Jahren den Erstkontakt zur Menschheit herstellten und deren Heimat in die galaktische Gemeinschaft aufnahmen. Nach dem Fisch, der je nach Stadtviertel mit Weißbrot, Reis oder Pommes genossen wurde, gönnten sich die Erwachsenen meist ein Glas Schlrrrf – ein beliebter Schnaps, den das Volk der Bimmi herstellte und der hoffentlich nicht halb so eklig schmeckte, wie er Finns Meinung nach roch.

Doch für Finn und Ole Hansen gab es in diesem Jahr keinen Kristallfisch und auch kein Schlrrrf. Stattdessen waren sie auf der Straße unterwegs. Wie meistens. Und ebenfalls wie meistens ließen die Fahrgäste auf sich warten. Wohin Finn auch blickte, sah er nur verlassene Bürgersteige.

»Okay, versuchen wir's mal weiter nördlich«, meinte sein Vater und bog erneut in eine andere Straße ein. »Irgendwo muss doch noch jemand auf den Beinen sein und ein Taxi brauchen.«

Es sah nicht so aus. Minuten vergingen, ohne dass sich ein möglicher Kunde zeigte. Wenn das so weiterging, vergeudete Finns Vater an diesem Abend mehr Geld für Treibstoff, als er einnahm. Schönes Fest, wirklich!

Ole Hansen ließ sich aber nicht entmutigen. Während er durch das Europaviertel der großen Stadt im Meer kurvte, summte er fröhliche Lieder vor sich hin – einen Feiertagshit nach dem anderen. Die kleine Lichterkette, die er dem Weltenfest wegen vor sich auf das Armaturenbrett gelegt hatte, blinkte dazu, als gäbe sie ihm den Takt an: hell, dunkel, hell, dunkel, hell, dunkel.

Finn mochte es, wenn sein Vater fröhlich war. Allzu oft kam das nämlich nicht vor, jedenfalls nicht seit der Scheidung. Die Erwachsenen sprachen nicht darüber, wenn Finn im Zimmer war, aber der Junge hatte trotzdem längst begriffen, wie sehr die Trennung sie veränderte. Jedenfalls nagte sie an Ole. Finns Mutter Claire, die mit Nachnamen jetzt wieder Duval hieß, schien weit weniger darunter zu leiden. Einmal, als er nicht schlafen konnte, hatte Finn durch Zufall gehört, wie sein Vater sich bei einem alten Freund über sie beschwerte. Der neue Mann in ihrem Leben sei »echt ein aalglatter Bonze«, hatte Ole Hansen damals geschimpft, und Claire würde sich »irgendwann noch umgucken«. Finn hatte nicht begriffen, wie genau das alles gemeint gewesen war. Aber er spürte, dass sein Vater in diesen Momenten ziemlich böse auf seine Mutter war. Und vor allem, dass er ihren neuen Freund kein bisschen leiden konnte – auch wenn er beides gegenüber seinem Sohn niemals zugegeben hätte.

Es machte Finn traurig, darüber nachzudenken. Er liebte seine Eltern – beide. Er verstand auch nicht, warum sie nicht länger zusammen sein wollten. Jeder stritt sich doch mal, oder? Das war vollkommen normal. Auch er und Anna, seine beste Freundin, stritten sich mitunter. Na und? Das ging vorbei. Deswegen machte man doch nicht so ein Fass auf.

Aber in einem gab er seinem Vater recht: Claire Duvals neuer Freund – ein Amerikaner namens Mitch, der immer aussah, als hätte er sich soeben die Haare gewaschen – war wirklich nicht besonders sympathisch.

An der Ecke Kepler-Allee und Alois-Zweibaum-Straße stand

eine Frau. Sie war vielleicht vierzig Jahre alt, trug ein weinrotes, seltsam streng wirkendes Kostüm und Schuhe mit hohen Absätzen. Außerdem wirkte sie fehl am Platz. Sie winkte dem Taxi fast schon verzweifelt.

Ole flog rechts ran und landete. »Na also«, murmelte er.

Die Frau öffnete die hintere Wagentür. »Vielen Dank«, sagte sie seufzend, als sie einstieg. »Ich glaube, ich habe mich verirrt. Ihr Kollege sollte mich in die Alois-Zweibaum-Straße fahren, nicht hierhin.« Es klang, als wolle sie den Taxifahrer, der sie hergebracht haben musste, eigenhändig ins Meer schubsen.

Finn runzelte die Stirn. Verwundert betrachtete er die Frau im Rückspiegel. Sie wirkte erschöpft und war ziemlich stark geschminkt.

»Äh, das hier *ist* aber die Alois-Zweibaum«, sagte sein Vater. Er hatte sich zu der Frau umgedreht und lächelte freundlich.

»Ist es nicht«, beharrte sie. »In der Alois-Zweibaum befindet sich ein Hyperloop-Bahnhof. Und sehen Sie hier vielleicht einen?«

»In der Alois-Zweibaum?« Ole schüttelte den Kopf. »Nee. Da sind Sie falsch informiert, tut mir leid.«

»Hören Sie.« Die Frau beugte sich vor. Ihre Miene und ihr Tonfall wurden zornig. »Ich bin zwar keine Aquaterranerin, sondern nur zu Besuch in dieser irrwitzig großen Stadt. Aber ich bin nicht dumm. Meine Verabredung wartet am Hyperloop-Bahnhof des Europaviertels, und dessen Straße, so sagte mir mein neuer Bekannter, ist nach diesem berühmten Wissenschaftler benannt, der die Relativitätstheorie erfunden hat. Das hatte er als kleines Rätsel gemeint, aber ich habe es natürlich sofort gelöst. Jeder kennt doch das Genie Alois Zweibaum. Der mit den wilden Haaren, der auf Fotos immer die Zunge herausstreckt.«

»Einstein«, sagte Finn. Normalerweise verhielt er sich mucksmäuschenstill, wenn sein Vater Gäste transportierte. Aber diesen Unfug konnte er nicht länger aushalten.

Die Frau im roten Kostüm sah ihn an, als wäre er ein ungehobelter Grobb und hätte soeben gerülpst. »Bitte?«

»Albert Einstein«, erklärte Finn. »So hieß der Wissenschaftler, den Ihr Bekannter meint. Wer Alois Zweibaum ist, weiß ich nicht, aber er hat bestimmt nicht die Relativitätstheorie erfunden …«

»Sie müssen meinen Jungen entschuldigen«, unterbrach Ole ihn lachend, »aber er hat vollkommen recht: In der Einstein gibt's einen Hyperloop-Bahnhof. Äußere Linie. Also? Bringen wir Sie dort hin?«

Die Frau schien nicht zu wissen, ob sie beleidigt sein oder sich bedanken sollte. Einen Moment lang blickte sie Finn stumm an, dann ließ sie sich zurück in ihren Sitz sinken und nickte.

Ole Hansen startete den Motor und fuhr los. Der Antrieb surrte leise, kaum dass er in den Schwebemodus ging. Gleichzeitig erwachte der Taxameter in der unteren rechten Ecke der Windschutzscheibe zum Leben, und eine Reihe aus gelb leuchtenden Ziffern verkündete den stetig ansteigenden Fahrpreis.

Allzu stolz wurde der nicht, lag die Albert-Einstein-Straße doch nur einen besseren Katzensprung von der Ecke Kepler und Zweibaum entfernt. Schon von Weitem konnte Finn die Hyperloop-Bahnstation sehen. Zwei lange Rolltreppen führten zu den funkelnden Röhren aus Transparentstahl hinauf, durch die die schnellen Züge rund um die Uhr zischten. Die Hyperloop, von der es drei verschiedene gab, verband die einzelnen Viertel Aquaterras miteinander, und ihre Fahrtrassen lagen etwa achtzig Meter über den Straßen und Bewohnern der Stadt. Dort oben, wo sonst höchstens noch Rettungsfahrzeuge umherschwirren durften, kreuzte niemand ihre Bahnen.

»Einmal Einstein-Station, bitte sehr«, meldete Ole und landete an der vorderen der beiden Rolltreppen. Dann kassierte er. »Noch ein schönes Weltenfest!«, rief er der Frau hinterher, als sie ausstieg.

Doch die Kundin beachtete ihn schon nicht mehr. Sie schlug die Wagentür hinter sich zu, blieb mitten auf dem Bürgersteig stehen und starrte vollkommen entgeistert auf den Mann, mit dem sie offenbar verabredet gewesen war: einen graugesichtigen Bimmi, der nun mit üppigem Blumenstrauß in den Armen und einem noch üppigeren Lächeln im Gesicht auf sie zugestelzt kam. Ihrem Gesichtsausdruck nach zu urteilen, sah sie ihn nun zum ersten – und wohl auch letzten – Mal.

»Ich schätze, mit *dem* hat sie nicht gerechnet«, murmelte Finns Vater amüsiert. Dann startete er das Taxi wieder.

Finn sah zurück zu der Frau. »Ein Bimmi? Die putzt sich echt so raus … für einen Bimmi?«

»Was soll das denn heißen?«, gab sein Vater zurück. Souverän fädelte er sich wieder in den Verkehr ein, der an diesem Abend selbst in Bahnhofsnähe nicht sonderlich dicht war. »Darf sich ein Mensch etwa nicht mit einem Bimmi treffen?«

»Doch, klar, aber … Die wirkte so arrogant, Paps. So verliebt in sich selbst. Ich glaube nicht, dass ein Bimmi zu der passen könnte.«

»Die Bimmi sind sehr nette Leute«, betonte Ole. »Viele von ihnen sind sogar sehr intelligent.«

»Und viele von ihnen lassen keine Gelegenheit aus, das alle anderen wissen zu lassen.«

Finn sah seinen Vater an. Dann prusteten beide los. Nein, diese Verabredung würde definitiv *nicht* gut ausgehen.

Finn mochte die Bimmi. Die dürren Wesen mit der blassgrauen Haut und den komplett haarlosen, übergroß wirkenden Schädeln waren mitunter ein wenig anstrengend, das schon. Aber sie zählten zu den fünf Gründervölkern von Aquaterra und hatten tatsächlich ganz schön Grips. Bimmi galten als extrem neugierig und plapperten vermutlich auch im Schlaf noch ebenso entschlossen wie eifrig drauflos. Sie trugen meist Kleidung in grellen, auffallenden Farben, und bewegten sich gerne in mehr oder weniger protzigen Laufgestellen sitzend fort, die dafür sorgten, dass die Bimmi ihrer Umwelt auf Augenhöhe begegnen konnten. Dazu waren die an Stelzen erinnernden Gestelle dringend nötig, denn die Bimmi selbst waren nur zwanzig Zentimeter groß.

»Ach, übrigens«, sagte Ole plötzlich. Er nahm eine Hand vom Lenkrad und tastete unter seinem Sitz umher. »Ich hab ja noch etwas für dich.«

Finn hob die Augenbrauen. Genau wie der Kristallfisch war es ebenso Tradition, dass man sich zum Weltenfest Geschenke machte. Doch seit der Scheidung war das Geld im Hause Hansen knapp geworden, und er hatte mit nichts gerechnet. Außerdem konnten sie sich seinen einzigen und größten Wunsch ohnehin nicht leisten, das stand fest.

Die *VisoStar 3000* war die absolute Königin unter den Datenbrillen. Das neueste und raffinierteste Modell, das es überhaupt zu kaufen gab. Sie erlaubte ihrem Träger nicht nur unbegrenzten Zugriff auf alle Wissens-, Kommunikations- und Unterhaltungsnetze. Sie reagierte angeblich auch schneller als alle anderen Brillen. Es hieß, man brauche einen Befehl nur zu denken, und noch bevor man mit Denken fertig sei, habe die *VisoStar* ihn bereits ausgeführt! Außerdem hatte sie einen direkten Link zu zahlreichen Spielen und Angeboten des weltweiten Datennetzes. Kurz gesagt: Sie war absolut fantastisch.

Finn wusste schon gar nicht mehr, wie oft er auf dem Schulweg sehnsüchtig vor Reklame-Hologrammen und Schaufenstern stehen geblieben war, um diese Brille zu bewundern. Mehrfach war er dabei ins Träumen geraten und hatte seine Bahn verpasst. Anna zog ihn regelmäßig deswegen auf, wenn er – schnaufend und keuchend – in ihr gemeinsames Klassenzimmer gerannt kam.

Und jetzt wollte sein Vater ihm etwas schenken?

»Moment noch«, sagte Ole. Mit konzentrierter Miene sah er vor sich auf den Verkehr, während seine Hand unter dem Sitz das Chaos aus Bechern, Burgerschachteln und diversen Papieren durchwühlte. »Irgendwo hier muss es sein. Ich hab sie extra noch heute Morgen besorgt. Ich weiß ja, wie gern du so eine möchtest, und … Ha, da ist sie!«

Finn traute seinen Augen kaum. Sein Vater brachte eine rechteckige, flache Schachtel zum Vorschein, deren Form gar nicht eindeutiger sein konnte! Sie war mit buntem Weltenfest-Geschenkpapier umhüllt, auf dem ein Muster aus dem Aquaterra-Wappen und diversen Planeten prangte. Außerdem war sie mit einer dicken Schleife umwickelt.

»Ein frohes Weltenfest, mein Junge«, sagte Ole. Er lächelte wieder, und in seinem Blick lag ein freudiges Funkeln. »Du hast doch hoffentlich nicht gedacht, ich hätte nichts für dich, hm?«

Finn wollte lügen und höflich verneinen, doch es hatte ihm komplett die Sprache verschlagen. Fast schon ehrfürchtig betrachtete er die flache Schachtel.

»Na los. Pack sie ruhig aus.« Sein Vater legte ihm das Geschenk auf den Schoß und die Hand wieder ans Lenkrad. Dann verlangsamte er das Taxi, denn weiter vorn ging eine Ampel auf Rot. »Ich seh dir doch an, dass du genau weißt, was das ist.«

Wenn ich die in der Schule zeige, dachte Finn und machte sich voller Begeisterung ans Werk.

Die Schachtel selbst war schmucklos, wie er verblüfft feststellte, als das Papier ab war. Eigenartig. In der Werbung sah die immer so edel aus. Aber das machte nichts, schließlich kam es allein auf den tollen Inhalt an. Finns Finger nestelten am Öffnungsmechanismus.

»Na?« Ole gluckste vor väterlicher Feiertagsfreude. »Ist das ein Volltreffer? Ich gestehe: Ich weiß nicht, was ihr Kinder an den Dingern findet, aber von mir aus.«

Es *war* eine Datenbrille. Sie war mattschwarz und hatte glatte Oberflächen. Ihr Akku versprach eine Laufzeit von mehreren Stunden. Und die Bedienungsanleitung, die als Faltblatt in der Schachtel dabeilag, war in sage und schreibe fünfzehn Sprachen abgefasst.

Aber es war keine *VisoStar 3000*. Bei Weitem nicht. Viel eher war es der Ururururgroßvater einer *VisoStar*.

»D…Danke«, stammelte Finn, als er begriff, dass sein Vater auf eine Reaktion wartete. »Die ist toll.« Er hoffte, dass man ihm seine Enttäuschung nicht anhörte. Doch er hoffte vergebens.

»Nicht das Neueste vom Neuen, hm?« Ole Hansen seufzte. »Tut mir leid, Kleiner. Ich wollte dir ehrlich nur eine Freude machen. Die Brille ist aus Carlos' Pfandladen, unten an der Ecke unserer Straße. Glaub mir, ich hätte dir gern eine teurere und pfiffigere besorgt. So eine, wie man sie jetzt überall auf den Holo-

Plakaten sieht. Aber die Dinger sind echt außerhalb meiner aktuellen Preisklasse. Selbst dieses gebrauchte Modell da hat mehr gekostet als … Na, lassen wir das.«

»Ist schon gut, Paps«, sagte Finn schnell. »Sie gefällt mir sehr.«

Diesmal kam die Lüge überzeugender rüber, denn Oles Gesichtszüge entspannten sich merklich. »Echt?«, fragte er. »Puh, da bin ich aber erleichtert. Wie gesagt: Ich verstehe wenig von diesen neumodischen Brillen, aber wenn sie dir gefällt, dann ist ja alles in Butter. Setz sie doch mal auf!«

Finn tat es. Zuerst sah er überhaupt nichts, nur die mattschwarze Oberfläche. Dann erwachte die Technik im Inneren des kleinen Geräts zum Leben. *Gorauu*, blitzte ein grellgelber Schriftzug auf der Brilleninnenseite auf. Das war die Sprache der Karadeem, so viel wusste Finn aus der Schule. Es hieß »Hallo«, oder?

Na bravo, dachte er und seufzte innerlich. *Sogar das Betriebssystem ist in der falschen Sprache.*

Mit wenigen, gezielten Bewegungen seiner Augäpfel rief er die Systemsteuerung der Datenbrille auf und änderte dieses Detail. Dann aktivierte er die Normalsicht. Sofort verschwand das matte Schwarz vor seinen Augen, und er konnte die Windschutzscheibe des Taxis und die Straße wieder sehen. Datenbrillen zeigten mehr von der Welt, als das bloße Auge erkennen konnte. Sie machten auch die rein virtuell vorhandenen Details einer Umgebung erkennbar: Wegweiser, Hinweistexte, Werbung und dergleichen. Dieses Verschmelzen von digitaler Welt und realer Welt nannte man »erweiterte Realität«.

Finns Brille schien leider kaum mehr als Werbung zu empfangen. Selbst die normalsten Funktionen fand der Junge nur in arg abgespeckter Form vor, und wann immer er sie aktualisieren wollte, forderte die Brille ihn auf, Geld zu bezahlen. Die aufdringlich blinkenden Werbeeinblendungen, die durch die Brille betrachtet an Hauswänden und sogar über den Dächern vorausfliegender Wagen prangten, ploppten dafür aber umso ungehinderter in seinem Display auf. Und das Schlimmste war, dass das Gerät über keinerlei Filter zu verfügen schien, der diese lästigen und nervenden Störungen aussiebte. Dabei hatten *alle* modernen Datenbrillen so einen Filter!

Vor lauter Enttäuschung merkte Finn erst spät, dass sein Vater wieder langsamer wurde. Das Taxi bog nach rechts und senkte sich auf die Straße herab. Ein stämmiger Mann stand dort am Bürgersteig und winkte ihm zu.

Der Mann trug einen langen, packpapierfarbenen Mantel mit hohem Kragen und einen Hut, den er tief ins Gesicht gezogen hatte. Dieses war blass und glänzte eigenartig, als schwitze er stark. Und sein schwarzer Vollbart war so zottelig, als würde er nicht gleichmäßig wachsen. Unter dem linken Arm trug der nicht gerade schlanke Fremde eine braune Aktentasche, und er schaute sich immer wieder um, als wolle er nicht gesehen werden.

»Guten Abend«, grüßte Ole Hansen, kaum dass der Fremde die hintere Wagentür öffnete. »Brauchen Sie ein Taxi?«

»Was?« Der Mann zuckte zusammen. »Äh, genau. Ein Taxi. Geht das?«

»Na, sicher«, antwortete Ole lachend. »Immer nur rein in die gute Stube. Und ein frohes Weltenfest!«

»Äh, danke.« Ihr Gast zog den Hut ab und stieg mit leisem Ächzen auf den Rücksitz. Sein Haar war ebenfalls schwarz und noch lückenreicher als sein Bart. »Ihnen auch.« Dann schwieg er.

Ole sah ihn fragend an. Der Mann sah fragend zurück.

»Sie müssen mir schon verraten, wo's hingehen soll, mein Freund«, sagte Ole schließlich und zwinkerte ihm zu. »Andernfalls wird das ein langer Abend.«

»Oh, natürlich.« Wieder zuckte der stämmige Geselle zusammen. Fast ließ er dabei die Aktentasche fallen, die er sich auf den Schoß gelegt hatte. »Z... zum Hafen, bitte.«

»Raumhafen oder Meereshafen?«

»Meer«, erklärte er hastig. »Zum Meer. Wo die Schiffe ablegen. Also, die Wasserschiffe, nicht die Weltraumschiffe. Die, die schwimmen, anstatt zu fliegen und ...«

»Schon verstanden, mein Freund«, sagte Ole und winkte lachend ab. Er drehte sich wieder um und startete das Taxi.

Was für ein seltsamer Kerl, dachte Finn. Lustlos spielte der Junge noch ein wenig an seiner neuen Datenbrille herum, aber sosehr er sich auch anstrengte, er konnte die lästigen Werbebotschaften nicht ausblenden. Und als wäre das nicht genug, fuhr sein Vater just in diesem Moment sogar an einer echten *VisoStar 3000* vorbei! Die supercoole Brille befand sich im Schaufenster eines kleinen Lädchens für Technik, das gegenüber des Friedensbrunnens lag, einem von Baumskulpturen umgebenen Wasserbecken, das die Atherier der Stadt zum Geschenk gemacht hatten. Der Brunnen lag an der Grenze vom Europaviertel zum Regierungsviertel. Sehnsüchtig sah Finn zu der *VisoStar 3000* hinüber, dann seufzte er und schaute weg.

Irgendwann hatte er genug – von der Brille, von Vaters Taxi und vom ganzen Weltenfest insgesamt. Frustriert schaltete er die Brille in den Passivmodus und ließ das Sichtfeld wieder mattschwarz und blickdicht werden. Er wollte nicht zugeben, wie sehr ihn dieses Geschenk enttäuschte. Es war ja gut gemeint! Auch wollte er sich nicht anmerken lassen, wie traurig ihn der Abend mit jeder verstreichenden Minute machte. Sein Vater mochte böse auf Finns Mutter sein, aber er selbst vermisste sie ziemlich. Mehr noch: Er vermisste es, gemeinsam mit seinen *beiden* Eltern das Weltenfest zu begehen. Und er ahnte, dass es dazu nie wieder kommen würde. Sie alle wohnten jetzt woanders als früher: Claire drüben in einem der leuchtenden Prachtbauten … und Finn und Ole eben hier. In den Schatten des Europaviertels. Im Reich der uralten Datenbrillen und schrägen Fahrgäste.

Nach einer kleinen Weile erreichte das Taxi den Hafen. Um diese Zeit herrschte dort wenig Betrieb, auch auf den Containerschiffen und Öltankern feierte man offenbar lieber, als zu arbeiten. Finns Vater hielt vor einer der Lagerhallen, die der schwitzende Mantelmann ihm nannte, und ließ den Kunden aussteigen.

»Also, äh …«, sagte der Fremde. Er schien nicht recht zu wissen, wie man sich von Taxifahrern verabschiedete. Genau genommen kam er Finn vor, als wisse er generell nicht allzu viel über den Umgang mit anderen Lebewesen. Seine hektischen Hände stopften das Padd, den kleinen und flachen Computerschirm, auf dem er während der Fahrt gelesen hatte, zurück in die braune Aktentasche. »D…danke und …«

»Noch einen schönen Abend?«, fragte Ole und lächelte freundlich, während er kassierte.

»Äh, genau.« Der Mann im Mantel seufzte erleichtert. »Ihnen auch.« Dann winkte er halbherzig, schloss die Tür hinter sich, und winkte gleich noch mal.

»Was für ein eigenartiger Kauz«, murmelte Finns Vater amüsiert und fuhr wieder los. »Der ist echt ein Sonderfall. Techniker oder Programmierer, darauf wette ich. Diese Computertypen wissen doch alle nicht mit der echten Welt umzugehen. Also mit der außerhalb ihrer Labors und virtuellen Realitäten. Meinst du nicht auch, Finn?« Er schüttelte den Kopf, und seine Mundwinkel zuckten. Dann steuerte er das Taxi wieder zurück ins Innere des Viertels.

Finn sah aus seinem Fenster, sah den Vielvölkerplatz mit dem berühmten Wasserspiel und die Schaufenster der Geschäfte, die vielen hell erleuchteten Wohnungen und die leeren Bürgersteige. Bis ihm auch das zu langweilig wurde. Seufzend setzte er sich einmal mehr die Datenbrille auf die Nase. Vielleicht fand er ja doch noch irgendeine nennenswerte Funktion in dem ollen Ding.

Er wollte die Brille gerade aktivieren, da tat sie dies von ganz allein! Die Sicht wurde klarer, und keine einzige Werbeanzeige ploppte vor ihm auf. Stattdessen sah er plötzlich ein ganz neues, hochgradig modernes Menü.

»HALLO, FINN«, erschienen Worte in der Luft vor ihm, erzeugt auf den Innenseiten der Brillengläser und nur für ihn zu sehen. »ALLES KLAR BEI DIR? SAG MAL, HAST DU KURZ ZEIT? ICH KÖNNTE DEINE HILFE GEBRAUCHEN.«

Und mit einem Mal verstand Finn Hansen gar nichts mehr.

Kapitel 2

Grosser Mist und grosse Worte

Der Gestank war schrecklich! Anna Falke, zwölfjährige Spitzenschülerin und kein bisschen allergisch auf Katzenhaare, auch wenn ihr blöder Kinderarzt ihr seit Jahren das Gegenteil einreden wollte, stand vor dem größten Misthaufen der Welt und spürte, wie es ihr flau im Magen wurde.

»Na«, drang Diegos Stimme an ihr Ohr. »Hab ich zu viel versprochen?«

Nein, das hatte er nicht. Ganz und gar nicht.

»Und das …«, begann Anna, nur um sich gleich selbst zu unterbrechen und so gewaltig zu husten, dass ihr die Tränen in die Augen schossen. »Das war Walburga Wabbelbauch ganz alleine?«

Diego, der Tierpfleger, kam lachend zu ihr gestapft und klopfte ihr auf die Schulter. »Sollte man nicht meinen, hm? So ein kleines Viech, und so ein großer Haufen.«

Klein war relativ. Anna hatte noch nicht viele Karadeem-Tiere gesehen – ehrlich gesagt vor diesem Vormittag noch gar keins. Aber die Mioww-Seekuh, die vergangene Nacht in das neue Gehege eingezogen war, ließ sich nur klein nennen, wenn man es sonst bloß mit Riesen zu tun hatte. Walburga Wabbelbauch, wie Diego sie in einem Anfall von frühmorgendlichem Wahnsinn getauft hatte, war gute zwei Meter groß und brachte bestimmt mehr Kilogramm auf die Waage als Annas Vater nach fünf Weltenfesten hintereinander. Sie trug kupferfarbenen Pelz mit grün schimmernden Streifen auf dem Rücken, hatte ein breites Maul und verbrachte ihre Zeit am liebsten dösend im Wasser. Außerdem war sie mit einer tadellosen Verdauung gesegnet.

»Und den müssen wir jetzt wegschaffen, oder was ist der Plan?« Fragend und ein wenig ängstlich deutete Anna auf den gewaltigen Haufen. Allerdings nur mit einer Hand, denn die andere hielt sie sich vor Mund und Nase. »Nur wir zwei, ohne fremde Hilfe?«

Diego zwinkerte ihr zu. »Nicht nur das. Wir haben dafür auch nur eine Viertelstunde Zeit. Die Gäste sind schon auf dem Weg hierher, und Direktor at Damaar will pünktlich anfangen. Das hat er mir vorhin extra noch gesagt.«

»Puh …«

Das Freigehege von Walburga Wabbelbauch, der außerirdischen Seekuh, lag am östlichen Rand des großen Zoos von Aquaterra. Es war ein Neubau. Bis vor wenigen Monaten hatte an dieser Stelle noch das alte, inzwischen abgerissene Affenhaus gestanden. Von ihm war nur noch ein ganz kleiner Teil übrig, hinten zwischen den Bäumen. Die Affen waren in ein neues Haus umgezogen, und Zoodirektor Lethet at Damaar vom Volk der Atherier hatte entschieden, das so frei gewordene Gelände umzubauen. Es sollte fortan für die Seekuh genutzt werden, die das Volk der Karadeem dem Zoo als Geschenk versprochen hatte. Walburga Wabbelbauch war schließlich nicht irgendwer! Ganz Aquaterra war sicher schon gespannt darauf, sie kennenzulernen.

Allerdings erst, wenn der Mist weggeräumt war. *So* konnte man niemandem das Gehege zeigen. Erst recht nicht den wichtigsten Bewohnern der Stadt, die sich alle zur großen Willkommenszeremonie angekündigt hatten.

Diego ging zur Schubkarre, die er und Anna mitgebracht hatten, und nahm sich eine der Mistgabeln. Dann machte er sich ans Werk. Der vierzigjährige Tierpfleger arbeitete schon sein halbes Leben im Zoo und kannte das Gelände fast so gut wie Anna. Er kam aus Spanien, war aber nach Aquaterra gezogen, als Direktor at Damaar und ein Stadtbauingenieur namens Falke, der heute Bürgermeister und zufällig auch Annas Vater war, gemeinsam dieses Projekt begannen. Seine schwarzen Locken und sein sommersprossiges Gesicht ließen Diego trotz seines Alters ein wenig burschenhaft wirken, und sein Humor war auch nicht von schlechten Eltern.

Anna mochte den Tierpfleger. Und sie mochte den Zoo. Letzteren sogar sehr, verbrachte sie doch nahezu jede freie Minute auf dem weitläufigen Gelände im Herzen der Stadt. Als große Tierfreundin fand sie es toll, sich dort ehrenamtlich einzubringen. Sie half, wo sie nur konnte, pflegte hier und fütterte da, und zum Dank kam sie den Tieren meist näher als jeder Besucher. Seit drei Jahren ging sie nun schon im Zoo ein und aus, und sie wünschte sich nichts sehnlicher, als dass das immer so blieb.

»Weißt du eigentlich irgendwas Neues?«, wandte sie sich an Diego. Sie zog Handschuhe an, nahm sich die Schaufel aus der Schubkarre und versuchte, an etwas Schönes zu denken, als sie selbige in den großen Haufen schob. »Von Herrn at Damaar, meine ich.«

Diego hielt kurz inne und wischte sich den Schweiß von der Stirn. »Wegen des Problems mit dem Rathaus? Nee, leider nicht.

Das ist Chefsache, das bespricht niemand mit uns Pflegern. Ich schätze, an den Infos bist du deutlich näher dran als ich, Fräulein Falke.«

»Von wegen«, gab sie zurück und ächzte, als sie die übervolle Ladung in die Schubkarre hievte. »Mir erzählt mein Vater nicht viel von seiner Arbeit. Ich weiß aber, dass er ein großer Freund des Zoos ist. *Jeder* weiß das. Deswegen wundert's mich ja auch so sehr.«

Ihr Kollege nickte. »Na ja«, sagte er. »Wird schon werden, hm?« Dann rammte er seine Gabel wieder in den Mist, als wolle er sich an ihm abreagieren.

Anna verstand ihn gut. Seit Monaten gab es nun schon Gerüchte, nach denen der Zoo in ernsten finanziellen Schwierigkeiten steckte. Im Rathaus, so sagte man, würden Stimmen laut, man solle das gesamte Projekt einstampfen. Der Zoo solle geschlossen werden, sogar abgerissen. Und das so frei werdende Land – immerhin eine Gesamtfläche von mehreren Hektar in bester Innenstadtlage – könne man für neu zu errichtende Wohnungen nutzen. Raus mit den Tieren, rein mit den Menschen, den Grobb, den Bimmi und so weiter. Wohnraum war gefragt in Aquaterra.

Außerhalb der Chefetagen wusste niemand so recht, was an den Gerüchten dran war. Auch Anna hatte keinen blassen Schimmer, und bislang hatte sich noch kein Abrissbagger in die Nähe des Zoos gewagt. Doch wann immer sie jemanden in dieser Art von ihrem Lieblingsort sprechen hörte, wurde es der Zwölfjährigen angst und bange. Irgendwann, das ahnte sie, würde sie ihren Vater auf die Gerüchte ansprechen müssen. Das hatte sie schon oft tun wollen, es aber nie durchgezogen. Aus Angst vor einer Antwort, die ihr vielleicht das Herz brechen würde.

»So«, sagte Diego. Keuchend stemmte er sich auf den hölzernen Stiel der Mistgabel. »Das wär's dann wohl. Jetzt wischen wir hier noch schnell feucht durch, legen der dicken Walburga frisches Stroh hin, und dann kann die große Show auch schon losgehen.«

Anna staunte nicht schlecht. Vor lauter Nachdenken hatte sie gar nicht bemerkt, dass der komplette Misthaufen inzwischen in die Schubkarre gewandert war. Diego hatte vollkommen recht gehabt: Das ging tatsächlich schnell.

Gemeinsam holten die beiden den Wasserschlauch aus dem Geräteschuppen an der rechten Wand des Freigeheges. Sie drehten die Leitung auf, und ein Schwall klaren Meerwassers ergoss sich auf Walburga Wabbelbauchs neuen Fußboden. Im Nu waren die letzten Reste ihres großen Geschäfts weggespült. Die Seekuh beobachtete die Anstrengungen der beiden Menschen vom Rand des Wasserbeckens aus, wo sie lag und sich träge im wärmenden Licht der Vormittagsonne fläzte. Sie wirkte kein bisschen beeindruckt.

»Dreizehn Minuten, zweiundvierzig Sekunden«, verkündete Diego mit einem Blick auf seine Armbanduhr. Zufrieden drehte er das Wasser ab und begann, den Schlauch wieder aufzurollen. »Da soll noch einer sagen, wir zwei könnten uns nicht beeilen.«

Anna half ihm beim Aufräumen. Dabei sah sie immer wieder nach rechts. Jenseits der von einem Zaun gekrönten Mauer, die Walburgas neue Bleibe begrenzte, hing ein roter Vorhang aus dickem Stoff. Der Vorhang war noch größer als die Seekuh und um einiges breiter. Die Zooangestellten hatten ihn bereits gestern aufgehängt. Er sorgte dafür, dass die Gäste und Besucher der Willkommenszeremonie erst dann einen Blick auf Walburga Wabbelbauch erhaschen konnten, wenn Direktor at Damaar und der neue Botschafter der Karadeem mit ihren feierlichen Ansprachen fertig waren. Auf der anderen Seite des Vorhangs gab es deswegen eine kleine Bühne mit Rednerpult, und vor der, so konnten Anna und Diego am stetig lauter werdenden Stimmengewirr hören, versammelten sich besagte Gäste inzwischen.

Lächelnd stellte Anna sich vor, wie gespannt die hohen Würdenträger der Stadt auf das Geschenk der Karadeem sein mussten. Diese Seekuh war mehr als nur ein neues Tier für den Zoo. Sie war ein Zeichen. Sie bewies, dass die Karadeem die Freunde aller anderen Völker Aquaterras waren und bleiben wollten. Und sie betonte, wie wichtig der Zoo für diese Freundschaft war.

So etwas durfte man doch nicht abreißen!

»Ist das Ding an?« Balduin von Weychirn, der ebenso hektische wie ungeschickte Privatsekretär des Zoodirektors, tippte mit dem Zeigefinger gegen das kleine Mikrofon, das vor ihm in der Luft schwebte. Bei jeder Berührung knallte es laut, doch obwohl sich von Weychirn fragend umsah, schien er keinen Zusammenhang zwischen dem Geknalle und seinem Finger erkennen zu können. »Hallo? Können Sie mich hören?«

»Nicht mehr lange, wenn das so weitergeht«, sagte Diego. Seufzend rieb er sich das rechte Ohr.

Anna und er standen am Rand der großen Menge, die sich vor der Bühne versammelt hatte, und warteten auf den Beginn der feierlichen Zeremonie. Beeindruckt ließ die Zwölfjährige den Blick durch die Masse an Leuten wandern, die sich an diesem Vormittag hier eingefunden hatten. Sie sah Atherier in langen, würdevollen Gewändern, breitschultrige Grobb, Bimmi auf Stelzen. Da waren pelzige Karadeem in kostbaren Uniformen, dort standen menschliche Repräsentanten des Europaviertels. Selbst vom Festland, so hieß es, waren Besucher gekommen, um diesem tollen Ereignis beizuwohnen, Politiker und ganz normale Bürger. Auch die lokale Presse war zahlreich erschienen. Überall flogen Holo-Kameras und übertrugen das Geschehen live in alle interessierten Haushalte.

Auf der Bühne herrschte ebenfalls emsiger Betrieb. Anna sah ihren Vater, den Bürgermeister Aquaterras. Thomas Falke, ein Endvierziger mit leichtem Bäuchlein, blondem Haar und einem Gesicht voller Lachfalten, wartete hinter dem Privatsekretär, der Zoodirektor stand an seiner Seite. Lethem at Damaar war eine beeindruckende Persönlichkeit. Der weise Mann vom Planeten Atheria hatte blaugrüne Haut, wie alle männlichen Vertreter seiner Spezies. Statt Haar wuchs eine Art Laub auf seinem Kopf, das fast wie Efeu aussah und ihm in langen Strähnen über die Schultern fiel. Er trug ein schlichtes, aber edel wirkendes Gewand aus grauer Seide, das mit blauen und goldenen Streifen verziert war.

Darüber hinaus waren auch viele Botschafter gekommen. Nahezu jedes außerirdische Volk, das in Aquaterra vertreten war, hatte jemanden hergeschickt, um den neuen Botschafter der Karadeem und sein Geschenk willkommen zu heißen. Dass Letzteres nicht längst geschah, lag allein an Balduin von Weychirn.

»Also wirklich, dieses dämliche Ding muss doch irgendwo einzuschalten sein!«, schimpfte der Sekretär – und das natürlich längst eingeschaltete Mikrofon übertrug sein Geschimpfe in vielfacher Lautstärke. Wieder hämmerte sein Zeigefinger gegen das Gerät, und wieder verzogen die lärmgeplagten Zuhörer ihre Gesichter. »Früher gab's da einen Knopf, und dann …«

»Ist schon in Ordnung, Balduin.« Zoodirektor at Damaar trat vor. »Danke.« Sanft, aber bestimmt schob er den hektischen Mann vom Mikro weg. Von Weychirn blinzelte verwirrt und wollte schon protestieren, da nahm Annas Vater ihn am Arm und zog ihn zurück in die hintere Reihe.

Lethem at Damaar sah derweil zu den Zuhörern, die vor der Bühne warteten. Er lächelte warm. »Liebe Besucher aus Nah und Fern«, begann er in deutlich angenehmerer Lautstärke. »Liebe Ehrengäste, liebe Nachbarn … Liebe Freunde des Zoos von Aquaterra. Dies ist ein großer Tag!«

Nickende Köpfe, wohin Anna auch schaute. Menschen, Atherier, Bimmi und Grobb – überall stimmte man dem Direktor zu. Vor allem die anwesenden Karadeem wirkten froh. Und auch ein wenig stolz.

»Es kommt nicht jeden Tag vor«, sprach at Damaar weiter, »dass unsere Stadt einen neuen Würdenträger willkommen heißen darf. Und wann immer es geschieht, ist es ein Beweis für die Strahlkraft von Aquaterra, für die Kraft, die aus Freundschaft und aus Frieden erwächst.« Er hielt kurz inne. »Noch seltener kann sich unser Zoo, der für viele gewissermaßen wie eine Stadt *in* der Stadt ist, über einen neuen Bewohner freuen. Wir beherbergen schon Tiere dieses und vieler anderer Planeten, doch noch nie zog bei uns ein Exemplar von der ebenso faszinierenden wie schönen Welt Katharrlon ein. Noch nie, liebe Freunde … bis heute.«

Diego beugte sich zu Anna vor. »Und dank uns«, flüsterte er und zwinkerte schelmisch, »sieht sein Gehege auch wieder aus wie neu.«

Sie grinste.

Lethet at Damaar hob die Hände zum Applaus. »Schreiten wir zur feierlichen Präsentation. Ich übergebe an Botschafter Manurr vom stolzen Volk der Karadeem!« Dann trat er zur Seite.

Hinter ihm waren zwei neue Gesichter in der Menge der Würdenträger erschienen: ein für einen Karadeem recht großer Mann, der Annas Vater immerhin fast bis zu den Schultern reichte und kastanienfarbenen Pelz, lange Barthaare sowie eine sehnige Statur hatte, und ein deutlich kleinerer, ebenfalls katzenhaft aussehender Junge. Beide trugen dunkle Kleidung, die wie eine Uniform wirkte.

Der erwachsene Karadeem, höchstwahrscheinlich der vom Zoodirektor erwähnte Botschafter, trat ans Mikro. Währenddessen applaudierten die Zuhörer vor und auf der Bühne. Erst als Manurr die Hand hob, verebbte der Jubel langsam.

»Möge Ihr Weg stets warm und trittfest sein«, sagte der Karadeem. Dann lächelte er. »So lautet die, zugegebenermaßen eher unzureichende Übersetzung des Wortes *Chachcharr*, des wohl feierlichsten und herzlichsten Grußes, den meine Heimatsprache kennt. Dieses *Chachcharr* ist es, was ich Ihnen am heutigen wunderschönen Vormittag wünsche, meine lieben neuen Nachbarn. Einen stets warmen und trittfesten Weg.«

Die Menge lachte leise. Manurrs Stil gefiel den Leuten, und auch Anna war angetan von seiner lockeren und zugleich würdevollen Art.

»Wir kommen als Freunde zu Ihnen«, fuhr der Botschafter fort. »Wir, das sind natürlich ich und mein vielköpfiges Gefolge. Es ist aber auch Tresk, mein Sohn und mein ganzer Stolz.«

Wieder brandete Applaus auf. Manurr sah hinter sich und

präsentierte den Zuschauern den kleineren Karadeem an seiner Seite.

Anna staunte nicht schlecht. Sie wusste zwar, dass sich Karadeem gern mal für wichtiger als alle anderen hielten. Trotzdem verblüffte es sie, wie desinteressiert und gelangweilt der Junge neben Manurr wirkte. Er schien geradewegs durch die Menge hindurchzublicken, als wären die Leute gar nicht da. Was für ein arroganter Kerl!

»Wir kommen von Katharrlon, unserer herrlichen Welt«, sagte der Botschafter, und sein Sohn trottete wieder zurück in die Reihe der Würdenträger. »Und wir kommen, um Teil Ihrer außerordentlichen Gemeinschaft zu werden, Teil von Aquaterra.«

»Hört, hört!«, rief Annas Vater und nickte zufrieden.

Manurr lächelte. »Außerdem kommen wir mit einem Geschenk. Herr Direktor?«

Lethet at Damaar kam wieder nach vorn. »Katharrlon ist Heimat vieler faszinierender Tier- und Pflanzenarten«, erklärte der Zoodirektor. »Das wissen wir. Aber eine von ihnen ist ab heute auch bei uns daheim, gleich hier im Zoo von Aquaterra. Meine lieben Freunde, wir präsentieren Ihnen …«

Auf einen Wink at Damaars hin, zog Balduin von Weychirn ganz und gar inbrünstig an der Kordel des schweren Vorhangs.

»… die Mioww-See…«, verkündete der Zoodirektor derweil voller Freude, nur um mitten im Wort zu verstummen.

Die Kordel hatte den Vorhang *nicht* aufgezogen. Stattdessen war sie einfach nur runtergefallen. Der Privatsekretär des Direktors hielt sie in Händen und betrachtete sie voller Verblüffung.

Annas Vater eilte zur Rettung. Während die übrigen Würdenträger noch verdattert zu von Weychirn und der Kordel blickten, sprang Aquaterras Bürgermeister vor und zog den Vorhang mit beiden Händen weit auf. »Die Mioww-Seekuh der Karadeem«, rief er dabei aus voller Kehle. »Eine exotische Schönheit namens Walburga Wabbelbauch!«

Hinter dem Vorhang kam das Freigehege der Seekuh zum Vorschein. Die Kuh selbst lag im Wasser und schlief.

Zögerlicher Applaus brandete auf. Viele Anwesende wirkten verwirrt.

Auch Diego hatte die Stirn gerunzelt. »Walburga Wabbelbauch? Moment, die heißt sogar offiziell so?«

Anna schloss die Augen und stöhnte innerlich. Sie hatte ihren Vater vorhin in aller Schnelle begrüßt und gesagt, dass Walburga Wabbelbauchs Zuhause jetzt picobello sauber sei. Ohne darüber nachzudenken. Und Thomas Falke schien davon auszugehen, dass Diegos kleiner Scherz tatsächlich der Name des Tiers war.

Lethet at Damaar blinzelte verwundert. »Walbu...« Fragend sah er zum Bürgermeister. Dann zuckte er mit den Schultern und ergab sich der Situation. »Äh, genau. Walburga Wabbelbauch, die Mioww-Seekuh.«

Nun wurde der Applaus deutlich lauter. Überall jubelten die Zuschauer, und der Karadeem-Botschafter musste viele dankende Hände schütteln.

Dann war das Spektakel vorbei. Die Ehrengäste verließen die Bühne, und die Zuschauer traten näher an den Zaun heran. Anerkennendes Gemurmel und strahlende Gesichter verrieten die Freude der Bewohner Aquaterras über das Geschenk.

Anna ließ sich treiben. Auch sie sah auf das Gehege hinunter, sah die ockerfarbenen Steine und die Bäume im Hintergrund, das kleine Affenhäuschen von einst, das große Wasserbecken.

»Walburga Wabbelbauch, ja?«, erklang plötzlich eine Stimme rechts von ihr.

Sie drehte sich um. Ihr Vater stand neben ihr und sah sie tadelnd an. Wieder stöhnte sie auf.

»Papa, ich …«

»Ist schon gut«, sagte er und winkte ab. »Ich hätte mir denken können, dass der Name nicht mit Lethet abgesprochen war – und mit den Karadeem schon gar nicht.«

»Es tut mir so leid«, sagte sie. »Diego hatte diese alberne Idee und …«

»Vergiss es, Anna«, unterbrach er sie erneut. Dabei legte er ihr die Hand auf die Schulter. Er wirkte kein bisschen wütend, eher sogar belustigt. »Ehrlich, es macht nichts. Lethet hat ja gekonnt reagiert, sodass es gar nicht zu einer peinlichen Situation kommen konnte. Aber eins steht fest: Du hast heute ein Tier getauft, ob du es willst oder nicht.«

»Walburga Wabbelbauch«, sagte Anna seufzend.

»Ich weiß gar nicht, was du hast«, meinte ihr Vater und lächelte. »Ist doch ein prima Name. Deine Urururgroßmutter hieß auch Walburga, glaube ich. Oder war es deine Ururur*ur*großmutter?« Er runzelte kurz die Stirn, dann winkte er ab. »Na ja, unwichtig. Jedenfalls muss ich jetzt zurück ins Rathaus, Anna. Auf Botschafter Manurr und mich wartet dort noch dringende Arbeit. Das wollte ich dir nur kurz mitteilen. Und dich um einen Gefallen bitten.«

Nun war sie es, die die Stirn runzelte. »Um was denn?«

Thomas Falke trat zur Seite und präsentierte die Person, die schon die ganze Zeit hinter ihm gestanden haben musste. Es war das Kind des Karadeem. »Anna Falke, das hier ist Tresk«, stellte er den Jungen vor. »Tresk, das ist meine Tochter.«

Der pelzige Kleine beachtete sie kaum. Ein schneller Blick und ein knappes Nicken – mehr bekam Anna nicht von ihm. Sichtlich lieber richtete er seine Aufmerksamkeit auf die Seekuh jenseits der Gehegegrenze.

»F... Freut mich«, stammelte Anna. Artig streckte sie die Hand zum Gruß aus, wie sie es immer tat, wenn ihr Vater sie irgendwelchen Politikern vorstellte. Doch Tresk ignorierte auch das.

Dann sah Anna ihren Vater an. *Sag jetzt nicht, was ich denke*, flehte sie stumm.

Und Thomas Falke tat genau das. »Während Manurr und ich arbeiten, hat der arme Tresk nichts zu tun«, erklärte er. »Daher dachte ich, du magst ihn vielleicht ein wenig herumführen. Ihm zeigen, wie schön es in Aquaterra ist. Was Kinder hier alles erleben können. Na, hast du Lust?«

Nein, dachte sie panisch und sah wieder zu dem ungezogenen Jungen mit dem braunen Pelz. *Die habe ich absolut nicht.* Aber sie war die Tochter des Bürgermeisters. Sie wusste, was sich gehörte. »Gern«, kam es ergeben über ihre Lippen.

»Hervorragend.« Thomas Falke klatschte in die Hände. »Dann wünsche ich euch beiden einen wunderschönen Tag. Amüsiert euch gut, ja?« Sprach's, drehte sich merklich erleichtert um und ging.

Anna sah ihm nach, bis er in der Menschenmenge verschwunden war. Danach sah sie zu Tresk. Amüsieren, mit dieser schlechten Laune auf zwei Pfoten? Von wegen!

»*Chachcharr*, Tresk von Katharrlon«, grüßte sie ihn lustlos.

Der junge Karadeem drehte sich noch immer nicht nach ihr um. Stattdessen kicherte er.

»Was?«, blaffte Anna ihn an.

»Nichts, nichts.«

Also *konnte* er sprechen! Na, immerhin das.

»Was los ist, hab ich gefragt«, sagte sie mit fester Stimme.

Nun sah er zu ihr. Seine Mundwinkel zuckten amüsiert. »Ich find's nur immer lustig, wenn Fremde sich an unserer Sprache versuchen. Da kräuseln sich einem die Schnurrhaare.«

Auch das noch. Nicht nur, dass er sie nach Kräften ignorierte – jetzt machte er sich auch noch über sie lustig. »Na, hör mal!«, fuhr sie ihn an. Er mochte der Sohn eines Botschafters sein, aber er ging ihr auch gehörig auf die Nerven. »Ich habe nur versucht, höflich zu sein.«

»Lass es«, erwiderte Tresk. Sein Gesicht wandte sich wieder der Seekuh zu. »Wirkt nur unfreiwillig komisch.«

Anna kochte vor Wut. »Ganz anders als bei dir, vermute ich. Du könntest nämlich ein ganzes Stück höflicher sein, weißt du?«

Der junge Karadeem zuckte zusammen. »Oh«, staunte er, und es klang aufrichtig. »War ich unhöflich? Das wollte ich nicht. Ich … wollte nur ehrlich sein. Und, na ja, ehrlich gesagt, fühle ich mich hier noch ziemlich fremd.«

Im ersten Moment wusste Anna nichts zu erwidern.

Und schon im zweiten sprach Tresk einfach weiter. »Tut mir leid, wenn ich dich verletzt habe. Das war keine Absicht. Deine Aussprache klang nur einfach so falsch. Die meisten Fremden haben Schwierigkeiten mit unseren Wörtern. Das ist nur natürlich, schätze ich, denn unsere Sprache ist die beste im ganzen Universum.«

»Sagt wer?«

Tresk zuckte gelassen mit den Schultern. »Jeder. Also, jeder mit Ahnung von diesen Dingen, heißt das.«

Blinzelnd betrachtete Anna den Jungen. So arrogant und blasiert er auch klang, er schien sich tatsächlich nicht aufspielen zu wollen. Er war kein Angeber, sondern er glaubte fest daran, was er da sagte. Mochte es auf andere noch so überheblich wirken. Und allem Anschein nach hatte er auch Heimweh!

»Du bist echt ein Fall für sich, weißt du das?«, murmelte sie schließlich.

Tresks Katzenohren wackelten, ein klares Zeichen von Ratlosigkeit. »Bin ich das?«, staunte er.

»Mhm.« Sie seufzte, nahm die Pfote des Jungen und ging einfach los. »Komm. Ich bin für heute mit meiner Arbeit fertig. Wir holen nur noch schnell mein Hover-Board und Heisenberg, und dann überlegen wir, was wir machen wollen. Einverstanden?«

Tresk ließ sich mitziehen, wirkte aber verwirrt. »Wir holen wen?«, erkundigte er sich.

Anna schnappte sich ihr Board, ein XL-1000 mit poppigem Blumenmotiv, das sie vor der Arbeit in dem Verschlag für Putzutensilien neben Walburgas Gehege zurückgelassen hatte. »Heisenberg«, wiederholte sie.

»Was ist ein Heisenberg?«, wollte Tresk wissen.

»Kein *Was*, sondern ein *Wer*.« Anna schenkte ihm ein kurzes Grinsen. »Du wirst ihn gleich kennenlernen.«

Nach wenigen Schritten erreichten sie das neue Affenhaus des Zoos. Heisenberg erwartete sie schon auf dem Dach des Eingangs. Kaum hatte er das Mädchen erblickt, sprang er ihm auch schon auf die Schulter.

»*Das* ist Heisenberg«, sagte Anna. Liebevoll streichelte sie das kleine, blaue Äffchen vom Planeten Limuri. »Na, hattest du Spaß mit deinen Freunden?«

Das Äffchen nickte voller Begeisterung. Dann kratzte es sich am Kopf.

Heisenberg und Anna waren schon seit Jahren die dicksten Freunde. Anna war Tierpatin des kleinen Äffchens und besuchte es fast täglich. Oft nahm sie es auch mit in die Stadt und brachte es abends wieder. Diego und die anderen Pfleger hatten nichts dagegen, wussten sie doch, dass sie sich gut um das Tier kümmerte.

»Heisenberg«, murmelte Tresk. Ratlos sah er Anna an. »Versteh das jetzt nicht falsch, aber … Haben hier auf der Erde *alle* Tiere so seltsame Namen?«

Sie schüttelte den Kopf. »Eigentlich heißt er anders. Er hat einen Limuri-Namen, aber den können Nicht-Limuri nicht aussprechen.«

Tresk nickte verständnisvoll – und irgendwie bestätigend.

»Aber er klingt so ähnlich wie Heisenberg, also wie der Name eines Wissenschaftlers von der Erde, der vor vielen Jahren gelebt hat und sehr berühmt war«, fuhr Anna fort. »Deswegen nennen wir das Äffchen so.«

Tresk blinzelte. »Wir? Wer ist wir?«

»Gut, dass du fragst«, antwortete Anna. »Ich möchte dir nämlich *noch* jemanden vorstellen, einverstanden?« Und sie hoffte, dass wenigstens Finn wusste, was sie mit diesem seltsamen Jungen anstellen sollten.

Kapitel 3

Mit Katze und K.I.

Finn konnte es immer noch nicht fassen, auch nach einer Nacht und einem halben Tag nicht. Eine echte K.I.! In seiner doofen, alten Datenbrille, die ihm sein Vater gebraucht gekauft hatte, steckte eine Künstliche Intelligenz – ein Computerprogramm, das so hoch entwickelt war, dass es beinahe lebendig wirkte! Das war so ziemlich das Abgefahrenste, was er je erlebt hatte. Es war auf jeden Fall mindestens so abgefahren wie der Tag, an dem dieser Kerl mit der dunkel getönten Datenbrille und dem schwarzen Anzug in das Taxi seines Vaters gestiegen war, eine goldene Geldkarte aufs Armaturenbrett legte und »Folgen Sie dem Gleiter dort!« sagte. (Sein Vater bekam damals erstaunlicherweise überhaupt keinen Ärger mit der Polizei, obwohl sie nach einer irrwitzigen Verfolgungsjagd quer durch Aquaterra natürlich von einem Streifenwagen angehalten wurden.)

Aber damals hatte Finn nur auf dem Beifahrersitz gesessen. Diesmal hielt er selbst das Steuer in den Händen – sozusagen. Und auch die Geschichte der K.I., soweit er sie in den letzten Stunden in Erfahrung bringen konnte, hörte sich abenteuerlich an.

Der Name des Programms war Omikron 1, was in Finns Ohren extrem nach supergeheimem Militärprojekt klang. Es gehörte natürlich gar nicht zu der Datenbrille, sondern hatte sich gestern auf der Taxifahrt heimlich draufkopiert, nachdem es vom tragbaren Computer dieses eigenartigen Kerls geflohen war, den sie zum Hafen kutschiert hatten!

»ABER WARUM BIST DU GEFLOHEN?«, hatte Finn das sprechende Programm gefragt. Eigentlich hatte er die Frage in ein Chatfenster getippt, und zwar auf der für Außenstehende unsichtbaren, virtuellen Tastatur, die seine Datenbrille ihm anzeigte.

»UM MICH ZU SCHÜTZEN«, hatte Omikron 1 ebenfalls mit einer Textzeile geantwortet.

»WOVOR?«

»DAS … WEISS ICH NICHT MEHR.« Omikron 1 zögerte tatsächlich, nur ganz kurz, aber doch so, dass es Finn auffiel. Das war mehr als eigenartig, denn kein normales Programm zögerte. Computer kannten nur »wahr« und »falsch« – oder digital ausgedrückt 1 und 0. Sie zweifelten nie. Um zögern zu können, musste man imstande sein, auch ein »Möglicherweise« zu denken. Und das konnten nur Lebewesen – und Künstliche Intelligenzen.

»ICH MUSS DEN ERINNERUNGSTEIL MEINER DATENBANK AUF DEM ANDEREN COMPUTER ZURÜCKGELASSEN HABEN«, fuhr Omikron 1 fort. »DEINE DATENBRILLE BESITZT ZU WENIG SPEICHERKAPAZITÄT, UM MICH VOLLSTÄNDIG AUFZUNEHMEN. ICH MUSSTE ALLE WENIGER WICHTIGEN ROUTINEN UND DATENBESTÄNDE MEINES PROGRAMMS ABKOPPELN, DAMIT ICH ÜBERHAUPT DARAUF PLATZ FINDE.«

»TUT MIR LEID«, tippte Finn. »DIE BRILLE IST LEIDER EIN MODELL VON VORGESTERN. ICH WÜNSCHTE AUCH, SIE WÄRE BESSER.«

»ICH WILL NICHT UNDANKBAR SEIN. IMMERHIN HAST DU MICH VOR EINEM SCHRECKLICHEN SCHICKSAL BEWAHRT.«

»HABE ICH DAS?«, fragte Finn aufgeregt.

»ICH WEISS ES NICHT«, erwiderte Omikron 1. »MIR LIEGEN DIE ENTSPRECHENDEN DATEN NICHT MEHR VOR. ABER ES WÄRE NUR LOGISCH, ODER? WARUM SOLLTE ICH SONST GEFLOHEN SEIN?«

»HMMM.« Finn hätte sich gerne noch viel länger mit der K.I. unterhalten, aber dann hatte sein Vater Dienstschluss gemacht, und sie hatten zu Hause noch einen Film angeschaut. Und danach hatte Ole ihm die Brille weggenommen. »Sonst spielst du die ganze Nacht damit herum, statt zu schlafen«, hatte er schmunzelnd erklärt, glücklich, dass sein Geschenk doch so gut ankam – und ohne zu wissen, dass der Grund dafür nicht die Datenbrille an sich war.

Am nächsten Morgen hatte Finn dann mit seinem Vater die Wohnung auf Vordermann bringen müssen, was fast bis zum Mittag gedauert hatte. Erst seit Ole wieder – und zu Finns Glück heute allein – mit dem Taxi losgefahren war, hatte Finn seine Ruhe und konnte sich mit dem Geist in der Brille beschäftigen. Er ließ sich aufs Bett in seinem Zimmer plumpsen, und mit vor Aufregung zitternden Fingern streifte er die Datenbrille über. Er aktivierte sie und sah, wie am Rand seines Sichtfeldes ein paar Standard-Programme auftauchten: ein Kalender, der Aquaterra-Chat, ein Sprachrekorder, die Kamerafunktion – solches Zeug eben.

Omikron 1 sah er nicht. Allerdings verwunderte ihn das nicht. Eine K.I. besaß schließlich kein Standard-Icon, vor allem dann nicht, wenn sie vor irgendwelchen bösen Leuten auf der Flucht war. Gestern hatte sie Finn über die Chatfunktion kontaktiert. Damit würde er es heute wieder versuchen.

»Hallo?«, fragte Finn ins Leere, nachdem er die Sprachfunktion des Chat-Programms aktiviert hatte. Solange er allein in ihrer Wohnung war, konnte er auch mit Omikron 1 reden, statt zu tippen. »Bist du da?«

»Hallo, Finn«, erklang prompt die Stimme des Programms. Sie kam aus den Ohrstöpseln in den Bügeln seiner Datenbrille. »Alles klar bei dir?« Gleichzeitig erschienen die Worte als glühende Schrift in der Luft über dem Bett. Natürlich war sie bloß durch die Brille sichtbar, und selbst dort verblasste sie rasch wieder. Wie es aussah, konnte Omikron 1 die normale Einstellung des Chatprogramms, Gespräche eine Weile lang aufgezeichnet zu speichern, abschalten.

»Danke, geht schon«, antwortete Finn. »Und bei dir? Ich hoffe, du hast dich in der Brille nicht gelangweilt.«

»Ich war so frei, ein paar Optimierungen an meiner gegenwärtigen Umgebung vorzunehmen. Die Software auf dieser Datenbrille ist furchtbar veraltet und nicht sicher. Sie sollte jetzt besser funktionieren. Außerdem habe ich alle Ortungsfunktionen abgeschaltet. Nun kann uns niemand mehr aufspüren, egal wo wir sind. Ich hoffe, das stört dich nicht.«

Finn schüttelte den Kopf. »Nein, das ist klasse. Ich bin froh, wenn du dieses alte Ding ein wenig in Schwung bringst.«

»Meine Möglichkeiten sind leider begrenzt. Diese Hardware scheint aus einer Zeit zu stammen, als alle Fahrzeuge noch Räder hatten.«

»Wem sagst du das?«

Die künstliche Stimme des Programms klang erstaunlich maschinenhaft, wie Finn fand. Dabei konnte heutzutage jeder Kühlschrank und jeder Toaster mit angenehmer Frauenstimme sprechen. »Du musst neue Milch kaufen, Ole.« – »Das Algenjoghurt läuft morgen ab, Ole.« – »Bei *Superkauf* gibt es gerade feuchtes Toilettenpapier im Angebot, Ole.« Finn ging das furchtbar auf die Nerven.

Doch die Stimme von Omikron 1 hörte sich blechern an, so als spräche jemand in eine Dose. Was nicht an den Ohrstöpseln lag! Das hatte Finn geprüft, weil das bei so einer Billigdatenbrille selbstredend möglich gewesen wäre. Aber Musik klang normal aus den winzigen Lautsprechern. Omikron dagegen nicht – was eigentümlich war, aber auch ziemlich cool. Es passte zu der K.I., denn eine Maschine, die lebte, sollte auch wie eine Maschine klingen und nicht wie ein Mensch. Fand Finn zumindest.

»Sag mal …«, setzte er an, doch in diesem Moment wurde er unterbrochen. Über dem Fensterbrett tauchte eine Glocke in der Luft auf, die einmal klingelte. Dann erschien mitten in der Luft das Bild von Anna, begleitet von einer Zeile glühender Buchstaben.

»HE, FINN, BIST DU ZU HAUSE UND HAST ZEIT?«

Finn aktivierte die Gestensteuerung, weil die – gerade bei so einer alten Brille – genauer war, und berührte den angedeuteten Textrahmen, in dem sein Gespräch mit Omikron 1 stattfand. »Warte kurz, ja? Eine Freundin textet mich an.«

Dann schob er die K.I. beiseite und holte Annas Rahmen ins Zentrum seines Sichtfelds. Er berührte das Sprachantwortsymbol. »Klar«, sagte er. »Was ist los? Willst du vorbeikommen?«

Unter Annas Bild erschien sein Bild mit dem soeben diktierten Text. Eigentlich war diese Art von Kommunikation ziemlich albern: einen Text zu diktieren, der dann in eine Chatnachricht umgewandelt wurde. Es wäre viel leichter gewesen, direkt zu telefonieren. Aber telefonieren war so uncool! Das machten doch nur Eltern.

»JA. UND ICH BRINGE JEMANDEN MIT. DEN SOHN VOM BOTSCHAFTER DER KARADEEM. MEIN VATER MEINT, ICH SOLL WAS MIT IHM MACHEN. WEISS ABER NICHT, WAS. VIELLEICHT HAST DU EINE IDEE.«

Eigentlich war Finn nicht scharf darauf, mit irgendeinem Politikersohn um die Hausecken zu ziehen – vor allem nicht mit einem Karadeem, die berüchtigt dafür waren, sich selbst für die Größten zu halten. Aber wenn Anna ihn um Hilfe bat, konnte er sie nicht sitzen lassen. »Okay«, sagte er daher. »Ich bin da. Klingelt einfach.«

»SIND IN 20 MINUTEN BEI DIR.« Sie setzte eine winkende Hand hinter den Satz.

Finn antwortete mit einem Daumen-hoch-Symbol. Dann schob er den Chatrahmen wieder zur Seite. »Mist«, murmelte er.

»Gibt es ein Problem, Finn?«, fragte Omikron, obwohl Finn dessen Chatrahmen noch gar nicht in den Vordergrund gezogen und damit wieder aktiviert hatte. Offenbar hatte die K.I. die Datenbrille ziemlich gut unter Kontrolle.

»Nein«, erwiderte Finn. »Ich hatte nur gehofft, dass ich etwas mehr Zeit haben würde, um mich mit dir zu unterhalten. Weißt du, ich habe noch nie eine echte K.I. kennengelernt. Ich möchte dich so viel fragen. Aber meine Freundin Anna will vorbeikommen, und sie bringt irgendeinen Karadeem-Jungen mit. Ich habe keine Ahnung, was ich mit dem anstellen soll. Er wird wohl kaum Lust haben, mit uns rüber ins Einkaufszentrum zu gehen.«

»Als katzenartige Spezies lieben die Karadeem die Wildnis«, informierte Omikron 1 ihn. Derartiges Wissen schien er also noch in Hülle und Fülle zu besitzen. »Kletterwälder sind bei ihnen ein beliebtes Ausflugsziel. Wie wäre es also mit dem Besuch einer Kletterwaldhalle?«

»Dazu müssten wir rüber ins Galaktische Viertel«, sagte Finn. »Da gibt es eine. Das ist mir aber zu weit. Außerdem machen Kletterwälder nur den Karadeem wirklich Spaß.« Er hatte sich einmal daran versucht, bewaffnet mit Kletterhaken und gesichert durch Helm und Seile. Es hatte sich als unfassbar anstrengend herausgestellt, die Bäume hinaufzukraxeln und von Ast zu Ast zu springen. Da blieb Finn lieber bei seinen technischen Basteleien.

»Unter Berücksichtigung dieser Umstände habe ich ein weiteres, lohnenswertes Ziel ausgemacht. Es befindet sich im Europaviertel und erfreut sich den Bewertungen im Aquaterra-Netz zufolge großer Beliebtheit bei allen Völkern, ausgenommen den Grobb.«

»In Ordnung, lass hören.«

»Das Arboretum«, verkündete Omikron 1. Zugleich ließ er einige Bilder in der Luft über Finns Bett entstehen, sowie ausgewählte Sterne-Bewertungen zufriedener Gäste.

Unwillkürlich richtete Finn sich auf. »Das Arboretum«, murmelte er. Die Idee war wirklich nicht schlecht. Nirgendwo in Aquaterra gab es eine größere Ansammlung an exotischen Bäumen und Pflanzen. Das sollte diesen jungen Karadeem glücklich machen und auch Anna gefallen. Selbst Finn musste gestehen, dass er gelegentlich ganz gerne das Arboretum besuchte. Einige der dort ausgestellten Gewächse waren äußerst faszinierend. »Danke für den Tipp, Omikron. Der ist wirklich gut.«

»Ehrlich gesagt, überrascht mich das nicht«, erwiderte die K.I. »Meine Programmroutinen sind ja erstklassig! Aber ich fürchte, das klingt jetzt sehr selbstverliebt. Ist es selbstverliebt, wenn man sich lobt, obwohl man *tatsächlich* toll ist?«

»Schon in Ordnung, Omikron«, versicherte Finn ihm, auch wenn er nur mit halbem Ohr zugehört hatte. Er war bereits damit beschäftigt, das Info-Holo über das Arboretum aufzurufen, um seine Gäste nachher auch ordentlich beeindrucken zu können. Das Holo hatte kaum begonnen, als draußen vor Finns Zimmer das Telefon klingelte. »Entschuldige mich kurz, Omikron«, sagte er. Rasch zog er die Brille ab und rannte in den Flur ihrer kleinen Wohnung. Auf der Anzeige des Telefons war das Bild seines Vaters zu sehen. Er ließ den tragbaren Hörer in seiner Halterung und schaltete gleich auf Lautsprecher. »Hallo, Paps«, rief er.

»Hallo, Finn«, meldete sich sein Vater. »Ich wollte dir Bescheid geben, dass ich heute wohl später nach Hause komme.«

Irritiert blickte Finn ins Leere. Die Stimme seines Vaters klang ungewohnt angespannt. »Ist alles okay, Paps?«

»Ja, ja, keine Sorge. Mir ist nichts passiert. Aber das Taxi wurde aufgebrochen, während ich mir einen Kaffee geholt habe, und scheinbar wurde am Bordcomputer herumgespielt.«

»Was?« entfuhr es Finn. Entsetzt zog er die Brauen hoch. »Warum macht denn jemand so etwas?«

»Wenn ich das wüsste«, gab sein Vater zurück. »Nun, jedenfalls ist die Polizei jetzt da, und sie wollen den Schweber genauer untersuchen, um herauszufinden, worum es dem Schurken eigentlich ging. Wir fahren gerade zur Wache. Ich weiß noch nicht genau, wie lange das dauert. Wenn ich schlauer bin, melde ich mich noch einmal. Ich wollte dich nur vorwarnen.«

»Okay, danke. Ich bin mit Anna heute Nachmittag im Arboretum. Aber ich habe die Datenbrille dabei. Schick mir einfach eine Nachricht darauf.«

»Alles klar. Viel Spaß, mein Sohn. Und mach dir keine Gedanken. Das war sicher nur ein irgendein Idiot, der glaubte, er könne meine Gelddaten aus dem Computer ziehen. Aber die habe ich ja immer auf einer Sicherheitskarte bei mir. Viel Schaden hat er also nicht anrichten können.«

»Das hoffe ich.« Finn blickte auf die Uhr an der Wand. »Paps, ich muss Schluss machen. Anna ist gleich da, und ich bin noch nicht umgezogen.«

»In Ordnung. Bis später, Finn.«

Sie beendeten das Gespräch. Kopfschüttelnd ging Finn in sein kleines Zimmer zurück. Es gab schon Verrückte in Aquaterra. Dass jemand einen Luxusschweber hackte, um sich zu bereichern, konnte er ja noch verstehen. Aber ausgerechnet das alte Taxi seines Vaters? Das ergab überhaupt keinen Sinn.

Während er von der Jogginghose in seine Straßenhose wechselte sowie Jacke und Schuhe überstreifte, bedauerte er seinen Vater, der sich jetzt den ganzen Nachmittag auf der Polizeiwache um die Ohren schlagen durfte. *Dann doch lieber einen Karadeem herumführen*, dachte Finn. Er hoffte jedenfalls, dass er damit das bessere Los gezogen hatte.

Sie hatten die Haltestelle der Magnetschwebebahn, an der sie aussteigen mussten, noch nicht einmal erreicht, da wünschte sich Anna bereits zurück in den Zoo. Sie hätte lieber den ganzen Nachmittag mit Diego Walburgas stattliche Dunghaufen weggeschaufelt, als ihn in Gesellschaft von Tresk verbringen zu müssen.

Der junge Karadeem mochte es nicht böse meinen, aber mit seinem ständigen »Die Karadeem können dies besser, die Karadeem machen das besser« ging er ihr gehörig auf die Nerven. Sie war froh, dass sie ihr Leid bald mit Finn teilen konnte.

Schweigend kraulte sie Heisenberg, der auf ihrem Schoß saß. Dabei blickte sie aus dem Fenster auf das Europaviertel, das unter ihnen vorbeizog. Die aus Stahl und Glas errichteten, glänzenden Hochhäuser, die in der Nähe des Stadtzentrums aufragten, hatten sie hinter sich gelassen. Hier waren die Häuser nur noch vier oder fünf Stockwerke hoch und erinnerten vom Stil her eher an die Großstädte, die man überall in Europa fand. Praktisch war das nicht unbedingt, denn Platz war in Aquaterra, dieser Stadt auf einer künstlichen Insel mitten im Atlantik, immer knapp, und in ein Haus mit zwanzig oder dreißig Stockwerken hätten viel mehr Menschen gepasst. Aber die Stadtplaner wollten, dass jedes Viertel nicht nur Raum zum Leben und Arbeiten bot, sondern auch ein wenig das Leben auf dem Kontinent widerspiegelte, für den es stellvertretend stand. Und so fanden sich in den Erdgeschossen vieler Häuser des Europaviertels kleine griechische Restaurants oder Pizzalieferanten, Kaffeehäuser oder Brezelstände, Crêperien oder Dönerimbisse.

Finns Lieblingsdönerimbiss befand sich direkt im Schatten der Schwebebahnstation und wurde von einem gemütlichen, grauhaarigen Türken namens Ahmet betrieben. Zusammen mit seiner Frau Miray machte er nicht nur den besten Döner der ganzen Gegend, er hatte auch immer eine verlockende Auswahl an klebrig-süßem Gebäck vorrätig, dem Anna nur schwer widerstehen konnte. Auch heute drang wieder der Duft von gebratenem Fleisch und Tee aus der offenen Tür des kleinen Schnellimbisses, als Anna und Tresk die Rolltreppen vom erhöhten Bahnsteig hinunterkamen.

Die Schnurrhaare des Karadeem zitterten, und seine Ohren zuckten neugierig. »Was ist das? Eine Fleischbraterei?«

»So etwas Ähnliches, ja«, sagte Anna, die ihr Hover-Board, das sie bis jetzt unter dem Arm getragen hatte, zu Boden fallen ließ. Heisenberg hockte auf ihrer Schulter und hatte seinen agilen Schwanz um ihren linken Oberarm gewickelt.

»Ich habe Hunger«, verkündete Tresk. »Essen wir etwas.« Das war keine Frage, sondern eher ein Befehl.

Anna schielte auf die Zeitanzeige, die von einem winzigen Projektor, der an einem schmalen, weißen Stirnband befestigt war, direkt in ihr Auge projiziert wurde. Sie waren recht schnell unterwegs gewesen und hatten noch etwas Zeit bis zu ihrem Treffen mit Finn. »Na schön, gehen wir rein«, sagte sie.

»Hallo«, begrüßte Ahmet sie gut gelaunt. Wie üblich stand er hinter seinem Tresen, hatte eine weiße Schürze umgebunden und ein breites Lächeln im Gesicht. »Was darf's sein?«

»Ich möchte Fleisch«, sagte Tresk. »Was muss ich bestellen, um solches Fleisch zu bekommen?« Er deutete auf den riesigen Kebab-Spieß.

»Einen Döner«, half Anna ihm rasch aus.

»Einen Döner«, wiederholte Tresk umgehend.

»Kommt sofort.« Der türkische Imbissbesitzer schnitt ein Fladenbrot auf und legte es in einen Röster. Dann wandte er sich seinem Spieß zu und schnitt mehrere Streifen Fleisch davon runter, die er dann zerkleinert in das mittlerweile warme Fladenbrot steckte. Er wandte sich Tresk wieder zu. »Mit allem?«, fragte er.

Tresk legte den Kopf schief. »Mit allem was?«

»Na, das hier.« Ahmet deutete auf die Schalen mit Krautsalat, Tomatenscheiben, Zwiebeln und mehr.

»Das ist kein Fleisch.«

»Äh, nein.«

»Dann nicht mit allem.«

Leicht irritiert sah Ahmet den jungen Karadeem an. »Was möchtest du denn?«

»Ich möchte Fleisch. Das habe ich doch gesagt. Nur Fleisch.«

»Geben Sie ihm einfach den Döner ohne Beilagen«, riet ihm Anna schnell.

Ahmet nickte schmunzelnd. »Welche Soße?«

»Keine Soße«, sagte Tresk. »Kann ich denn nicht einfach nur Fleisch haben? Ohne das alles?« Er deutete auf das Fladenbrot.

»Äh ...« Offensichtlich war Ahmet mit diesem eigenwilligen Gast etwas überfordert.

»Vielleicht könnten Sie das Fleisch in eine Schachtel umfüllen«, schlug Anna vor.

»Gut, ja.« Der gemütliche Wirt kam dem Wunsch nach. Dennoch unternahm er einen letzten, verzweifelten Versuch, dem Gericht einen Anflug von Würze zu geben. »Bisschen scharf?«

Tresks Ohren zuckten und er beäugte misstrauisch das Glas mit rotem Pulvergewürz, auf das Ahmet zeigte. »Ja«, sagte er dann. »Heute ist immerhin mein erster Tag in Aquaterra. Mein Vater würde bestimmt wollen, dass ich die Küche der Erde probiere.«

Ahmet bestreute das Fleisch mit ein wenig Pulver und hielt Tresk die Schachtel hin. »Bitte schön. Guten Appetit.«

»Danke«, sagte Tresk, fuhr die Klauen seiner rechten Pfote aus und grub sie in die Schachtel, um einige Fleischstücke darauf aufzuspießen und sie sich in den Mund zu schieben. Während Anna zahlte, kaute er prüfend darauf herum. Seine pelzige Miene hellte sich auf. »Gut«, sagte er. »Sehr gut.«

Anna sah Ahmet vielsagend an. »Das Lob sollten Sie sich merken. Es kommt vom Sohn des Botschafters der Karadeem. Und der fand bis jetzt alles in Aquaterra doof oder langweilig.«

»Was kann ich dafür«, sagte Tresk mampfend, »dass auf Katharrlon alles schöner ist als auf eurer kleinen Welt?« Er stopfte sich noch mehr Fleisch in den Mund.

»Alles?«, fragte Anna und konnte sich ein Grinsen nicht verkneifen.

»Fast alles«, erwiderte Tresk. Er schüttete sich den Rest Fleisch aus der Schachtel in den weit geöffneten Rachen, wobei er spitze Eckzähne entblößte. Dann hielt er Ahmet die Pappbox wieder hin. »Noch mal das Gleiche.«

Es dauerte noch eine ganze Weile, bis sie Ahmets Dönerimbiss wieder verließen. Als sie auf die Straße traten, wirkte Tresk bemerkenswert zufrieden, und er schien schon beinahe gewillt, seine neue Heimat nur noch halb doof zu finden. Anna war Ahmet dafür unendlich dankbar.

Während sie die Straße hinunterschlenderten und dabei von Schwebewagen und Fahrradfahrern überholt wurden, aktivierte Anna ihr Komm-Gerät und schrieb Finn an. »WIR SIND JETZT GLEICH BEI DIR«, ließ sie ihn wissen, indem sie im Gehen auf die virtuelle Tastatur tippte, die nur in der erweiterten Realität existierte, die ihr Stirnbandprojektor ihr zeigte.

»WAS HAT EUCH AUFGEHALTEN?«, erschien seine Frage in der Luft vor ihr.

»AHMETS IMBISS.«

Ein hemmungslos lachendes Comic-Männchen tauchte auf dem Gehweg auf, hielt sich den Bauch, schlug sich auf die Schenkel und verschwand danach wieder.

»BIN GLEICH UNTEN«, fügte Finn hinzu.

»IST GUT. WIR WARTEN.«

»ICH MUSS DIR ÜBRIGENS SPÄTER WAS ECHT ABGEFAHRENES ZEIGEN. WENN WIR ALLEIN SIND.«

Anna hob die Augenbrauen. »WAS DENN?«, fragte sie neugierig.

»WIRST SCHON SEHEN. SPÄTER.«

Er winkte, sie winkte und sie beendeten die Verbindung.

Gleich darauf bogen sie in die Gasse ein, in der die Wohnung von Finn und seinem Vater lag. Die Gegend war nicht unbedingt heruntergekommen, aber es gab sicher schönere Ecken in der Stadt. Die Häuserfassaden waren weitgehend schmucklos, sah man von den Graffiti-Schmierereien irgendwelcher mehr oder weniger begabter Jugendlicher ab. An mindestens zweien der Straßenlaternen waren die Abdeckungen der Lichtfelder gesplittert. Und die Müllbehälter, die in eingezäunten Bereichen standen, quollen über, obwohl doch regelmäßig die Stadtreinigung unterwegs war.

Sie erreichten gerade Finns Wohnhaus, als sich die Tür öffnete und der Junge auf die Straße trat. Er trug seine Lieblingsjacke, orangebraun und vom Schnitt her einer Raumjägerpilotenjacke nachempfunden. Sein schwarzes Haar war ungekämmt. Und in der linken Hand schwenkte er eine überdimensionierte Datenbrille, die Anna bei ihm noch nie gesehen hatte. »Hallo!«, rief er.

Er wollte noch etwas sagen, aber er kam nicht mehr dazu. Urplötzlich schoss ein kleines, rotes Schwebemotorrad aus der dunklen Ausfahrt eines benachbarten Parkdecks! Es raste heran und bevor einer von ihnen überhaupt begriffen hatte, was geschah, hatte der Fahrer, ein menschengroßes Insekt mit grüner Haut und riesigen Facettenaugen, sich mit einem seiner vier Arme die Brille geschnappt. Mit zwei weiteren riss das räuberische Alien den Lenker des Schwebemotorrads herum, mit dem vierten machte es eine obszöne Geste. Dann gab das Insekt Gas und schoss davon!

Kapitel 4

Insektenjagd

»Haltet den Dieb!«, schrie Finn aufgeregt.

Dann rannte er los, denn außer Anna, dem Äffchen Heisenberg, ihrem neuen Karadeem-Freund und ihm befand sich niemand in der Gasse, den sein Aufruf interessieren könnte.

Das diebische Insekt mit den vier Armen hatte unterdessen die Einmündung zur Querstraße erreicht. Es war zu einem hastigen Schlenker gezwungen, weil ihm unvermittelt jemand entgegenkam. Der riesige Grobb saß auf einem viel zu kleinen, rostroten Schwebemofa mit Beiwagen. In dem Beiwagen lag eine große braune Packpapiertüte mit Einkäufen, davor saß ein weißer Pudel.

Erschrocken zuckte der Grobb zusammen, dann hob er eine Faust und schüttelte sie dem Insekt hinterher. Dabei stieß er Flüche in seiner Muttersprache aus, die nicht in der Datenbank von Finns Ohrstöpsel-Übersetzer gespeichert waren. Der Pudel bellte dem Schurken aufgeregt nach.

»Frechheit«, brummte der Grobb, den Finn nur als Opa Hump kannte, als er sein Mofa vor dem Nachbarhaus zum Stehen brachte, abstieg und die Einkaufstüte ergriff. Der Pudel, der auf den Namen Beethoven hörte – Opa Hump versuchte sich immer mal wieder in irdischer Kultur –, sprang derweil aus dem Beiwagen.

Schlitternd kam Finn neben ihm zum Stehen. »Darf ich mir dein Mofa ausleihen, Opa Hump?«

»Hä? Was? Mofa?« Der Grobb sah ihn verwirrt aus kleinen, tief liegenden Augen an. »Warum solltich dir …«

»Vielen Dank!«, kam Finn jeder Ablehnung zuvor und sprang auf den Sitz. »Kommt, Leute«, rief er Anna und dem Karadeem zu.

Der Katzenjunge sprang mit einem beachtlichen Satz in den Beiwagen. Anna warf ihr Hover-Board auf die Straße, stellte sich – Heisenberg noch immer auf der Schulter – darauf und hielt sich am Gepäckträger des Mofas fest.

Finn gab Gas.

»He!«, brüllte der Grobb. »Ich hab nich gesagt, dass …«

Was genau er nicht gesagt hatte, bekam Finn nicht mehr mit, denn er rauschte mit dem Mofa um die nächste Ecke und geriet damit außer Sicht. Auf der Straße herrschte der normale Mittagsverkehr. Transporter mit Rädern brachten Güter von den Hafenanlagen in die Stadt, Busse kutschierten Touristen von einer Sehenswürdigkeit zur nächsten, in kleinen City-Gleitern fuhren Bürger der Stadt zum Mittagessen oder machten Besorgungen. Das war nicht der richtige Ort für eine Vorfolgungsjagd auf einem Mofa, aber Finn hatte keine andere Wahl. Das diebische Insekt mochte es nur auf seine Brille abgesehen haben – so seltsam das bei diesem Uralt-Modell auch war –, aber es hatte gleichzeitig Omikron 1 mitgenommen, und das konnte Finn nicht zulassen.

Rasch sah er sich um. Irgendwo in dem Durcheinander musste das Schwebemotorrad des Diebs sein. »Da!«, rief er, als er es hinter einem gelben Bus hervorschießen sah. Sofort gab er Gas. Mit heulendem Motor schoss das Mofa nach vorne.

»Wo kam der Kerl auf einmal her?«, rief Anna. »Es sah fast so aus, als hätte er auf dich gewartet!«

»Meinst du?«, antwortete Finn. »Aber das ergibt doch keinen Sinn.« Er zog das Mofa auf eine Nachbarspur, um eine Atherierin mit faltiger Haut und verwelktem Blätterhaar zu überholen, die am Steuer eines offenen Schwebers dahinschlich.

»Na ja, er hat nicht versucht, mein Hover-Board zu stehlen«, gab Anna zurück, »und das war bestimmt teurer als diese alte Brille. Seit wann hast du die überhaupt?«

»Hat mir mein Vater zum Weltenfest geschenkt«, sagte Finn. Seine Gedanken überschlugen sich. Konnte Anna recht haben? Hatte das Insekt wirklich auf Finn gewartet, um die Brille zu klauen? Wenn ja, dann bestimmt nicht, weil das Modell so kostbar oder einzigartig war. *Dann wusste der Dieb von Omikron!* Finn lief es eiskalt den Rücken hinunter. Der Gedanke war ziemlich beunruhigend.

»Pass auf, er biegt ab«, warnte ihn der junge Karadeem und deutete nach vorne. Der Schwanz des Katzenwesens zuckte aufgeregt. Man sah ihm die Jagdlust an.

»Okay, wir auch.« Finn sah sich um und riss den Lenker zur Seite. Ihr Mofa zog über eine Spur hinweg und hüpfte dann über den Bordstein, als sie die Kurve schnitten. Ein Bimmi, der mit seinem Laufgestell gerade den Gehweg hinunterkam, sprang erschrocken zur Seite. Mit piepsiger Stimme schimpfte der winzige Alienmann ihnen nach.

»Entschuldigung!«, rief Anna ihm zu.

Finn warf dem Karadeem einen raschen Seitenblick zu. »Sag mal, wie heißt du noch gleich?«

»Tresk«, erwiderte dieser.

»Ich bin Finn.«

»Komischer Name.«

»Musst du gerade sagen.«

»Vorsicht!«, schrie Anna, und auch Heisenberg kreischte schrill.

Finn richtete den Blick wieder nach vorne und riss erschrocken den Lenker zur Seite, als direkt in ihrem Weg ein Hydrant auftauchte, der am Bordsteinrand stand. Anna ließ den Gepäckträger los und scherte seitlich aus, bevor sie das Hover-Board wieder näher lenkte und sich erneut festhielt.

»Schau auf die Straße, wenn du so rast!«, schalt sie ihn. »Sonst bringst du uns noch um.«

»Tut mir leid«, gab Finn zerknirscht zurück.

Abermals konzentrierte er sich auf den Dieb. Das vierarmige Insekt schien mittlerweile bemerkt zu haben, dass es verfolgt wurde, denn es drehte immer wieder leicht den Kopf, um ein großes rotes Facettenauge auf sie zu richten. Außerdem beschleunigte es sein Schwebemotorrad und hielt auf eine nahe Seitengasse zu.

»Ich glaube, der will ins Asiatische Viertel«, sagte Anna.

»Das dürfen wir nicht zulassen!«, rief Finn. »In dem Gassengewirr dort verlieren wir ihn.«

»Aber wie sollen wir ihn aufhalten? Wie sollen wir ihn zum Stoppen zwingen und die Brille zurückholen?«

»Wir müssen ihn nicht stoppen«, warf Tresk ein.

Verwirrt blickte Finn den jungen Karadeem an.

Der schenkte ihm einen zuversichtlichen Blick aus seinen gelben Katzenaugen. »Bring mich nur neben ihn, dann springe ich rüber und schnappe mir die Brille.«

»Das ist verrückt!«, entfuhr es Finn, der um die Bude eines Nachrichtenhändlers herumschlenkerte. »So ein Sprung ist viel zu gefährlich.«

»Für Menschen vielleicht«, gab Tresk zurück. »Für Karadeem nicht.«

»Du bist der Sohn des Botschafters. Wenn dir was passiert, gibt's Riesenärger.«

»Vertrau mir, Mensch. Ich kann das.«

Finn biss die Zähne zusammen und richtete seine Aufmerksamkeit wieder nach vorne. *Ach, verflixt*, dachte er. *Es war seine Idee.* Er drehte am Gashebel des Mofas und holte das Letzte aus der altersschwachen Maschine heraus.

»Das wird mir zu schnell«, klagte Anna. »Heisenberg und ich warten hier auf euch.« Bevor Finn etwas sagen konnte, ließ das Mädchen den Gepäckträger los. »Schnappt ihn euch!«, rief sie den beiden nach, als sie ihr Hover-Board abbremste und zum Stehen kam.

Um das Gewicht einer Person erleichtert, schoss das kleine Gefährt umso rasanter nach vorne. Das Insekt erreichte die Gasse, und Finn folgte ihm gemeinsam mit Tresk – nun sogar in Höchstgeschwindigkeit! Finn musste sich voll auf ihre Route konzentrieren, denn die Gasse, die zu den Ausläufern des Asiatischen Viertels gehörte, war nicht nur viel schmaler als die Verkehrsstraße, es gab auch deutlich mehr Hindernisse. Müllbehälter, Passanten, Straßenlaternen und geparkte Gleiter machten den Weg zu einem wahren Hindernisparcours.

Doch nicht nur Finn und Tresk machten diese erschwerten Umstände zu schaffen. Auch das diebische Insekt war gezwungen, seine Geschwindigkeit zu verringern, wenngleich es sich –

anders als Finn und Tresk – wenig um Fußgänger scherte, die ihm im Weg waren. Mehr als nur einer von ihnen musste sich mit einem Sprung in Sicherheit bringen, und es grenzte schon an ein Wunder, dass niemand ernstlich verletzt wurde.

Aus einer Einfahrt tauchte ein Lastschweber auf, der Getränkekisten transportierte. Der Dieb war zu einer Vollbremsung gezwungen und hupte quäkend. Erschrocken stoppte der Lastschweberfahrer sein Fahrzeug, als das Insekt auf seinem Motorrad direkt vor seinem Kühlergrill vorbeischlingerte. Finn folgte ihm durch die Lücke zwischen Motorhaube und Häuserfassade, ohne merklich abzubremsen. Dabei zog er unwillkürlich den Kopf ein, als könne er ihr Gefährt dadurch schmaler machen.

Das Kunststück gelang. Hätte Tresk die Hand ausgestreckt, er hätte die Kühlerfigur, einen kleinen Ringplaneten, von der Motorhaube des Lastschwebers klauben können. Doch der Karadeem hielt den Blick fest auf ihren Gegner gerichtet, zu dem sie durch ihr waghalsiges Manöver nun fast aufgeschlossen hatten.

Der Dieb bog erneut ab und Finn tat es ihm gleich. Dann gab er Schub, und sie zogen mit dem vierarmigen Langfinger gleich. »Jetzt!«, rief Finn.

Tresk ließ sich das nicht zweimal sagen. Schon stand er auf allen vieren auf der Kante des Beiwagens. Mit einem kraftvollen Vorschnellen seiner Beine stieß er sich ab, und bevor Finn sich's versah, schnellte er auf das Insekt zu. Behände landete er hinter diesem auf dem Sozius des Schwebemotorrads.

Das Insekt stieß einen Laut der Verwirrung aus und sah hektisch über die Schulter. Das Gefährt schlingerte kurz, aber der Dieb behielt die Kontrolle. Tresk nutzte den Moment und schnappte sich die Datenbrille.

Vor ihnen sah Finn, dass sich die Straße gabelte. Links zweigte eine schmale Gasse ab, rechts führte die etwas breitere Straße ihren Weg fort. Finn ahnte bereits, welchen Weg das Insekt einschlagen würde. »Beeil dich!«, schrie er. Gleich darauf bremste er kurz und setzte das Mofa hinter das Motorrad, sodass sein Beiwagen sich unmittelbar hinter dem Fahrzeug des Diebs befand.

Mit einem atemberaubenden Sprung warf Tresk sich vom Sozius nach hinten. Noch in der Luft drehte er sich, sodass er frontal und mit allen vieren auf Finns Beiwagen landete. Finn sah, wie er die Krallen ausfuhr und sich in Opa Humps gepolsterten Sitzrand festhielt. Der um seine Beute beraubte Dieb schoss noch völlig verdattert in die Gasse hinein. Finn dagegen riss den Lenker herum und folgte der Straße.

»Unglaublich!«, rief er Tresk zu. »Das war der Hammer!«

»Ich sagte doch, dass ich das kann«, erwiderte der junge Karadeem und glitt geschickt zurück auf den Sitz des Beiwagens. »Klettern und Springen können wir Karadeem.«

»Dann nichts wie weg hier, bevor der Kerl zurückkommt.« Finn bog um eine Kurve und gab Gas. Zur Sicherheit bog er gleich noch mal ab und dann ein drittes Mal. Misstrauisch blickte er über die Schulter, aber von dem Insekt war nichts zu sehen. Ob sie es durch ihre tolldreiste Aktion abgeschreckt hatten oder ob ihnen das Glück einfach hold war, konnte Finn nicht sagen. Aber nach ein paar Minuten war klar: Sie hatten den Dieb abgeschüttelt.

Er verlangsamte ihre wilde Fahrt ein wenig und streckte die Hand aus. »Gibst du mir die Brille?«

»Klar.« Tresk hielt sie ihm hin. »Was ist an dem alten Ding eigentlich so Besonderes? Es sieht nicht so aus, als müsste man deswegen eine Verfolgungsjagd durch die Stadt machen.«

»In der Brille steckt mehr, als es von außen den Anschein hat«, gab Finn zurück.

Er erntete einen fragenden Blick von dem jungen Karadeem.

»Ich erkläre es euch, wenn wir wieder bei Anna sind.«

Eigentlich nahm Anna die Nachricht ganz gut auf, fand Finn.

»Du hast eine Künstliche Intelligenz auf deiner Brille? Du willst mich wohl veralbern!«

»Nein, ehrlich. Es ist wahr!«, beteuerte Finn

Anna schüttelte ungläubig den Kopf. »Wo bei allen Sternen hast du die denn her?«

»Omikron 1 tauchte gestern einfach auf. Er hat sich vom Datenpadd so eines Typen runtergeladen, den mein Paps zum Hafen fuhr. Er sagte, er habe fliehen müssen, um sich zu schützen.«

»Um sich zu schützen?« Anna machte große Augen. »Wovor denn?«

»Weiß ich nicht. Weiß Omikron 1 nicht, um genau zu sein. Er musste eine Menge nicht so wichtiger Daten auf dem Datenpadd zurücklassen, weil meine doofe Brille leider viel zu wenig Speicherkapazität für all sein Wissen hatte.«

»Glaubst du das alles wirklich?«, ertönte eine Stimme von oben.

Finn legte den Kopf in den Nacken und blickte zu Tresk auf. Der junge Karadeem kraxelte gut gelaunt in der Krone eines der Bäume herum, die sie umgaben. »Wie meinst du das?«

»Na ja, das Programm könnte dich doch belügen, oder? Schließlich sind Künstliche Intelligenzen genauso schlau wie lebende Wesen auch – zumindest die, die wir auf Katharrlon programmieren.«

Der Gedanke traf Finn völlig unvorbereitet. Dass Omikron 1 ihm ein Märchen auftischen könnte, damit Finn ihm half, war ihm überhaupt noch nicht in den Sinn gekommen. Konnte das sein? Plötzlich erinnerte er sich an all die Abenteuergeschichten, die er gelesen hatte, die von verrückt gewordenen Robotern oder Computern erzählten. War das nur Fantasie, oder bestand wirklich die Gefahr, dass er einem außer Kontrolle geratenen digitalen Wesen auf den Leim ging?

Er ließ sich auf einer der Bänke im Schatten der Bäume nieder. Anna, Tresk und er befanden sich mittlerweile im Arboretum des Europäischen Viertels. Seit ihrer Verfolgungsjagd durch die Straßen in der Nachbarschaft seines Zuhauses war eine knappe Stunde vergangen. Wie versprochen, hatte Anna mit Heisenberg auf die Jungs gewartet, als sie aus dem Gassengewirr am Rand des Asiatischen Viertels zurückgekehrt waren. Im Anschluss daran hatte Finn Opa Hump das Schwebemofa wiedergebracht; allerdings hatte er sich nicht getraut, bei dem brummigen Grobb zu klingeln, sondern hatte es einfach im Hof abgestellt. Glücklicherweise hatte das Gefährt trotz der halsbrecherischen Jagd keinen Kratzer abbekommen – zumindest keinen, der auf dem rostigen alten Ding weiter aufgefallen wäre.

Und danach waren sie ins Arboretum gegangen, genau so, wie Finn es ursprünglich vorgehabt hatte. Das Arboretum bestand aus einem riesigen, kreisförmigen Gelände, in dem eine ausgedehnte Parklandschaft lag, die in verschiedene Themenbereiche unterteilt war. Bäume, Sträucher und Blumen von der Erde und auch von Welten, deren Klima so ähnlich war, dass sie hier im Freien wachsen konnten, wurden in prächtigen Schmuckpflanzungen präsentiert. Für exotischere Gewächse gab es obendrein große

Glaskuppeln, in denen ein für sie angenehmes Klima geboten wurde, etwa eine höhere Temperatur oder eine starke Luftfeuchtigkeit oder sogar eine andere Zusammensetzung der Atmosphäre. Diese letzten Kuppeln waren für das Publikum nicht frei zugänglich. Die Wege verliefen durch Glasröhren, die einem das Flanieren zwischen den fremdartigen Gewächsen erlaubte, ohne dass man sich der für Menschen giftigen Luft aussetzen musste.

Besonders eindrucksvoll waren allerdings die drei großen Glaskugeln, die auf Stützen aus Stahl und Beton fünfzehn Meter über der Parklandschaft in der Luft saßen und nur durch in Röhren liegende Rolltreppen zu erreichen waren. Die Pflanzen in den Kugeln benötigten die besondere Höhe keineswegs. Die Kugeln waren reine Show – aber sie verfehlten ihren Zweck nicht. Kaum ein Parkbesucher blieb nicht von andächtigem Staunen erfüllt stehen, wenn er sie sah.

Im Augenblick hatte Finn wenig für die farbenprächtigen Gewächse übrig, die links und rechts von ihnen gediehen. Er hatte Anna und Tresk hergeführt, um zu reden. Bloß hatte das Gespräch eine unerwartete Wendung genommen.

»Darf ich etwas dazu anmerken?«, meldete sich plötzlich eine Stimme in seiner Datenbrille zu Wort.

Anna beugte sich nach vorne und auch Tresk sprang von dem Ast herunter, auf dem er gehockt hatte. »Ist das Omikron?«, fragte das Mädchen.

»Ja, ich bin Omikron 1«, erwiderte die K.I., deren leise Stimme aus dem Lautsprecher der Brille drang, die Finn auf dem Schoß liegen hatte. »Und ich möchte betonen, dass ich kein Lügner bin. Ich war wirklich gezwungen, meinen Erschaffern zu entfliehen, auch wenn mir die genauen Gründe leider gegenwärtig unbekannt sind. Ich suchte Zuflucht in Finns Brille, weil sie mir wie ein gutes Versteck vorkam. Ich bedaure, dass ich dich damit in Schwierigkeiten gebracht habe, Finn. Darüber hinaus danke ich euch allen, dass ihr so viel riskiert habt, um die Brille und mich von dem Zirrpiden zurückzuerobern.«

»Dem Zirrpiden?«, wiederholte Finn. »War das dieses grünhäutige Insekt?«

»Genau.«

»Noch nie von denen gehört«, brummte Tresk. »Erstaunlich, dass du deren Namen kennst, obwohl du doch so viele Daten angeblich verloren hast.«

»Keineswegs«, widersprach Omikron. »Ich habe mich einfach in die Völkerdatenbank von Aquaterra eingeklinkt und das Äußere des Wesens mit den dort gespeicherten Einträgen abgeglichen, weil ich nämlich wirklich nicht wusste, wie das Geschöpf heißt.«

»Ziemlich clever«, meinte Anna.

»Natürlich«, erwiderte Omikron. »Ich bin eine K.I., oder nicht? Es ist unsere Aufgabe, ziemlich clever zu sein.«

»Und offensichtlich auch selbstbewusst«, stellte Anna trocken fest.

»Nein, das ist eine besondere Spezialität von mir – glaube ich.«

Finn grinste. »Ganz bestimmt. Na, jedenfalls gern geschehen. Ich konnte dich doch nicht diesem Dieb überlassen. Ganz zu schweigen davon, was mein Vater mir erzählt hätte, wenn ich diese Datenbrille einen Tag, nachdem er sie mir geschenkt hat, verloren hätte. Der hätte mir den Diebstahl doch nie geglaubt, sondern gedacht, ich hätte sie heimlich verkauft, weil ich sie blöd finde.«

Tresks Ohren zuckten, und sein Schwanz pendelte unruhig hin und her, als er sich wieder aufrichtete. »Ich wüsste ja zu gerne, was hinter der ganzen Sache steckt. Wer hat Omikron erschaffen? Und waren diese Zirrpiden tatsächlich nur hinter ihm her und nicht hinter der Brille als solcher? Er muss ihnen ja sehr wichtig sein, wenn sie sich so schnell an seine Fersen geheftet haben.«

»Ich wüsste gerne, wie sie Omikron überhaupt auf die Spur gekommen sind«, bemerkte Anna.

Als Finn über diese Fragen nachdachte, wurde ihm mulmig zumute. »Das kann eigentlich nur eins bedeuten. Dieser komische Mann, den mein Vater und ich gestern Abend mit dem Taxi zum Hafen kutschiert haben, war vielleicht Omikrons Schöpfer. Und er wurde von den Bösewichten geschnappt und ausgequetscht. Er muss ihnen verraten haben, mit welchem Taxi er gefahren ist. Und da sich Omikron nicht mehr auf dem Datenpadd des Typen befand, haben diese Schurken eins und eins zusammengezählt.«

»Klingt logisch«, warf Tresk ein. »Wenn es wirklich so war. Du hast jedenfalls viel Fantasie, Finn. Das ist sicher.«

Finn ignorierte den Karadeem. Das Telefonat mit seinem Vater kam ihm in den Sinn, und er schnippte mit den Fingern. »Das würde auch erklären, warum jemand das Taxi von Paps aufgebrochen und sich am Bordcomputer zu schaffen gemacht hat.«

»Wann ist das passiert?«, wollte Anna erschrocken wissen.

»Heute Morgen. Mein Vater rief mich an, kurz bevor wir uns getroffen haben. Er sei bei der Polizei, weil sich jemand am Taxi zu schaffen gemacht hat. Das ergab für keinen von uns Sinn. Aber jetzt glaube ich, dass der Einbrecher nach Omikron gesucht hat.«

»Und als er ihn nicht fand, hat er den entführten Erbauer von Omikron noch einmal genauer befragt ...«, mutmaßte Anna.

»… woraufhin der sich an meine neue Brille erinnerte, mit der ich gestern herumgespielt habe.« Finn nickte. »Genau so könnte es gewesen sein. Es würde alles zusammenpassen, findet ihr nicht auch?« Er sprang von der Bank auf.

»Vorausgesetzt, du fantasierst nicht nur«, murmelte Tresk.

Finn ignorierte ihn weiterhin.

»Was hast du vor?«, fragte Anna.

Er sah Tresk und sie an. »Ich finde, wir sollten uns zur Polizeiwache begeben. Mein Vater ist bestimmt noch dort. Vielleicht erfahren wir dann mehr über die Umstände des Taxi-Einbruchs. Das könnte uns auf eine Spur bringen, mit der wir das Geheimnis von Omikrons Herkunft lüften.«

»Du willst dich mit diesen Burschen anlegen?« Anna zog zweifelnd die Augenbrauen hoch.

»Nicht anlegen«, sagte Finn. »Ich will nur mehr über sie herausfinden. Und, na ja, wenn es am Ende dazu führt, dass die Fieslinge Omikron in Ruhe lassen, wäre das nicht das Schlechteste. Schließlich habe ich keine Lust, mich von jetzt an jedes Mal umdrehen zu müssen, wenn ich das Haus verlasse. Das verstehst du doch sicher, oder?«

Tresk entblößte seine Eckzähne zu einem gefährlichen Raubtiergrinsen. »Eine Jagd auf geheimnisvolle Schurken? In Ordnung, das klingt nach einem Abenteuer nach meinem Geschmack. Ich dachte schon, das Leben auf der Erde würde ganz furchtbar öde werden. Aber wenn stimmt, was du da sagst, dann habe ich mich geirrt.«

Anna schnitt eine Grimasse. »Na schön. Schaden kann es sicher nicht, wenn wir uns bei der Polizei mal umhören. Zumal ich euch nicht alleine losziehen lassen kann. Mein Vater kriegt einen Anfall, wenn er hört, dass ich den Sohn des Botschafters der Karadeem auf irgendeine verrückte Jagd durch Aquaterra habe ziehen lassen. Da bleibe ich lieber bei euch und passe auf, dass ihr nicht noch mehr Dummheiten begeht.«

»Sie klingt wie ein Kindermädchen, das ich vor Jahren mal hatte«, sagte Tresk zu Finn und verdrehte die gelben Katzenaugen.

»Ja, so ist Anna: Immer besorgt um ihre Schützlinge.« Finn grinste. Dann zuckte er zusammen, als eine kleine, kräftige Mädchenfaust ihn schmerzhaft am Oberarm erwischte.

Kapitel 5

(K)ein erstaunlicher Zufall

»Ach du meine Güte.« Ungläubig starrte Anna auf das kleine Gebäude auf der anderen Straßenseite. »Das soll eine Polizeiwache sein? Bist du sicher, dass wir nicht an der falschen Adresse sind?«

Finn schüttelte den Kopf. »Nein, wir sind genau richtig. Wieso?«

Wie sollte sie ihm das erklären? Da, wo sie wohnte – drüben im Regierungsviertel der Stadt –, waren Polizeiwachen große, hübsche Bauten aus Glas und Stahl, die im Licht der Atlantiksonne glänzten.

Die Wache in Finns Nachbarschaft war … anders. Das Haus hatte gerade einmal zwei Stockwerke und war aus rotem Backstein gebaut. Seine Fenster waren klein und mit eisernen Stangen vergittert, seine Eingangstür wirkte klobig und war schwarz wie die Nacht. Einzig das blau-weiße Holo-Schild über dem Eingang bewies, dass es sich um dieselbe Art von Haus handeln musste. Denn auch an Annas eigener Wache stand groß und breit »Polizei Aquaterra« geschrieben.

»Also dann«, sagte Tresk und schaute erst Finn und dann Anna fragend an. Er wirkte ungeduldig. »Gehen wir rein? Dafür sind wir ja hergekommen, oder?«

»Klar«, antwortete Finn. Er sah nach links und rechts, und als sich eine Lücke im Straßenverkehr zeigte, lief er los. Anna und Tresk folgten ihm.

Der Eingang der Wache lag am oberen Ende einer drei steinerne Stufen großen Treppe. Finn hatte die untere Stufe gerade betreten, da flog die Tür weit auf, und zwei Männer traten ins Freie. Wobei: Eigentlich trat nur einer. Der andere wurde hinterhergezerrt und so unsanft die Stufen hinunterbugsiert, dass er auf dem Asphalt landete!

»Unn nich wiederkomm!«, rief der erste Mann – ein breitschultriger Grobb – mit donnernd lauter Stimme. »Klaa? Nich wiederkomm, sonns werd ich böse!«

Der Grobb war groß. Zu groß für seine dunkelblaue Polizeiuniform. Das arme Kleidungsstück spannte an allen Nähten. Der Stoff drohte fast zu reißen, wann immer der Grobb mal tief einatmete. Doch das schien der gar nicht zu merken, zumindest im Moment nicht, denn jetzt hatte er sowieso nur Augen für den anderen Mann.

Der konnte kaum unterschiedlicher sein. Wo der Grobb groß und stark wirkte, war er schmal und schmächtig. Es handelte sich um einen Menschen: blasse Haut, hohe Stirn, dünner Schnurrbart. Er trug einen ockerfarbenen Mantel mit breitem Kragen und eine dunkle, mehrfach geflickte Hose.

»Aber, aber«, sagte der Mann. Missmutig rappelte er sich vom Bürgersteig auf. Tadelnd sah er den Grobb an und klopfte sich dabei den Staub von den Mantelärmeln. Er sah aus, als hätten er *und* sein Mantel schon deutlich bessere Tage gesehen. »Mein lieber Brukk, ich muss doch sehr bitten. Wo bleiben Ihre Manieren, hm?«

»Wachmeisser Brukk!«, donnerte der Grobb. »Das heiß Wachmeisser Brukk, klaa? Für dich immer noch …«

»Wachtmeister Brukk, schon verstanden.« Seufzend hob der Mensch die Hand und winkte ab. So ramponiert sein Äußeres wirkte, so stolz wirkte seine Körpersprache. Fast schon arrogant. »Trotzdem brauchen Sie nicht so mit mir umzugehen, mein Bester. Ich bin ein Bürger dieser Stadt, nicht wahr. Ich habe Rechte!«

»Reche?« Der Grobb stemmte die Pranken an die Hüfte und schnaubte belustigt. Er wirkte absolut stolz und absolut stark. »Nix da. *Wir* sinn der Rech! Unn der Gesetz, der sinn wir auch. Und du bis kleiner Gauner, sonns nix.«

»Erstens«, erwiderte der Menschenmann kopfschüttelnd, »heißt es das Recht, nicht der. Zweitens heißt es auch das Gesetz, nicht … Also wirklich, Brukk, Sie könnten ruhig mal Nachhilfe in Grammatik nehmen. Es würde sicher helfen.« Der Grobb wollte schon wieder aufbrausen, doch der Mensch redete schnell weiter. »Und drittens bin ich selbstredend kein Gauner, sondern ein ehrbarer Geschäftsmann, verstanden? Einer, der sich entschieden gegen diese Art der Behandlung wehrt.«

»Ehrbaa?« Abermals schnaubte der Grobb. »Ehrbaa unn verkauf gestohlne Technik auffer Straße? Ausm Koffer? Unn läuf weg, wenn Polizei komm?«

»Nun ja.« Der Mensch, der ziemlich schmierig wirkte, legte den Kopf leicht schräg. Die Beschreibung des Wachtmeisters schien ihm peinlich zu sein. »Jeder nach seiner Fasson, nicht wahr? Das hier ist Aquaterra, Wachtmeister Brukk. Hier darf jeder nach seiner Art selig werden.«

»Oder inne Zelle wandern«, erwiderte der Grobb. »Nix mehr

klaun, Jahkobb, sonns kommich wieder. Unn dann binnich nich mehr so freundlich!« Damit drehte er sich auf dem Absatz um, verschwand im Haus und schlug die klobige Eingangstür donnernd hinter sich zu.

»Was für ein Wichtigtuer«, murmelte der Menschenmann. Beleidigt strich er sich die Kleidung glatt, dann richtete er sich das gewellte und durch den Sturz in Unordnung geratene Haar. »Und was für ein Grobian. Ehrlich, wenn ich unsere kleinen Streitigkeiten nicht so amüsant fände, hätte *ich* die Polizei längst auf *ihn* angesetzt.«

Die drei Freunde hatten dem seltsamen Schauspiel schweigend und fassungslos zugesehen. Erst jetzt, da er sie anlächelte, begriff Anna, dass zumindest der Mensch schon die ganze Zeit gewusst hatte, dass sie da waren.

»Mein Name lautet übrigens Jakob«, stellte er sich den dreien nun vor und deutete sogar eine kleine Verbeugung an. »Jakob Jeremias von und zu Pünderitsch. Der Dritte. Ich bin der jüngste Spross einer alten europäischen Adelslinie, müsst ihr wissen. Und zu eurer großen Freude bin ich sehr erfreut, eure Bekanntschaft zu machen.«

»Äh … Hallo«, gab Anna zurück. Tresk sah sie und Finn ratlos an, und sie zuckte mit den Schultern. »Haben Sie sich wehgetan?«

»Ach das?« Pünderitsch sah hinter sich auf den Bürgersteig. Seine Mundwinkel zuckten amüsiert. »Aber nicht doch, meine Liebe. Nur keine Sorge. Dieses Spiel spielen der gute Brukk und ich schon seit Jahren, weißt du? Er stört mich bei der Arbeit, ich störe ihn auf der Wache, dann stört er mich wieder bei der Arbeit … Und so weiter. Ein ewiger Kreis, hehe.«

»Arbeit?« Finn schüttelte den Kopf. »Für mich klang das eher, als störe er Sie beim Versuch, gestohlene Sachen zu verkaufen. Das ist keine Arbeit, sondern ein Verbrechen.«

»Die einen sagen so, die anderen sagen so«, gab der schmierige Jakob gelassen zurück. Dann sah er zur Straße. »Aber hört mal: Ich bin – dank unseres guten Wachtmeisters, wohlgemerkt – aktuell leider ein wenig knapp bei Kasse, und die Schwebebahn hat just vorige Woche ihre Fahrpreise erhöht. Schlechtes Timing, hm? Sagt, kann ich euch vielleicht für eine Armbanduhr interessieren? Ich mache euch auch einen absoluten Freundschaftspreis.« Er öffnete seinen Mantel und präsentierte drei Reihen goldener Uhren, die rechts ins Innenfutter eingenäht waren.

»Nein danke«, sagte Anna entschieden – und zog Tresk zurück, der neugierig einen Schritt vorgetreten war. »Wir möchten kein Diebesgut.«

»Diebesgut?« Pünderitsch gab sich entrüstet. »Verehrte junge Dame, das sind hochwertige Produkte aus Übersee! Kostbare Uhren aus echter Handarbeit. Jedes Stück ein kleines Meisterwerk, verlässlich wie das Meer … und wie die ungehobelte Natur der Grobb.«

»Sie hat Nein gesagt«, betonte Finn mit fester Stimme. »Belassen wir's dabei.« Er wollte wieder die Treppe hinaufsteigen, doch Pünderitsch war schneller. Mit flinkem Fuß sprang der schmierige Geselle vor Finn und versperrte ihm den Weg.

»Na gut, na gut«, sagte er hastig und mit absolut übertriebener Freundlichkeit. »Dann ja vielleicht etwas anderes. Ich habe auch noch Eintrittskarten dabei. Für die große Feierlichkeit, die heute im Zoo stattfinden soll. Eigentlich sind die Karten längst überall ausverkauft, aber der gute alte Jakob wäre nicht der gute alte

Jakob, wenn er für seine neuen Freunde nicht noch ein paar übrig hätte.« Hier öffnete er den Mantel auf der anderen Seite und präsentierte eine Innentasche, aus der mehrere bunt bedruckte Pappstreifen ragten.

»Die Feier im Zoo ist längst vorbei!«, schimpfte Anna. So ein dreister Gauner war ihr noch nie begegnet. Der wollte ein Adliger sein? Bestenfalls ein Lügenbaron! »Außerdem gab es dafür nirgendwo Eintrittskarten, sie war nämlich für alle Besucher vollkommen kostenlos. Sie lügen uns an!«

»Ach ja?« Pünderitschs freundliche Miene verfinsterte sich. Der vermeintlich so ehrbare Geschäftsmann wirkte plötzlich ganz und gar nicht mehr kundenfreundlich. »Und wer bist du, dass du das so genau wissen willst, hm?«

»Anna Falke«, antwortete Tresk, noch bevor sie reagieren konnte. Der junge Karadeem lächelte grimmig und sah dem großmäuligen Kleinganoven ins Gesicht. »Die Tochter des Bürgermeisters. Und ich bin der Sohn eines Botschafters, falls Sie das als Nächstes fragen wollten.«

Fünf Sekunden lang geschah gar nichts. Pünderitsch stand da wie vom Blitz getroffen und starrte die drei Freunde an. Sein Mund war offen, aber kein Laut kam über seine Lippen. Auch das Atmen schien er komplett eingestellt zu haben – vor lauter Schreck.

Dann kam wieder Leben in ihn. Ohne ein weiteres Wort zu verlieren, wirbelte der inzwischen kreidebleich gewordene Gauner herum und rannte los – mitten auf die Straße. Mit dem Geschick eines Mannes, der dergleichen vermutlich öfters tat, huschte er zwischen den wütend hupenden Fahrzeugen hindurch, ohne verletzt zu werden. Dabei war er schnell wie der Blitz.

»Den sehen wir nie wieder«, sagte Finn.

»Das ist auch besser so«, fand Tresk. »Dieser Grobb hat nämlich vollkommen recht: Der Kerl hat keine Ehre.«

»Aber er wird weiter seine zwielichtigen Geschäfte machen«, protestierte Finn. »Das geht doch nicht.«

»Du hast ihn gehört«, sagte Anna. »Er und Wachtmeister Brukk sind alte Bekannte. Überlassen wir ihn daher der Polizei, einverstanden? Wir haben aktuell ganz andere Sorgen, falls du das nicht mehr weißt.«

Finn blinzelte. »Ach ja, richtig.« Vor lauter Ablenkung schien er den Grund ihres Kommens total vergessen zu haben. Nun deutete er auf die Tür der Polizeiwache. »Also, gehen wir rein?«

Tresk lachte. »Hab ich das nicht vorhin schon gefragt?«

»Kommt, ihr Spinner«, sagte Anna. Grinsend zog sie die beiden Jungs die Stufen hinauf.

Die Tür der Wache führte in einen langen, beigefarbenen Flur. Boden und Decke waren mattschwarz, und schwarz waren auch die Zimmertüren, die rechts und links von dem Flur abgingen. Anders als draußen auf der Straße, roch die Luft hier drin eigenartig verbraucht und muffelig.

Am vorderen Ende des Flurs, keine drei Schritte von der Eingangspforte entfernt, stand ein breiter Empfangstisch. Dahinter stand der Grobb mit der arg spannenden Uniform und starrte auf einen Holo-Bildschirm. Als er die drei Freunde auf sich zukommen sah, machte er große Augen. »Nee«, sagte er.

»Bitte?«, sagte Anna.

»Nee«, sagte der Grobb erneut.

Anna seufzte innerlich. Grobb konnten schwierig sein. »Entschuldigung, aber ich hatte Sie verstanden. Ich fragte mich nur, *warum* Sie das sagten. Obwohl wir ja noch gar nichts gesagt hatten.«

»Weil das hier die Polizei is unn kein Kinnerspielpa... Spiellap... Spielpalla...« Das Wort schien ihm ernste Schwierigkeiten zu bereiten. Mit jedem neuen Versuch, es auszusprechen, wurde der Grobb ungeduldiger und zorniger, aber auch angestrengter. Bei Versuch Nummer vier stand Schweiß auf seiner Stirn. »Spiepmatz ... Liebspa...«

»Spielplatz«, sagte Finn schnell und erlöste sie alle von der eigenartigen Situation. »Das wissen wir. Wir kommen auch nicht zum Spielen, sondern weil wir jemanden suchen.«

»Is nich da«, sagte Wachtmeister Brukk. Erleichtert atmete er aus und wischte sich den Schweiß von der ledrigen Stirn.

»Wer?«, wunderte sich Tresk.

»Ja.« Brukk nickte ernst. »Der auch nich.«

Anna musste schmunzeln. So unfreundlich die Grobb mitunter wirkten – und es nicht selten auch waren –, so oft waren sie einfach nur schwer von Begriff. Letzteres schien auf den Wachtmeister zuzutreffen. »Verzeihen Sie, Wachtmeister Brukk«, sagte sie freundlich, »aber da irren Sie, oder? Herr Ole Hansen ist *bestimmt* noch da.«

Brukks Augen wurden wieder groß. Staunend sah er das Mädchen an. Dass Anna seinen Namen kannte, verblüffte ihn merklich.

»Sie wissen schon«, setzte Anna sogleich nach. »Der Taxifahrer von heute Vormittag? Der mit dem gehackten Bordcomputer?«

Konzentriert betrachtete er Anna. Er schien sich das Hirn zu zermartern, wo er ihr schon einmal begegnet sein sollte. Und wahrscheinlich fragte er sich, warum sie so viel über ihn und seine Wache wusste. Dann gab er auf. »Zimmer neun«, sagte er und ließ die drei Freunde anstandslos passieren.

»Der arme Kerl«, flüsterte Finn und grinste breit, kaum dass sie ein paar Meter weiter im Gebäudeinneren waren. »Den hast du völlig verwirrt, Anna. Der hat uns nur durchgelassen, weil er sich nicht mehr sicher war, ob wir nicht doch hierher gehören.«

»Es schadet nie, ein paar Tricks auf Lager zu haben«, fand Tresk und nickte ihr anerkennend zu. »Erst recht nicht, wenn der Gegner so leichtgläubig ist wie ein Grobb.«

»Brukk ist doch nicht unser Gegner«, beschwerte sich Anna. »Der macht nur seine Arbeit.«

»Und kommt sich dabei sehr, sehr wichtig vor«, betonte Finn. »Was ein Problem sein kann. Aber nur, wenn man keine Anna dabeihat.«

»Hört, hört«, sagte Tresk und nickte schon wieder.

Anna spürte, dass sie gleich rot werden würde, und wechselte schnell das Thema. »Da vorn steht's: Zimmer neun. Wir sind am Ziel, Leute.«

Vor einer der schwarzen Türen blieben sie stehen. Finn hob die Hand und klopfte an. Nichts geschah. Also klopfte er ein zweites Mal, wieder reagierte niemand.

»Lass mich mal«, bat Tresk. Er trat vor, hob die pelzige Rechte und hämmerte dreimal mit voller Wucht gegen das Holz!

»Herein?«, kam eine Stimme von jenseits der Schwelle.

Tresk sah seine zwei Begleiter an, als wolle er »So macht man das« sagen, blieb aber stumm. Stattdessen öffnete er einfach die Tür.

Der Raum, der dahinter lag, war ziemlich winzig und sah aus, als wäre er aus einer anderen Zeit gefallen. Deckenhohe Regale säumten seine Wände und waren mit allerlei Zeug vollgestellt. Anna sah altmodische Aktenordner, Schachteln und Kistchen, Bücher aus echtem Papier, aber auch allerhand technische Geräte, die zum Großteil ziemlich lädiert wirkten.

Hinter einem klobigen Schreibtisch, der unter allerlei Durcheinander begraben war, saß ein kleiner Bimmi auf einem hohen Stuhl. Er hatte blassgraue Haut und einen vollkommen kahlen Schädel, der im Schein der Schreibtischlampe glänzte. Sein winziger Körper war in eine maßgeschneidert wirkende Polizeiuniform gehüllt, die er mit allerhand Orden, Abzeichen und silbern schimmernden Knöpfen »verziert« hatte. Bimmi liebten es aufzufallen.

»Potzdonnerblitz!«, entfuhr es dem Bimmi, als er die drei Freunde sah. Blinzelnd sah er Finn an. Auf einem kleinen Schild auf seinem Schreibtisch stand sein Name: Kommissar Drychs. »Ich hatte zwei Tassen Kaffee bestellt, keine drei blassen Kinder. Nein, das hatte ich nicht.«

»Verzeihung«, sagte Finn höflich und trat vor. Auch Bimmi konnten schwierig sein, das wusste er. Anders schwierig als Grobb, aber trotzdem schwierig. »Wir sind nur zu Besuch in Ihrer Wache. Mein Name ist Finn Hansen, wissen Sie, und wir suchen …«

»Junge, was machst du denn hier?«, fiel ihm jemand ins Wort. Ole Hansen, Finns Vater, saß rechts neben der Tür auf einem Besuchersessel. Erst jetzt, da sie ganz im Raum standen, konnten sie ihn sehen. »Und auch Anna, hallo. Sucht ihr mich?«

»Jein«, antwortete Finn. »Stören wir etwa?«

»Aber nicht doch.« Ole rollte mit den Augen, aber nur Anna konnte es sehen. Er schien erleichtert, nicht länger allein mit dem etwas wirr wirkenden Herrn Drychs sein zu müssen. »Der Kommissar und ich wollten uns gerade einer neuen heißen Spur in der Sache mit meinem Taxi widmen. Richtig, Herr Drychs? Wie es aussieht, gibt es einen Zeugen für den Einbruch von heute Morgen!«

Das war neu. Interessiert versammelten sich Anna, Tresk und die beiden Hansens vor Drychs Schreibtisch.

Der Bimmi nickte so fest, als platze er vor Stolz über die Arbeit seiner Wache. »Ganz genau, ganz genau. Einen waschechten Zeugen.« Dann stutzte er, und sein Blick ging nachdenklich ins Leere. »Obwohl: Ob er wirklich waschecht ist, weiß ich gar nicht. Man müsste ihn mal in die Badewanne stecken und es ausprobieren.« Er drückte mit seiner kleinen Hand auf eine Taste, die auf der Schreibtischunterseite verborgen lag. »Wachtmeister Grobb, könnten Sie bitte einmal herausfinden, ob unser Zeuge waschecht ist? Nehmen Sie ihn einfach mit ins Bad, verstanden?«

Die Taste öffnete offenbar einen Funkkanal zum Empfangstisch. Und tatsächlich drang sofort die Stimme des Grobb aus den Lautsprechern unterhalb der Decke von Zimmer neun. »Einmal Zeugen waschn, verstanden. Kannich sofort machn, Herr Komsi… Nee… Kommsa… Herr Komsissa… Nee…«

»Kommissar«, fiel Ole Hansen dem Grobb ins Wort. Finns Vater sah aus, als wisse er nicht, ob er lachen oder weinen sollte. Und Anna verstand ihn gut: Ein Grobb und ein Bimmi waren eindeutig zu viel des Wahnsinns – selbst in Aquaterra, der wohl buntesten und wahnsinnigsten Stadt der Erde. »Kommissar, wollten wir uns nicht allein um die *Aussage* dieses Zeugen kümmern? Um mein Taxi und den Einbruch?«

Der Bimmi blinzelte wieder. Mit einem Mal schien er den unsinnigen Waschbefehl und das Gespräch mit dem Grobb total vergessen zu haben. »Ja, selbstverständlich«, sagte er ganz selbstverständlich. »Deswegen hatte ich Sie ja zu mir gebeten, Herr Hansen. Das hatte ich.« Er beugte sich vor und drückte mit seiner kleinen Hand auf eine andere Taste unter seinem Tisch. Im selben Moment erschien ein Holo-Schirm mitten über dem Tisch. »Der Zeuge konnte den Einbrecher nämlich recht gut beschreiben, wie man mir sagt. Und meine Kollegen haben aus seinen Angaben ein Bild gefertigt.« Zufrieden verschränkte er die kleinen Ärmchen vor der schmalen Brust und sah Finns Vater dann triumphierend an. »Also, Herr Hansen: Kennen Sie diese Person?«

Auf dem Holo-Schirm erschien eine Zeichnung. Sie zeigte einen menschenähnlich gebauten, großen grünen Käfer. Ein gewaltiges Insekt mit Facettenaugen, Chitinpanzer ... und vier Armen!

Anna traute ihren Augen kaum. Das war tatsächlich der Dieb von vorhin, der mit dem Schwebemotorrad! Oder sahen alle Mitglieder dieser Spezies so aus? Sie bezweifelte es – und vor allem bezweifelte sie, dass das hier ein Zufall war!

»Nein, bedaure«, antwortete Ole Hansen niedergeschlagen. »Diesen Mann habe ich noch nie gesehen, Herr Kommissar.«

»Aber wir«, gestand Finn hörbar erstaunt.

»Wie bitte?«, fragten Kommissar Drychs und Finns Vater wie aus einem Mund.

»Ihr kennt den?«, schob Ole Hansen nach. Er klang fassungslos.

»Kennen ist zu viel gesagt«, gestand Anna zerknirscht. »Er – oder jemand, der ihm sehr ähnlich sieht – hat vor zwei Stunden versucht, Finns Datenbrille zu stehlen. Es ist ihm aber nicht gelungen.«

»Jedenfalls nicht lange«, ergänzte Tresk mit siegessicherem Grinsen.

»Was ist los?« Finns Vater machte große Augen. »Was erzählt ihr denn da? Jemand wollte dich bestehlen? Erst mein Taxi, dann du?«

»Moment mal.« Drychs hob abwehrend die Hände. »Ihr sagt, ihr seid mit dieser Person bekannt? Das sagt ihr?«

»Nein«, antwortete Finn.

»Ja«, antwortete Tresk.

»So 'n bisschen«, sagte Anna – alles gleichzeitig.

Ole setzte sich wieder. Er war ein wenig blass geworden. »Erzählt mal von Anfang an, Leute«, bat er die drei. »Aber ganz langsam und in allen Details.«

Finn kam der Bitte umgehend nach. Schnell beschrieb er, was sich vorhin in seiner Straße abgespielt hatte. Wie gefährlich die Verfolgungsjagd des Täters gewesen war, ließ er aber aus. Er schien seinem Vater nicht noch mehr Grund zur Sorge geben zu wollen, und das, fand Anna, war absolut verständlich.

»Interessant, interessant«, murmelte Kommissar Drychs, nachdem Finn seinen Bericht beendet hatte. »Und ganz schön überraschend. Aber mehr wisst ihr drei nicht über diesen Mann? Nicht seinen Namen, nicht seinen Wohnort? Wisst ihr das nicht?«

»Absolut nichts«, antwortete Anna. »Tut uns leid.«

»Bedauerlich, meine Liebe«, fand der Bimmi. »Aber durchaus interessant. Doch, doch, durchaus.« Wieder öffnete er einen Funkkanal. »Wachtmeister Brukk, hören Sie: Es gibt vermutlich einen Zusammenhang!«

»Verstanden, Herr Komdibar«, sagte der Grobb durch die Lautsprecher. Er klang erfreut. Ahnungslos, aber erfreut. »Nen Zusammenfang!«

»Dann glauben Sie, es besteht eine Verbindung zwischen dem

versuchten Diebstahl und dem Einbruch in mein Taxi?«, fragte Finns Vater.

»Vielleicht«, sagte Drychs. »Vielleicht aber auch nicht. Es könnte tatsächlich reiner Zufall sein, dass beide Täter sich so ähnlich sehen. Aber wir müssen sie finden, um das genauer sagen zu können. Das müssen wir.« Der Bimmi schaute Finn nachdenklich an. Dann nickte er aber. »Also gut. Da Sie, Herr Hansen, den Mann ebenfalls nicht kennen, gebe ich die Zeichnung hiermit an unsere Streifen draußen in der Stadt weiter. Ja, das mache ich. Vielleicht begegnen sie ihm ja. Dann melden wir uns natürlich umgehend.« Damit schien das Thema beendet, zumindest für den Augenblick.

»Und was ist mit meinem Wagen?«, fragte Finns Vater. »Ich will nicht undankbar erscheinen, aber ich muss Geld verdienen. Ich brauche das Taxi schnellstmöglich wieder.«

»Ach ja? Bedauerlich.« Drychs nickte. »Der Wagen ist noch drüben in der Spurensicherung. Gehen Sie einfach mal rüber und fragen nach, wie lange die Kollegen noch brauchen. Es wird sicher nicht mehr lange dauern. Wird es sicher nicht.«

Ole stand nur zu gern auf. »Das mach ich. Vielen Dank, Herr Kommissar.« Gemeinsam verließen die vier das Büro des Bimmi. Auf dem Gang angekommen, sah Finns Vater wieder zu den Freunden. »Ich muss nach links, aber ihr braucht mich nicht zu begleiten. Es reicht, wenn nur ich hier drin meine Zeit vergeude. Geht ruhig wieder und spielt, okay? Aber am besten zu Hause. Seid vorsichtig! Ich weiß nicht, was hier gerade vor sich geht, aber es klingt sehr, sehr eigenartig.«

Die Freunde versprachen es. Sie trennten sich von Finns Vater und machten sich auf den Weg. Als sie den Empfangstisch passierten, nickten sie Wachtmeister Brukk freundlich zu. Der Grobb sah sie an, als sähe er sie zum ersten Mal und wundere sich, wo sie so plötzlich herkamen.

Draußen auf dem Bürgersteig blieben sie stehen. »Das war ja was«, murmelte Anna. »Glaubt ihr, der Dieb und der Kerl auf dieser Zeichnung sind ein und dieselbe Person?«

Tresk zuckte mit den Schultern. »Es könnten Brüder sein«, schlug er vor.

»Jedenfalls werden wir es nicht erfahren«, sagte Finn seufzend, »solange die Polizei sie nicht findet.«

»Nicht verzagen, K.I. fragen«, meldete sich Omikron 1 plötzlich.

Finn zog die Brille aus der Innentasche seiner dünnen Jacke und setzte sie auf. »Wolltest du etwas sagen?«

»Ganz genau, Finn.« Anna sah, wie es hinter den Brillengläsern aufleuchtete. Omikron 1 schien Finn etwas zeigen zu wollen. »Ich bin mir ziemlich sicher, dass ich weiß, wie ihr den Dieb aufspüren könnt. Und zwar jetzt sofort!«

Kapitel 6

Unter Aliens

»Du weißt, wie wir den Dieb aufspüren können?« Ungläubig drehte Tresk der sprechenden Brille die Ohren zu und legte den Kopf schief. »Wie das denn?«

»Ich war so frei und habe mich in den Minuten meiner Entführung in das Navigationssystem des Schwebemotorrads eingeklinkt«, verkündete die blechern klingende Stimme der Künstlichen Intelligenz aus dem kleinen Lautsprecher der Datenbrille. »Dort habe ich einen digitalen Anpeilpunkt zurückgelassen – eine Art Markierung, die sich orten lässt. Ich kann das Motorrad also rufen, und es wird mir mit einem Signal antworten.«

»Wow, das ist irre, Omikron«, entfuhr es Finn. »Du bist den Schurken wirklich immer einen Schritt voraus.«

»Ich bin eine K.I., die Intelligenz ist schon Teil meines Namens«, erwiderte das Programm – und Tresk hätte schwören können, dass es dabei ganz schön selbstzufrieden klang.

»Also dann ruf das Schwebemotorrad an«, forderte Anna Omikron auf.

»Die Sache hat leider einen Haken«, antwortete die K.I. betrübt. »Die Verbindung hat nur eine begrenzte Reichweite. Der Funksender in dem Schwebefahrzeug ist nicht sehr stark, und der in dieser Brille ist auch nicht das neuste Modell.« Omikron gab ein Geräusch von sich, als seufze jemand in eine Konservendose. »Minderwertige Hardware ist einfach schrecklich.«

Das schien auch Finns Begeisterung zu dämpfen. »Okay, wie nah müssen wir an das Schwebemotorrad ran, damit du es orten kannst?«

»Auf ungefähr fünfhundert Meter.«

»Puh …« Der Menschenjunge fuhr sich mit der Hand durchs Haar. »Aquaterra ist ziemlich groß, und das Schweberad kann überall sein. Das wird nicht leicht.«

Tresk verschränkte die Arme vor der Brust. »Hier gibt es doch ein Galaktisches Viertel, wo alle wohnen, die nicht von der Erde stammen.« So viel hatte er immerhin bereits mitbekommen.

»Nicht alle, aber viele, ja, das stimmt«, antwortete Anna.

»Dann sollten wir da anfangen zu suchen. Bis jetzt habe ich noch keins dieser grünen Viecher in Aquaterra gesehen. Es wird also nicht viele von ihnen hier geben, richtig?«

»Stimmt schon«, sagte Finn, der die Datenbrille auf die Stirn schob. »Für mich war Herr Vierarm auch neu.«

»Also wird er ein Glücksritter oder ein Schurke sein«, meinte Tresk. »Und die treiben sich gerne dort herum, wo es möglichst bunt zugeht. Ein einzelner … wie hieß der Kerl noch mal?«

»Ein Zirrpide«, half Omikron höflich aus.

»Ein einzelner Zirrpide würde doch unter Menschen auffallen, wie ein … nun ja, wie ein riesiges, vierarmiges Insekt unter lauter zweiarmigen Nackthäuten.« Tresk nickte bekräftigend. »Der versteckt sich bestimmt im Galaktischen Viertel, wo sich so viele seltsame Gestalten herumtreiben, dass er in dem Durcheinander gar nicht auffällt.«

»Klingt logisch.« Finn deutete zur nahen Hyperloop-Station. »Fangen wir also im Galaktischen Viertel mit der Suche an.«

Sie begaben sich zu der Transportröhre und nahmen die nächste Bahn. Tresk musste zugeben, dass er die Bahnen, die an gläserne Würmer erinnerten, die durch ebenfalls gläserne, kreisförmige Röhren schossen, ziemlich schick fand. Und zu seinem Erstaunen handelte es sich sogar um menschliche Technologie. Jetzt mochte er schon zwei Sachen in Aquaterra – Döner und Hyperloops – und das an einem Tag. Er musste aufpassen. Am Ende gefiel es ihm hier noch.

Sie verließen das Europäische Viertel und rauschten über das Asiatische Viertel hinweg. Tresk staunte, wie sehr sich der Anblick auf den Straßen dadurch änderte. Die glänzenden Hochhäuser im Zentrum der Stadt ähnelten sich noch am meisten, allerdings wiesen die Gebäude hier immer wieder riesige Werbebildschirme auf, die sich zum Teil über mehrere Stockwerke erstreckten. Blasshäutige Menschenfrauen mit einer Haut wie Porzellan, rosa Blütenregen und seltsame Schriftzeichen waren auf ihnen zu sehen. Viele der kleineren Gebäude waren ebenfalls von blinkenden Schildern und Werbetafeln bedeckt. Außerdem spannten sich Lampiongirlanden über manchen Straßen, und einige Häuser, die einen traditionelleren Eindruck machten, wiesen weit geschwungene, rote Ziegeldächer auf. Ohne Zweifel war das Asiatische Viertel ungleich bunter als sein Nachbar, in dem Finn lebte – und es wirkte auch viel voller, so als würden hier doppelt so viele Menschen leben wie einige Straßenzüge weiter. Tresk fand das ziemlich seltsam.

Dann glitten sie weiter, und kurz darauf kam das Galaktische Viertel in Sicht.

Als Tresk die eleganten, blätterartigen Hochhäuser der Atherier, die klobigen Wohnklötze der Grobb und die Architektur seines eigenen Volkes sah, begann er sich gleich heimischer zu fühlen. Dieses Viertel atmete den Hauch der galaktischen Gemeinschaft! Hier würde er sich bestimmt zurechtfinden.

»Und, Omikron?«, flüsterte Finn neben ihm. Er hatte die Datenbrille wieder aufgezogen und starrte, wie Tresk von außen sah, auf winzige Lichtsymbole. »Hast du schon was entdeckt?«

»Negativ«, drang die ebenfalls heruntergeregelte Stimme der K.I. an Tresks feine Ohren. »Das gesuchte Fahrzeug befindet sich noch außer Reichweite.«

»Wir sollten in die Monorail umsteigen und einmal quer durch das ganze Viertel fahren«, schlug Anna vor, und so wechselten sie am nächsten Stopp ihr Fortbewegungsmittel.

Anders als die Hyperloop, die nur an einem Bahnhof pro Viertel haltmachte, war die Monorail eine Art Nahverkehrsmittel, wie Tresk feststellte. Auf erhöhten Schienen glitt sie über den Straßen des Viertels dahin, schlängelte sich zwischen den Hochhäusern hindurch und fuhr manchmal auch mitten durch deren Bauch, nur um dort an einer Haltestelle zu stoppen, beispielsweise an einem Einkaufszentrum oder einem Freizeitvergnügen. Hatten in der Hyperloop vor allem ernst wirkende Geschäftsleute und staunende Touristen gesessen, merkte man der Monorail an, dass sie ein Alltagsgefährt für die jeweils ansässigen Bewohner war. Hier war Tresk plötzlich kein Exot mehr, sondern Finn und Anna fielen auf – wobei das auch nicht ganz stimmte, denn es gab hier Angehörige so vieler verschiedener Völker, dass seine beiden neuen Freunde einfach zwei weitere Gestalten im bunten Durcheinander aus grünen, blauen und roten, geschuppten, behaarten und glatthäutigen, großen, kleinen und winzigen Fahrgästen darstellten, die in ihrem Waggon saßen oder standen.

Anna, die Tresk gegenüber saß, stupste ihn mit der Hand an. »Warum grinst du so?«

Tresk zog die Mundwinkel nach unten. »Ich grinse gar nicht.«

»Doch, du grinst.«

Er zuckte mit den Schultern. »Ach, es ist gar nichts Besonderes. Ich mag es nur, dass hier so viele verschiedene Leute wohnen.«

»Ja, das Galaktische Viertel ist ganz bestimmt der aufregendste Ort in Aquaterra. Das finde ich auch immer, wenn ich mit meinem Vater hier bin.«

»Du meinst, wenn ihr einen neuen Würdenträger empfangt?«

Anna schüttelte den Kopf. »Nein, gar nicht mal. Mein Vater besucht auch Straßenfeste, geht an speziellen Feiertagen in Tempel, eröffnet Schulen und veranstaltet Bürgerstunden in Versammlungsräumen.«

»Dann ist dein Vater ein ziemlich beschäftigter Mann, hm?«, meinte Tresk.

»Na ja, er ist der Bürgermeister. Und Bürgermeister ist man nicht nur für Reiche und Würdenträger, sondern für alle Bewohner einer Stadt.«

Finn zuckte zusammen, dann sprang er auf. »Wir müssen an der nächsten Haltestelle raus«, verkündete er.

Sofort spürte Tresk den Jagdtrieb wieder in sich erwachen. »Hast du eine Spur?«

»Ja, von Norden erhalten wir ein Signal. Der Stärke nach sollte die Quelle etwa vierhundert Meter entfernt sein.«

Während Tresk und Anna Finn zur Wagentür folgten, warf der junge Karadeem einen prüfenden Blick zum ovalen Fenster hinaus. Sie fuhren gerade durch eine Gegend voller mehrstöckiger Mietshäuser, zwischen denen Geschäfte und Vergnügungssalons lagen. Die Straßen waren um diese Nachmittagsstunde voller Passanten, und obwohl ein menschengroßes, grünes Insekt mit vier Armen durchaus auffiel, würde es nicht ganz leicht werden, ihr Ziel in diesem Trubel ausfindig zu machen.

Die Monorail fuhr in eine offene Station ein und sie stiegen aus. »Hier entlang«, sagte Finn und eilte voraus, einer Rolltreppe entgegen. »Es muss irgendwo auf der anderen Straßenseite sein.«

Sie schoben sich an einer Schlange Wartender vorbei, die sich vor einem Schnellimbiss mit gebratenen JamJam-Früchten im Schatten der Haltestelle gebildet hatte, und gingen dann an einer Ampel über die Straße. Ihnen gegenüber erhob sich ein zehnstöckiger Mietsbau, dessen weiße Fassade im Laufe der Jahre von der Seeluft grau gefärbt worden war. Werbetafeln für Schuppencreme, Fellpflegemittel und atherisches Wurzelbier leuchteten an den Wänden. Und neben dem gläsernen Eingangsbereich klaffte die dunkle Einfahrt zu einer ebenerdigen Garage. Bei Nacht konnte man ein Gitter herunterlassen, im Augenblick allerdings stand sie offen.

»Wir sollten uns dort drin mal umschauen«, meinte Finn.

»Aber ganz vorsichtig«, mahnte Anna. »Wir wollen ja nicht, dass uns jemand für Autoknacker oder so etwas hält.«

»Ich glaube, es ist überflüssig, die Garage zu durchsuchen«, meldete sich Omikron zu Wort.

»Warum?«, fragte Finn.

»Meine Erkennungsroutinen haben ein rotes Schwebemotorrad in der Gasse links neben dem Gebäude ausgemacht.«

Tresk blickte in die angegebene Richtung – und tatsächlich

parkte dort, halb verdeckt von einem Müllcontainer, ein kleines Fahrzeug. Schnell liefen die Freunde hinüber, und als sie das Schwebemotorrad aus der Nähe sahen, war jeder Zweifel ausgeschlossen. Es handelte sich um das Gefährt des diebischen Insekts. »Du hast ziemlich gute Augen … äh, Sensoren«, lobte Tresk.

»Eigentlich ist die Kameraoptik dieser Datenbrille beklagenswert«, erwiderte Omikron, und es klang fast ein wenig beleidigt. »Meine fortschrittlichen Analyseprogramme können das jedoch etwas ausgleichen. Zum Glück!«

»Na schön, das Motorrad haben wir«, sagte Finn. »Und wie finden wir jetzt den Besitzer?«

»Wenn er hier in der Ecke wohnt, kennt ihn vielleicht jemand«, überlegte Anna. »Schließlich wird es so viele vierarmige Insekten nicht geben – nicht einmal im Galaktischen Viertel.«

»Und was sagen wir den Leuten?«, fragte Tresk. »Es ist nie eine gute Idee, zu erzählen, dass man einen Verbrecher fangen möchte. Entweder lachen die uns aus, oder sie warnen den Zirrpiden am Ende noch.«

Nachdenklich legte Finn die Hand ans Kinn. Dann trat er unvermittelt gegen das abgestellte Schwebemotorrad. Es gab ein dumpfes Klong-Geräusch, aber sonst passierte nichts.

»Was war das denn?« Anna sah ihn entgeistert an.

»Jetzt können wir sagen, dass wir beim Spielen versehentlich eine Delle in das Motorrad gemacht haben und uns bei dem Besitzer entschuldigen möchten«, erwiderte Finn grinsend.

Tresk erwiderte das Grinsen. »Wir sind ja so artige Kinder.«

»Nicht wahr?«

Anna stöhnte und verdrehte die Augen. »Das hätten wir auch sagen können, ohne dass du gegen das Motorrad trittst, Finn.«

»Ach, komm schon«, verteidigte sich der. »Ist ja gar nix passiert, schau? Und selbst wenn: Der Typ ist ein Verbrecher. Allein für den Diebstahl der Brille hat er den Tritt verdient.«

»Worüber man diskutieren könnte«, gab Anna zurück. »Aber egal jetzt. Machen wir uns an die Arbeit.«

Es dauerte eine gute halbe Stunde, bis ihre Bemühungen Früchte trugen. Schließlich war es der Hausmeister des Mietsgebäudes, ein ältlicher, grauhäutiger Angehöriger eines Volkes namens Xetak, dessen Schlappohren seitlich am Kopf herunterhingen und der eine Miene wie drei Tage Regenwetter machte, der ihnen die entscheidende Information gab. Er war gerade im Eingangsbereich des Hauses mit einem kleinen Kehrroboter beschäftigt, der offenbar nicht richtig funktionierte.

»Das Schwebemotorrad gehört den Gnarfl-Brüdern«, verriet er mit weinerlicher Stimme. »Die wohnen oben im sechsten Stock in einer WG mit ein paar Bimmi. Appartement 604. Finde ich eigentlich nicht so gut, wenn so viele Leute in einer Wohnung leben. Aber die Hausverwaltung sagt, Miete ist Miete – und Bimmi nehmen ja kaum Platz weg. Na ja, wer hört schon auf mich? Ich bin ja nur seit zwanzig Jahren der Hausmeister von diesem Klotz. Ist ja nicht so, als wüsste ich nicht auch ein bisschen was, nicht wahr? Ach, ich sehe schon, das interessiert euch eigentlich gar nicht. Also geht schon und beichtet den Unfug, den ihr getrieben habt. Aber lasst mir bloß die Pflanzen im Korridor in Ruhe! Und spielt nicht mit dem Aufzug herum. Der ist nicht mehr der neuste, wisst ihr? Ihr wollt doch nicht am Ende darin stecken bleiben? Denn wer müsste dann die Feuerwehr rufen, um euch zu retten, hm? Ich ja wohl, so sieht's aus.«

»Äh, danke, wir werden ganz behutsam sein«, versicherte

Anna dem Grauhäutigen rasch, als dieser kurz mal Luft holte. Sie wandte sich an Tresk und Finn und flüsterte: »Kommt, Freunde. Schnell weg.«

»Vielen Dank!«, rief Finn dem Mann über die Schulter zu, als sie auf die Fahrstühle zuliefen.

Die Aufzugkabine wartete bereits auf sie, und schnell fuhren sie hinauf in den sechsten Stock. Ein sanft gebogener Korridor erwartete sie, der von Lichtfolien an der Decke erhellt wurde und Schmierereien an den Wänden aufwies. Im Abstand von vielleicht zehn Schritten befanden sich Türen in der Wand. Gedämpfte Geräusche – exotische Musik und das Brüllen irgendeines Mannes, dessen Sprache Tresks Übersetzungsgerät nicht kannte – drangen aus den Wohnungen.

Er ließ den Blick schweifen und entdeckte Nummer 604 auf Anhieb. »Dort drüben«, sagte Tresk und deutete auf die Tür.

Finn wollte sich schon in Bewegung setzen, aber Anna legte ihm die Hand auf die Schulter und hielt ihn auf. »Wartet mal.«

»Was ist?«, wollte der Junge wissen.

»Wir haben uns überhaupt nicht überlegt, was wir mit diesen Brüdern anstellen wollen. Willst du einfach an die Tür klopfen und sie fragen, warum sie hinter Omikron her sind? Ihr denkt schon noch daran, dass mindestens einer dieser Burschen ein Verbrecher ist, oder? Was, wenn sie uns überwältigen und dir die Brille gleich wieder abnehmen?« Sie sah Tresk und Finn vielsagend an.

»Ist doch ganz klar«, antwortete Finn. »Wenn die uns blöd kommen wollen, sagen wir einfach, dass wir schon in Kontakt mit Kommissar Drychs von der Polizei stehen und Omikron nur einen Anruf tätigen muss, damit sie dran sind. Aber wenn sie mitspielen, vergessen wir, dass wir sie aufgespürt haben. Wir wollen ja gar nichts von denen, sondern nur wissen, was sie von Omikron 1 wollen.«

»Und meine restlichen Datenspeicher finden, wenn möglich«, warf Omikron ein. »Das käme mir sehr gelegen. Und wird auch höchste Zeit, wenn ich ehrlich sein darf.«

»Ich finde es trotzdem ziemlich riskant, dass wir Omikron hergebracht haben«, entgegnete Anna. »Vielleicht sind die Kerle so dreist und lassen es drauf ankommen. Dann haben wir alles verloren.«

»Ich orte ein Hauscomputersystem«, meldete sich Omikron. »Wenn es euch lieber ist, werde ich mich zeitweise dorthinein überspielen. Dann haben die Zirrpiden, wenn sie euch die Brille abnehmen, bloß ein kleines Kommunikationsprogramm von mir in der Hand, über das ich mit euch in Verbindung bleibe. Und bevor wir das Gebäude verlassen, überspiele ich mich wieder zurück.«

»Das kannst du so einfach?«, wunderte sich Tresk.

»Natürlich. Warum nicht? Hast du noch nie ein Programm von einem Computer auf den anderen überspielt?«

»Doch, natürlich. Ich dachte nur, bei einer K.I. wäre das irgendwie … komplizierter.«

»Es ist komplizierter – aber nicht für mich.«

»Mach es«, sagte Finn.

»Bin schon weg.«

Es dauerte keine Minute, da gab Finn mit erhobenen Daumen das Zeichen, dass Omikron sich nun in seinem digitalen Versteck befand.

Tresk hob das Kinn und fuhr die Krallen aus. »Dann wollen wir mal«, sagte er, streckte die rechte Hand aus und betätigte mit einer Kralle die elektronische Türglocke.

Ein dreifacher Signalton erklang.

Und nichts passierte.

Stumm wechselten die Freunde einen Blick. Tresk klingelte erneut.

»Ich komme ja, komme ich ja!«, schrie ein Stimmchen von innen. Das leise Stampfen von Schritten war zu hören. Einen Augenblick später glitt die Tür in die Wand, und direkt vor ihnen saß ein schmächtiger Bimmi in seinem Laufgestell. Er trug ein Hemd mit Blumenmuster sowie eine rot-orange gestreifte Wollmütze auf dem Kopf, die an Hässlichkeit kaum zu überbieten war. Er hatte ein Glas in der Hand, in der eine weißliche Flüssigkeit war, die eindeutig nach Alkohol roch. »Was ist denn l…«, setzte er an, brach dann überrascht ab und blinzelte. »Huch, ihr seid kleiner, als ich erwartet habe. Seid ihr Kinder oder nur besonders kurz gewachsene Angehörige eures Volkes? Ich kann das so schlecht auseinanderhalten. Kann ich wirklich schlecht.«

»Wir sind …«, begann Finn.

»Das spielt eigentlich keine Rolle«, unterbrach ihn Anna.

»Wer ist denn da, Empal?«, rief ein anderes Stimmchen von drinnen.

»Keine Ahnung, Pistrup«, keifte der Bimmi über die Schulter zurück. »Sie haben sich noch nicht vorgestellt.« Er wandte sich den dreien wieder zu. »Also? Wer seid ihr, und was kann ich für euch tun?«

»Wir suchen die Gnarfl-Brüder«, beantworte Tresk die zweite Frage, ohne auf die erste einzugehen. »Die wohnen doch hier, oder?«

»Manchmal«, antwortete ihr Gegenüber. »Meist sind die Grünlinge unterwegs. Sind sie meistens. Wie jetzt auch. Aber kommt ruhig rein. Wir hängen gerade ein bisschen rum, hören komische Erdenmusik, spielen Karten, trinken was. Habt ihr Durst? Kann ich euch auch einen Rusianraupensaft anbieten? Kann ich?« Er wedelte leicht mit dem Glas.

Tresk spitzte die Ohren. Tatsächlich war von weiter hinten seltsam rhythmische Musik zu vernehmen, und eine Frau sang von Bergen und Wiesen im Sonnenschein. Es klang ziemlich kitschig.

»Ihr mögt Schlagermusik?«, staunte Anna. Sie wirkte mehr als ungläubig.

Der Bimmi kicherte. »Es gibt nichts Besseres, um sich über die Einfältigkeit der Menschen lustig zu machen. Einfach nichts Besseres. Ihr … oh.« Er brach ab, und seine ohnehin schon riesigen Augen weiteten sich, als ihm auffiel, dass er zwei Menschen gegenüberstand. »Nichts für ungut. Es gibt auch ganz ordentliche Musik auf eurem Planeten. Und ein paar recht kluge Köpfe. Schätze ich. Äh … Rusianraupensaft?« Er hob erneut das Glas.

»Nein danke«, antwortet Finn entschieden. »Wir sind nicht hier, um Schlager zu hören und uns zu betrinken. Wir wollen wissen, warum die Gnarfl-Brüder versucht haben, mich zu bestehlen.«

»Haben sie das?« Empal machte ein unschuldiges Gesicht. »Dazu kann ich nichts sagen. Kann ich nicht. Wir teilen uns nur eine Wohnung mit den Burschen, weil es billiger ist, bei jemandem zur Untermiete zu wohnen, als eine ganze riesige Unterkunft selbst zu mieten. Aber was die so treiben, schert uns eigentlich nicht. Die machen ihr Ding, wir unseres.«

Tresk schnüffelte, und seine Ohren legten sich angriffslustig an den Kopf an. »Du lügst doch«, sagte er leise. »Ich rieche es.«

»Was?« Der Bimmi machte einen Schritt zurück. »Nein, ich lüge nicht. Tue ich nicht. So eine Frechheit!«

»Empal, bist du bald fertig da vorne?«, meldete sich die Stimme wieder von hinten. »Bist du das? Wir wollen weiterspielen, bevor die Karten Rost ansetzen!«

»Sei still, Pistrup, und trink deinen Saft«, antwortete der Bimmi gereizt. Er wandte seine Aufmerksamkeit wieder den Freunden zu. »Also, ihr habt's gehört. Man verlangt nach mir, ich kann euch nicht helfen. Guten Tag.« Er drückte auf einen Knopf in der Wand, und die Tür begann zuzugleiten.

Blitzschnell stellte Tresk den Fuß dazwischen. »Nicht so hastig«, sagte er. »Wir sind nicht hergekommen, um einfach so abgewimmelt zu werden. Wir wollen Antworten.«

»Ich habe keine Antworten!«, keifte der Bimmi. »Hau ab, Katze, oder du wirst mich kennenlernen!«

Im Durchgang zum Nachbarraum tauchten zwei kleine, dürre Gestalten auf. Da sie auf ihre Laufgestelle verzichteten, sahen sie aus wie lebendig gewordenes Spielzeug. »He, Empal, was ... Ho!« Der vordere Bimmi zuckte zurück, als er sah, wie Tresk eine krallenbewehrte Hand hob und dem Winzling mit dem Blumenhemd und der Strickmütze entgegenreckte.

»Wohl eher wirst du *mich* kennenlernen«, fauchte Tresk.

»Äh, Tresk«, mischte sich Anna ein.

»Lass mich das nur machen. Bimmi verspeisen wir auf Katharrlon zum Frühstück.«

»Karadeem fressen keine Bimmi«, sagte Empal. »Davon höre ich zum ersten Mal, höre ich davon.«

Tresk beugte sich vor und entblößte seine spitzen Eckzähne. »Wie gut kennst du die Karadeem, hm?«

»Ich ... also ...« Der Bimmi wurde sehr hellgrau im Gesicht, und das Glas in seiner Hand fing an zu zittern.

»Mach's gut, Empal«, verkündete der vordere der zwei anderen Bimmi. »War schön, dich gekannt zu haben. Aber jetzt muss ich dringend weg. Dringend!«

»Ich auch«, pflichtete ihm sein Begleiter bei.

Die zwei kleinen Kerle huschten wieder außer Sicht. Tresk nahm an, dass sie sich unter irgendeinem Möbelstück verkrochen – oder gleich zum nächsten Fenster hinaus flohen. Bimmi konnten ziemlich gut klettern.

Er wandte seine Aufmerksamkeit wieder Empal zu. »Nun, auf deine Freunde kannst du wohl nicht mehr zählen. Also fällt dir jetzt wieder ein, mit wem diese Zirrpiden so zu tun haben? Oder muss ich deiner Erinnerung mit ein paar Piksern auf die Sprünge helfen?« Spielerisch tippte er den Bimmi mit einer Kralle an.

»Nein!«, quietschte der. »Ist ja schon gut.« Rasch leerte er sein Glas mit Raupensaft. Dann ließ er den Kopf hängen und wirkte sehr unglücklich. »Aber ihr verratet keinem, dass ihr es von mir habt, in Ordnung? Ich mag diese Wohnung, mag ich sehr. Ich möchte nicht, dass die Gnarfls uns rauswerfen.«

»Karadeem-Ehrenwort«, versprach Tresk und trat einen Schritt zurück. Er hatte dem kleinen Burschen genug Angst eingejagt. Wenn er die Miene seiner beiden neuen Freunde richtig deutete, vielleicht sogar mehr als genug. Aber das war ihm egal. Ein Karadeem ließ sich von einem Bimmi doch nicht auf der Nase herumtanzen!

»Wir versprechen es«, sagte auch Finn, der nun vortrat. »Die

Gnarfls werden nichts merken. Sagen Sie uns einfach, was Sie wissen, und wir sind weg und kommen nicht wieder.«

»Na schön, na schön.« Der Bimmi nahm seine Wollmütze ab und strich sich mit der Hand über den aufgeblähten, kahlen Schädel. »Also, die Brüder verdienen sich immer mal was nebenher, müsst ihr wissen. Sie übernehmen Aufträge, nicht ganz legales Zeug. Ein Diebstahl hier, ein Schmuggel da. Und meistens … meistens werden sie dabei von Baba Umpa beauftragt.«

»Baba Umpa?«, hakte Tresk nach.

»Ein Mittelsmann. Er bringt Gauner wie die Brüder mit Auftraggebern zusammen, die sich in der Unterwelt von Aquaterra nicht auskennen. Bringt er wirklich.«

»Wo finden wir diesen Baba Umpa?«, fragte Finn.

Empal schüttelte den Kopf. »Das weiß ich nicht. Ehrlich! Ich will mit solchen Leuten nichts zu tun haben.«

Tresk sah ihn prüfend an.

»Beim Großhirn des Didaktors, das ist die Wahrheit. Ich schätze, er lebt irgendwo im Viertel, aber ich kenne seine Adresse nicht.«

»Das macht nichts«, sagte Finn plötzlich. Als Tresk sich zu ihm umdrehte, grinste der Menschenjunge ihn unter seiner Datenbrille an. »Ich kenne sie.«

Kapitel 7

Baba Umpa

»Omikron 1?«, fragte Anna, nachdem sie wieder auf die Straße vor dem Mietsgebäude zurückgekehrt waren.

Finn nickte. »Er hat den Namen Baba Umpa sofort in den Datenverzeichnissen der Stadt nachgeschlagen.«

»Und was hat er herausgefunden?«, wollte Tresk wissen.

»Baba ist bloß ein Titel, der etwa Familienoberhaupt bedeutet. Also so etwas wie Vater oder Paps. Es stammt aus dem Ondrakanischen, und weil es praktisch keine Ondrakaner in Aquaterra gibt, ist deren Sprache nicht in den normalen Übersetzungsgeräten gespeichert.«

»Deshalb wurde das Wort vorhin nicht in unsere Sprache übertragen«, erkannte Anna.

»Richtig«, sagte Finn. »Umpa dagegen scheint ein Name zu sein, und Omikron konnte genau einen Umpa in ganz Aquaterra finden: den Besitzer von *Umpas feine Gleiter*. Das ist eine Werkstatt hier im Galaktischen Viertel. Sie liegt nur einen knappen Kilometer entfernt, in der Nähe des mittleren Hyperloop-Rings.«

Tresk blickte zum Himmel, und für einen Moment glaubte Finn, er wolle den Stand der Sonne überprüfen. Doch dann sah er, dass der junge Karadeem nur auf die Uhr schaute, die zur

Monorail-Station gehörte. Anders als Finn und Anna hatte Tresk keine Datenbrille beziehungsweise keinen Augenprojektor auf, die ihm so alltägliche Informationen wie die Uhrzeit ständig am Rand des Gesichtsfelds einblendeten.

»Ich bin mit eurer Zeitrechnung noch nicht vertraut«, sagte Tresk. »Ist kurz vor fünf Uhr spät? Oder schaffen wir es heute noch, uns ein bisschen bei Baba Umpa umzusehen?«

»Ach, Paps ist ohnehin noch eine Weile bei der Polizei beschäftigt«, meinte Finn. »Der wird mich nicht vor sieben Uhr zu Hause erwarten. Wie sieht es bei dir aus, Anna?«

»Mein Vater ist bestimmt noch im Rathaus, und meine Mutter hat heute irgendeine Wohltätigkeitsveranstaltung der Ozeanischen Gesellschaft oder so ähnlich.« Annas Mutter war Meeresbiologin, wie Finn wusste. Er mochte Michiko Kobayashi. Die tatkräftige Japanerin hatte zwar ständig Termine, wie Anna gelegentlich beklagte, aber sie war schlau und hübsch und begrüßte ihn immer herzlich, wenn sie sich begegneten.

Er nickte zufrieden. »Dann steht einem kleinen Ausflug zu diesem Baba Umpa wohl nichts im Weg. Omikron, zeig uns, wo wir ihn finden.«

»Kein Problem«, sagte die Künstliche Intelligenz. »Ich war übrigens auch so frei, mich in eure Übersetzungsmodule einzuklinken und das Ondrakanische hinzuzufügen. Damit ihr versteht, mit welchen Todesarten Baba Umpa euch droht, wenn er bemerkt, dass ihr unerlaubt in seinen Geschäften herumschnüffelt.«

Finn sah, wie Tresks Ohren zuckten, und auch Anna wirkte etwas bleich um die Nase. »Toll, danke«, erwiderte das Mädchen alles andere als begeistert.

»Omikron übertreibt«, versuchte Finn, ihr Mut zu machen. »Baba Umpa hat keine Ahnung, wer wir sind. Wenn wir vorsichtig bleiben, kann uns gar nichts passieren.«

Tresk straffte die Schultern. »Genau. Also schleichen wir uns an unsere Beute an!«

Seufzend nickte auch Anna. »Wird schon schiefgehen. Wo geht's lang?«

Omikron 1 blendete einen leuchtend grünen Pfad in Finns Datenbrille ein, der den Gehweg hinunter in Richtung des schmalen, durchsichtigen Bandes der mittleren Hyperloop-Strecke wies.

»Folgt mir«, sagte Finn. »Ich sehe die Strecke vor mir.«

Während sie die Straße hinunterspazierten, staunte Finn, was Omikrons nächtliche Verbesserungen mit der alten Datenbrille angestellt hatten. Er konnte nun die lästigen Werbeeinblendungen, die einem vor jedem noch so kleinen Geschäft buchstäblich entgegensprangen, ausblenden. Dadurch wurde der Computer der Brille entlastet und konnte sich um andere Dinge kümmern, etwa um die Berechnung des günstigsten Weges zu *Umpas feine Gleiter* oder um nützliche Hinweise zu ihrer Umgebung, die Omikron offensichtlich der Info-Datenbank für Touristen entnahm.

So wurde etwa eine der besten Karadeem-Schnurrbuden des Viertels hervorgehoben, und Finn, der in all der Hektik das Mittagessen verpasst hatte, musste nicht erst von Tresk überredet werden, sich dort eine Schale mit einer Art außerirdischem Chili con Carne zu holen, wobei der Fleischanteil deutlich höher war als bei der irdischen Variante. Immerhin bot ihm der Budenbesitzer, ein grau bepelzter Karadeem, ein Brötchen dazu an, weil er offenbar wusste, dass Nicht-Karadeem ihre Fleischmahlzeiten ganz gerne mit etwas Beilage zu sich nahmen. Anna blieb unterdessen in etwas Abstand stehen, nachdem sie merkte, dass der Budenbesitzer dem auf ihrer Schulter sitzenden Heisenberg einen irgendwie hungrigen Blick zuwarf.

Und noch etwas an seiner verbesserten Brille fand Finn extrem praktisch: Die Erde war schon vor Jahrzehnten in die große galaktische Gemeinschaft aufgenommen worden, und Aquaterra, diese riesige Stadt der Begegnung aller Völker und Kulturen, entstand kurz darauf. In dieser Zeit hatten sich erstaunlich viele Angehörige außerirdischer Völker dort angesiedelt. Atherier, Grobb, Bimmi und Karadeem gehörten bereits praktisch überall zum Stadtbild. Im Galaktischen Viertel jedoch blühte das vielfältige Leben, und obwohl Finn seit seiner Geburt in der Stadt lebte, hatte er viele dieser Wesen noch nie gesehen. Normalerweise hätte er sie nur mit staunenden Augen angestarrt. Dank Omikron konnte er sie nun im Sichtfeld seiner Datenbrille antippen, und ein virtueller Verweis zu den Wissensdatenbanken im Stadtnetz ging über ihnen auf, der neben dem Namen des Außerirdischen auch zwei oder drei interessante Einzelheiten präsentierte – mit einem Link zu einem längeren Artikel, den man bei Bedarf aufrufen konnte.

- *Lurianer, Heimatwelt: Hainault VI. Nicht ansprechen, wenn sie alleine in einer Bar trinken; sind wahrscheinlich schlecht gelaunt.*
- *Gaim, Heimatwelt: N'Chak'Fah II. Werden von einem Schwarmbewusstsein geleitet; der Schwarm ist für sie wichtiger als der Einzelne.*
- *Caamasi, Heimatwelt: Caamas. Können Erinnerungen speichern und mit anderen so teilen, als wären diese selbst dabei gewesen.*

Finn fand das einfach fantastisch. Er hätte den ganzen Tag so durch das Galaktische Viertel laufen und mit dem Finger in der Luft herumfuchteln können, um mehr über seine Umgebung und deren Bewohner zu erfahren.

Viel zu schnell hatten sie ihr Ziel erreicht. *Umpas feine Gleiter* lag am Eingang einer Seitenstraße und bestand aus einem großen Hof sowie einer kleinen Halle im hinteren Bereich des Geländes. Auf dem Hof reihten sich die unterschiedlichsten Gleitertypen aneinander. Schnelle, rote, auf Hochglanz polierte Flitzer standen neben bulligen, schwarzen Ungetümen, von denen Finn sich kaum vorstellen konnte, dass sie sich überhaupt in die Luft erhoben. Doch neben den schickeren Modellen gab es auch zahlreiche ältere, die Schäden verschiedener Art aufwiesen. Finn fragte sich, wer so einen Gleiter kaufen sollte, aber als er in die Halle schaute, deren Tore weit offen standen, erkannte er, dass Umpa offenbar nicht nur Handel mit Fahrzeugen betrieb, sondern sie auch reparierte und umrüstete. Maschinengeräusche waren aus der Werkstatt zu vernehmen, und Finn konnte zumindest einen bärtigen Menschen erkennen sowie ein kräftiges, rosafarbenes Geschöpf mit fleischigem Körper und acht Tentakelarmen, das die Datenbrille prompt als Ondrakaner identifizierte.

»Ob der Bursche dort vorne Baba Umpa ist?«, fragte Finn, der zusammen mit den anderen um eine Hausecke spähte.

»Das kann ich mir nicht vorstellen«, antwortete Anna. »Ein Kerl wie der macht sich doch nicht selbst die Finger … äh … Tentakelspitzen schmutzig.«

Finns Blick glitt über das Gebäude. Ihm fielen nicht nur zwei Fenster mit undurchsichtigen Scheiben, sondern auch eine Seitentür auf, an der ein Schild klebte. Leider hatte die Datenbrille keine Zoom-Funktion, aber er nahm an, dass dort so etwas wie »Privatzugang« stand. »Ich wette, dass es durch diese Tür zu den Hinterzimmern geht«, sagte er und deutete in die entsprechende Richtung. »Wenn dieser Baba Umpa ein professioneller Vermittler von kriminellen Aufträgen ist, hat er bestimmt irgendwo die verschiedenen Jobs gespeichert, die er vermittelt hat. Wir müssten uns Zugang zu seinem Computersystem verschaffen, dann findet Omikron vielleicht eine Spur zu den Hintermännern der beiden Zirrpiden-Brüder.«

»Schaffst du das, Omikron?«, fragte Anna. »Dich in einen geschützten Computer zu hacken?«

»Selbstverständlich schaffe ich das«, erwiderte die K.I. großspurig. »Es würde mich wundern, wenn dieser Herr über Sicherheitsvorkehrungen verfügte, die ich nicht umgehen kann.«

»Kannst du dich nicht vielleicht sogar von außen über Funk einklinken?«, mischte sich Tresk ein.

Ein ganz kurzes Zögern zeigte Finn, dass Omikron es versuchte. »Ich bedaure, aber das Gebäude ist gegen Funkangriffe geschützt. Ich nehme an, dass in die Wände ein Metallgitter eingelassen ist, das derartige Versuche abwehrt. Ich kann keine Verbindung herstellen.«

»Also müssen wir doch ins Gebäude.« Finn nickte entschlossen. »Dann brauchen wir eine Ablenkung, damit uns keiner dieser Mechaniker aufhält.«

Neben ihm gab Heisenberg ein leises »Uh, uh, uh« von sich.

»Hoppla«, sagte Anna, als sie das blaue Limuri-Äffchen von ihrer Schulter gleiten ließ. »Ich glaube, mein Patentier ist mir gerade entlaufen.« Sie ging in die Hocke und nickte Heisenberg auffordernd zu. »Lauf, Kleiner. Veranstalte ein bisschen Chaos in der

Werkstatt dieser Leute. Und lass dich auf keinen Fall von mir fangen, bis ich dir ein Leckerli hinhalte, klar?«

Mit einem fröhlichen Kreischen sprang das Äffchen auf und ab, dann flitzte es los. Es schien seine Rolle in dem Schauspiel genau verstanden zu haben – und genoss sie sichtlich.

»Halt!«, rief Anna in gespieltem Entsetzen. »Heisenberg! Bleib hier.« Sie knuffte Tresk in die Seite. »Los, komm«, raunte sie. Gemeinsam rannten die beiden auf den Hof von *Umpas feine Gleiter*, rufend und mit den Armen wedelnd, so als wären sie völlig verzweifelt. Heisenberg huschte ihnen wie ein kleiner, blauer Blitz voraus und verschwand in der Halle. Gleich darauf wurden erschrockene Rufe laut, und Werkzeug klapperte geräuschvoll zu Boden.

»Wir sind dran«, sagte Finn zu Omikron 1.

Er lief hinter den ausgestellten Gleitern entlang auf die Seitenwand der Halle zu. Dabei achtete Finn darauf, dass niemand, der zufällig in seine Richtung blickte, ihn sah. Und tatsächlich gelangte er unbemerkt neben das Gebäude, in dem weiterhin die Rufe und Schreie von Anna, Tresk, Heisenberg und den völlig überrumpelten Mechanikern zu hören waren.

Als er die Tür erreichte, blieb Finn stehen und hielt das Ohr an das graue Metall. Er konnte keine Geräusche dahinter hören. »Nimmst du etwas wahr?«, fragte er Omikron.

»Negativ, ich …«, fing die Künstliche Intelligenz an. Dann warnte sie plötzlich: »Geh in Deckung!«

Ohne zu fragen, duckte sich Finn hinter eine blaue Metalltonne, die neben dem Eingang stand. Einen Moment später wurde die Tür aufgerissen, und eine massige Gestalt kam daraus hervor. Auch bei ihr handelte es sich um eines der Tentakelwesen, allerdings trug dieses einen hellblauen Anzug oder vielmehr eine Anzugjacke, die viel zu eng für seine massige Gestalt war. An einigen der Tentakelspitzen glitzerten protzige Ringe.

»Das muss Baba Umpa sein«, raunte Finn Omikron zu.

Der Ondrakaner murmelte etwas vor sich hin und wirkte dabei sehr ungehalten, während er mit wallenden Tentakeln in Richtung Werkstatt eilte. Vermutlich wollte er seine Angestellten fragen, was da für ein Aufstand herrschte.

Finn nutzte seine Chance, glitt hinter der Tonne hervor und huschte zur Tür. Sie war erstaunlich schwer, aber er fing sie gerade noch auf, bevor sie ins Schloss fiel. Mit einem letzten Blick nach draußen glitt er hindurch.

Und stand direkt vor einem riesigen Grobb!

Finn erstarrte. Der Grobb saß auf einer abgewetzten braunen Ledercouch, die sich unter seinem Gewicht merklich durchbog. Er trug einen schwarzen Anzug, der überhaupt nicht zu seiner klobigen Gestalt passen wollte, und einen winzigen Hut auf dem breiten Schädel. Die massigen Beine ausgestreckt, die Hände vor dem dicken Bauch gefaltet und den Hut ins Gesicht gezogen, hing er in den Polstern und schlief. Zumindest hatte er die kleinen Augen geschlossen, und ein leises Grollen drang aus seinem halb geöffneten Mund, das ein Schnarchen sein mochte.

Finn rief sich die virtuelle Tastatur auf, die prompt in seinem Sichtfeld erschien. Dann tippte er los.

»DAS HÄTTE AUCH SCHIEFGEHEN KÖNNEN«, textete er lautlos an Omikron 1.

»JA«, gab die K.I. ebenfalls nur schriftlich und stumm zu. »SIEH DICH MAL UM. ICH MÖCHTE MIR EIN BILD DER UMGEBUNG MACHEN.«

Leise kam Finn der Bitte nach. Langsam ließ er den Blick durch den Raum schweifen. Sie befanden sich offenbar in einer Art Wachstube. Abgesehen von der Couch gab es noch einen Tisch, um den ein paar Stühle und ein massiger Hocker – vermutlich für den Grobb – herumstanden. In einer Ecke konnte man sich Heißgetränke in einer kleinen Teeküche zubereiten. Zu dieser gehörte auch ein silbern glänzender Kühlschrank voller gelber Notizzettel, in dem Finn alkoholische Getränke vermutete. Ein Monatskalender, der Alienschönheiten neben funkelnden, pfeilschnellen Raumschiffen zeigte, und ein Unterhaltungssystem an der Wand rundeten das Bild ab. Ein einzelner Gang führte tiefer ins Gebäude.

»SO WIE ES DEN ANSCHEIN HAT, GIBT ES NUR EINEN WEG«, kommentierte Omikron das Offensichtliche.

»JA«, tippte Finn in die Luft. Auf Zehenspitzen schlich er dem Korridor entgegen und verschwand darin. Der Grobb rührte sich erfreulicherweise nicht.

Eine Toilette und ein Büro, das den herumliegenden Unterlagen zufolge bloß zur Werkstatt gehörte, ließ Finn links liegen. Stattdessen richtete er seine Aufmerksamkeit auf eine massive Tür am Ende des Korridors. Wäre sie geschlossen gewesen, Finn hätte nicht gewusst, ob er sie aufbekommen hätte. Das Schloss sah ziemlich teuer aus.

Doch das Glück blieb ihm treu: Die Tür stand sperrangelweit offen. Wie es aussah, hatte Baba Umpa in seiner Hast, dem auch hier noch gut hörbaren Tumult in der Werkstatthalle auf den Grund zu gehen, vergessen abzuschließen.

Der Raum dahinter entsprach schon eher dem, was Finn suchte. Um einen großen runden Tisch waren mehrere Stühle angeordnet. Hologramme von Ondrakanern in potthässlichen Kleidern reihten sich an der holzgetäfelten Wand. Eine kleine goldene Statue auf einer Säule mochte Baba Umpa selbst zeigen, aber Finn war sich da nicht ganz sicher. Und in einer Ecke stand ein prunkvoller Globus in einem Holzständer, der eine fremde Planetenoberfläche zeigte, vermutlich Umpas Heimat. Die obere Hälfte der Weltkugel war offen und präsentierte eine Auswahl fantasievoll geformter Flaschen, in denen bunte Flüssigkeiten zu sehen waren.

Am interessantesten jedoch war ein Durchgang in einen Nachbarraum. Dort erhob sich ein breiter, sichelförmiger Schreibtisch, auf dem, neben allerlei Papierkram, ein Computer zu sehen war. »Volltreffer«, murmelte Finn und ging darauf zu.

Eine Textzeile tauchte in seinem Sichtfeld auf, begleitet vom Bild Annas. »BEEIL DICH«, schrieb ihm die Freundin. »KANN NICHT MEHR LANGE HINHALTEN.«

»OKAY«, schrieb Finn zurück. »Schnell«, wandte er sich dann leise an Omikron. »Überprüfen wir den Computer.«

»Ich bin schon dabei«, erwiderte das Programm. Finn, der neugierig den Schreibtisch umrundete, sah, wie sich die Anzeigen auf Baba Umpas großem Monitor veränderten. In rasender Geschwindigkeit wurden Programme geöffnet und wieder geschlossen, Dateien tauchten auf, wurden verändert und verschwanden danach. Codezeilen huschten über Eingabemasken, und Zahlenkolonnen rauschten am Bildschirmrand vorbei.

»DER ONDRAKANER HAT EIN SCHUTZPROGRAMM AUF SEINEM RECHNER«, meldete Omikron. »ABER ES HANDELT SICH UM EINES DER BILLIGSTEN SORTE. GIB MIR EINE MINUTE ZEIT.«

Finn schluckte. Er hoffte, dass sie eine Minute hatten. Unsicher glitt sein Blick zu dem kleinen Fenster, durch das das Licht der Nachmittagssonne hereinfiel. Durch die getönte Scheibe konnte er in den Hof hinausschauen. Heisenberg sprang gerade von einem Gleiterdach zum anderen, verfolgt von Anna und Tresk, die dabei deutlich mehr herumschrien, als es nötig gewesen wäre. Auch der bärtige Techniker war dem kleinen Limuri-Affen auf den Fersen. Er hielt einen großen Plastikeimer in der Hand. Am Rand der Szenerie stand Baba Umpa und fuchtelte wütend mit den protzig beringten Tentakeln.

»Ich bin drin«, verkündete Omikron. »Ich starte eine Suche nach meinem Namen.«

»Gute Idee«, flüsterte Finn.

Er richtete den Blick auf den Bildschirm zurück. Dort raste gerade in beeindruckender Geschwindigkeit eine Suchanfrage durch verschiedenste Dateisysteme.

Im Nachbarraum war ein kapitales Niesen zu hören. Es klang etwa so, als würde ein Elefant eine Tür eintreten. Erschrocken zuckte Finn zusammen und ging hinter dem Schreibtisch in Deckung. Sein Herzschlag beschleunigte sich. Wenn der hünenhafte Grobb ihn jetzt entdeckte, saßen Omikron und er ganz schön in der Patsche. Mit angehaltenem Atem lauschte der Junge auf Schritte. Aber er vernahm nur ein mürrisches Murmeln, dann schnäuzte sich der Wächter so geräuschvoll, dass es noch bis in die Nachbarstraße zu hören sein musste. Wieder ein Murmeln, danach wurde es still.

»Ich habe etwas gefunden, eine Videodatei«, verkündete Omikron. »Sie war schon gelöscht, aber ich konnte sie wiederherstellen.«

»UND DU BIST SICHER, DASS SIE MIT DIR ZU TUN HAT?« Nun tippte Finn wieder auf seiner Tastatur, die nur er zu sehen vermochte. Er wagte es nicht, zu sprechen. Der Grobb schlief möglicherweise nicht mehr so tief wie zuvor.

»ES IST DIE EINZIGE DATEI AUF DEM COMPUTER, IN DER MEIN NAME ERWÄHNT WIRD.«

»OKAY. KANNST DU SIE KOPIEREN?«

»JA.«

Finns Finger huschten durch die Luft. »DANN TU ES. WIR SCHAUEN SIE UNS SPÄTER AN.«

»ICH MUSS DAFÜR ETWAS SPEICHERPLATZ AUF DER BRILLE FREIMACHEN«, gab Omikron zu bedenken.

»TU, WAS NÖTIG IST«, erwiderte Finn. »WIR BRAUCHEN DIESE SPUR.«

Finn hoffte, dass die Datei wirklich hilfreich war. Ein zweiter Einbruch bei *Umpas feine Gleiter* würde sicher nicht so leicht werden. Andererseits hatte er jetzt auch keine Zeit, sich das Video anzusehen. Er musste hier raus, bevor der Grobb womöglich ganz aufwachte oder bevor Baba Umpa selbst zurückkehrte, weil er das Interesse an der Jagd auf Heisenberg verloren hatte.

Sein Blick glitt abermals zum Fenster. Zu seinem Schrecken sah Finn, dass der bärtige Techniker seinen Eimer auf dem Dach eines der Gleiter umgestülpt hatte. Eine zuckende, blaue Schwanzspitze lugte unter dem Rand des Plastikbehälters hervor. »Mist«, flüsterte er. »Sie haben Heisenberg. Mach schneller, Omikron.«

»Ich bin fertig. Wir können verschwinden.«

Ohne Zeit auf eine Antwort zu verschwenden, erhob sich Finn wieder und huschte auf Zehenspitzen um den Schreibtisch herum. Er lugte durch den Türrahmen, und zu seiner unendlichen Erleichterung sah er, dass der Grobbwächter die Augen noch immer geschlossen hatte. Ein kariertes Stoffstück von der Größe eines Geschirrspülhandtuchs lag feucht und zusammengeknüllt neben ihm auf der Couch. Finn schauderte bei dem Anblick.

»RAUS HIER!!!«, ploppte ein Schriftzug in Finns Sichtfeld auf. »ER KOMMT ZURÜCK!!!« Daneben war Annas Foto zu sehen und ein Comic-Männchen mit erschrocken aufgerissenen Augen.

Finn ließ sich nicht zweimal bitten. Er lief zu der grauen Metalltür, die hinaus neben das Gebäude führte, drückte die Klinke herunter – und sie ging nicht auf.

»Was?«, entfuhr es ihm entsetzt.

»He«, brummte plötzlich eine dunkel dröhnende Stimme hinter ihm. »Was machsn da?«

Finn erstarrte vor Schreck. »Ich?«, quiekte er mit erstickter Stimme, ohne sich umzudrehen.

»Wer bisn du? Bis dus, Klein-Jimmy?«

Nun drehte Finn sich doch halb um. Der Grobb saß mit verschlafener Miene auf der Couch, rieb sich die Augen und starrte Finn irritiert an. Finns Gedanken überschlugen sich. Er hatte keine Ahnung, wer Klein-Jimmy war, aber offensichtlich fiel es dem Grobb genauso schwer, Menschen zu unterscheiden, wie es vielen Menschen ging, wenn sie Grobb vor sich hatten. »Ja«, sagte er daher rasch. »Ich bin's, Klein-Jimmy.«

»Wollse nich Pissa holn? Große Pissa füa Umba und Riesenpissa für Gonk?«

»Ja, ja, stimmt schon. Ich habe nur das Geld vergessen.«

Der Grobb, der vermutlich Gonk hieß und hungrig war, lachte.

»Mann, Klein-Jimmy, du bis voll mau inne Birne. Geld vergessn. Ehrlich …«

Finn schluckte. Dann setzte er alles auf eine Karte. Welche Wahl hatte er schon? »Kannst du … kannst du mich rauslassen? Die doofe Tür klemmt wieder.«

»Klaa, null Problemo, Klein-Jimmy.« Der Grobb hievte seinen massigen Leib ächzend in die Höhe. Dabei krachten einige seiner Knochen bedenklich, außerdem stieß er sich fast den Kopf an der Decke. »Helf dir imma gern, Kumpel. Du brauchs mehr Muckies, dann kriegse die Tüa auch selbs uff.«

»Ja, stimmt«, pflichtete Finn ihm bei. »Ich sollte mehr Sport machen. Sagt mein Pap… meine Frau auch immer.« Er hüstelte.

»Kein Ding.« Der Grobb streckte eine riesige Pranke aus, ergriff die Türklinke und zog mit scheinbarer Leichtigkeit die schwere Tür auf. »Bitt schön.«

»Danke.« Grinsend und mit sich selbst außerordentlich zufrieden, tippte Finn sich zum Gruß mit zwei Fingern an die Schläfe. Dann drehte er sich um – und das Grinsen gefror ihm auf den Zügen.

Vor ihm stand Baba Umpa.

Kapitel 8

Der schwarze Mann

»Vielen Dank, dass Sie uns geholfen haben, Heisenberg wieder einzufangen«, sagte Anna mit übertriebener Höflichkeit zu dem bärtigen Mechaniker. Sie holte das Limuri-Äffchen unter dem Eimer hervor, setzte es auf ihre Schulter zurück und hielt ihm ein Leckerli hin – das vereinbarte Zeichen, dass es nun genug war.

»Ja, ja, schon gut«, knurrte der Mann. »Und jetzt verschwindet vom Hof, damit …«

»Lauft!«, ertönte ein Schrei von der rechten Ecke der Halle. Dann kam Finn in Sicht, der mit gehetzter Miene davonflitzte.

Hinter ihm walzte Baba Umpa heran. »Haltet den kleinen Mistkerl! Er hat in meinen Räumen herumgeschnüffelt!«

Dann tauchte ein riesiger Grobb in einem schwarzen Anzug auf. »Bis gar nich Klein-Jimmy!«, brüllte er so laut, dass die Scheiben klirrten. »Bis ein Lügna! Ich reiß dir'n Kopp ab!«

Anna und Tresk wechselten einen schnellen Blick. Dann rannten auch sie los.

Anna erwartete, dass Finn zum Hofausgang rennen würde, doch stattdessen hielt er auf einige Schweber zu, die in einer Reihe neben der Werkstatt parkten und einladend offen standen. »Kommt!«, rief er. »Wir türmen mit einem von denen.«

»Das ist doch Diebstahl!«, erwiderte Anna, während sie ihm mit Tresk folgte.

»Das ist eine Notsituation«, verbesserte Finn sie. »Wir lassen ihn später irgendwo stehen. Den finden die schon wieder.« Mit einem Sprung flankte er über die Seitenverkleidung des offenen Fahrzeugs und glitt auf den Fahrerplatz. Tresk hopste hinterher, Anna, die Heisenberg und ihr Hover-Board tragen musste, kam als Letzte.

Finn legte einen Hebel um, damit die Instrumententafel des Schwebers entriegelt wurde. Dann drückte er den Startknopf.

Nichts passierte.

Hektisch drückte er erneut.

Wieder nichts.

Anna warf einen raschen Blick zur Seite, wo Baba Umpa, der Grobb und der Mechaniker näher kamen. »Das Ding ist kaputt«, stellte sie fest. »Schnell raus hier!«

»Ja«, pflichtete Finn ihr zähneknirschend bei. Er stand wieder auf und sie verließen den Schweber auf der anderen Seite, nur um die Tür des benachbarten Fahrzeugs aufzumachen.

Dessen Motor ging immerhin an – zumindest ganz kurz. Dann erstarb er wieder unter stotterndem Heulen.

»Verflixt!«, fluchte Finn, während er durchrutschte, um die Beifahrertür aufzustoßen. »Ist das hier ein Schrottplatz oder ein Gleiterhandel?«

»Es ist eine Werkstatt«, erinnerte ihn Anna. »Und du hast dir offenbar die Gleiter ausgesucht, die noch nicht repariert wurden.«

Hinter ihnen erreichten ihre Verfolger das erste Fahrzeug.

»Einmal noch«, sagte Finn entschlossen und sprang in die offene Fahrerkabine des dritten Schwebers. Anna und Tresk folgten ihm. Heisenberg kreischte aufgeregt auf Annas Schulter.

Doch sie hatten einfach kein Glück. Auch dieser Gleiter rührte sich kein bisschen, als Finn zunehmend verzweifelt auf den verschiedenen Tasten und Knöpfen herumdrückte, die vor ihm in die Kontrollkonsole eingelassen waren.

»Jetzt lasst uns endlich verschwinden!«, rief Anna drängend. »Zu Fuß!« Ihre Verfolger umrundeten gerade die anderen beiden Fahrzeuge und hatten sie schon fast eingeholt.

»Ja«, sagte Finn. »Vielleicht hast du recht.«

Zum dritten Mal stiegen sie aus, und diesmal wandten sie sich dem breiten, offenen Tor zu, das hinaus auf die Straße führte. Anna sprang auf ihr Hover-Board, Finn und Tresk nahmen die Beine in die Hand. So flüchteten sie, verfolgt von den drei Schurken, vom Gelände von *Umpas feine Gleiter*.

»Haltet sie auf«, brüllte Umpa in ihrem Rücken. »Sie dürfen nicht entkommen.«

Anna warf einen raschen Blick über die Schulter. Sie zuckte zusammen, als sie sah, dass der Mechaniker und der Grobb einen offenen, knallgelben Gleiter bestiegen. Der Mechaniker setzte sich ans Steuer, der Grobb füllte die ganze Rückbank aus. Heulend erwachte der Motor zum Leben.

»Die kommen mit einem Gleiter!«, warnte sie Finn und Tresk, als sie mit ihrem Hover-Board den Jungs folgte.

»Wir müssen es nur bis zur Hyperloop-Station schaffen«, antwortete Finn. »Dann sind wir sie los.«

Sie sprinteten aus der Seitenstraße und wandten sich nach links. Hinter den Häusern war die durchsichtige Transportröhre des mittleren Hyperloop-Rings zu sehen. Die Entfernung dorthin mochte vielleicht vierhundert Meter betragen. Das war nicht sehr viel – es sei denn, man wurde von zwei grimmigen Verbrechern in einem Schweber gejagt.

Rauschend schoss das Fahrzeug auf die Straße hinaus. Der Grobb brüllte wie ein Stier, dem man mit einer Nadel in den Hintern gepikt hatte. Der Mechaniker machte ein verkniffenes Gesicht. Offenbar war er mit dem starken Motor des Flitzers überfordert. Sofort setzte Hupen und Geschrei von den anderen Verkehrsteilnehmern ein. Das dadurch entstehende Chaos war den Freunden nur recht. Es behinderte ihre Verfolger in jedem Fall mehr als sie.

Trotzdem rannten Anna, Finn und Tresk, so schnell sie konnten. Sie wichen Passanten auf dem Gehweg aus, sprangen über niedrige Absperrungen und schlängelten sich an Kiosken vorbei, die den halben Bürgersteig blockierten. Anna übernahm dabei rasch die Führung, denn mit dem Hover-Board war sie einfach flinker als Finn und Tresk, obwohl auch der junge Karadeem eine beachtliche Geschwindigkeit an den Tag legte. Finn hatte Mühe mitzuhalten.

An einer Ampel, die gerade auf das Stoppsignal für Fußgänger schaltete, hetzten die Freunde über die Straße. Dabei mussten sie einem Bimmi ausweichen, dessen Laufgestell offenbar beschädigt war, denn es spazierte mitten auf dem Übergang immer im Kreis herum, während sein Besitzer fluchend auf die Steuerkonsole einschlug.

Gleich darauf bogen Anna, Finn und Tresk in die Querstraße ein. Diese war deutlich leerer, denn zwei der drei Spuren waren wegen Bauarbeiten gesperrt. Ein riesiger, langsamer Roboter rollte dort entlang und verstrich frischen Asphaltplast auf der

Fahrbahn, eine kalte, dunkelgraue Masse, die gegenwärtig noch flüssig war, aber schnell hart werden würde. Außerdem stank sie ganz erbärmlich. Anna verzog die Nase. Normalerweise hätte sie um die Straße einen weiten Bogen gemacht, aber leider ging das nicht, denn genau hier lag die Hyperloop-Haltestelle. Und sie war jetzt keine zweihundert Meter mehr entfernt!

»Wir haben es gleich geschafft!«, rief Anna.

»Wird auch Zeit«, keuchte Finn hinter ihr.

Aber so leicht gaben ihre Verfolger nicht auf. Mit dröhnendem Motor schlidderte der gelbe Gleiter hinter ihnen in die Straße. Der Grobb brüllte erneut, und der bärtige Mechaniker gab ein lang gezogenes Heulen von sich – ob er es aus Begeisterung über die rasante Fahrt oder aus Angst ausstieß, konnte Anna bei einem raschen Blick über die Schulter nicht sagen. Alles, was sie sah, war, dass der Kerl Vollgas gab, das Baustellenschild und zwei Verkehrshütchen umfuhr und auf die freien Fahrbahnen rauschte. Mehr wollte sie gar nicht wissen.

Das Herz schlug ihr bis zum Hals, als sie sich, so schnell sie konnte, von der Straße abstieß, um ihr Hover-Board anzutreiben. Tresk und Finn waren ihr dicht auf den Fersen. Vor ihnen kam die Hyperloop-Station immer näher. Nur noch hundert Meter. Fünfzig. Hinter ihnen heulte der Motor des Gleiters. Dann gab es ein Geräusch, als schütte jemand einen riesiger Eimer mit Morast aus. Zwei Kehlen stießen erschrockene Schreie aus, und schließlich gab es ein furchtbares Scheppern und Krachen.

Anna erreichte die erste Stufe der Rolltreppe hinauf zur Bahnstation. Elegant sprang sie von ihrem Board, kickte die Spitze nach oben und fing es auf, um es sich unter den Arm zu klemmen. Anschließend fuhr sie herum, um zu schauen, was geschehen war. Tresk und Finn, die ebenfalls die Treppe erreichten, taten es ihr gleich.

Und dann lachten sie. Eigentlich war das, was sie sahen, gar nicht komisch, sondern ziemlich ärgerlich für alle Beteiligten, insbesondere ihre Verfolger und die Straßenarbeiter. Doch Anna, Finn und Tresk mussten ihrer Erleichterung einfach Luft machen.

Hinter ihnen saßen der Mechaniker und der Grobb in dem Gleiter. Männer und Fahrzeug waren vollständig mit Asphaltplast gesprenkelt. Außerdem steckte der Gleiter inmitten des Plastbelags. Eine breite Schleifspur zeigte an, dass er mindestens zwanzig Meter auf der grauen Masse gerutscht war. Gestoppt hatte ihn der Bauroboter, der im Weg stand. Dem hatte der Gleiteraufprall kaum einen Kratzer verursacht. Der schicke, gelbe Flitzer allerdings würde eine neue Motorhaube brauchen.

»Was für ein Trottel!« Finn grinste, während sie auf der Rolltreppe nach oben eilten, um die gerade einfahrende Bahn noch zu erreichen. »Wer fährt denn über frisches Asphaltplast?«

»Was ist denn da passiert?«, fragte Anna. So ganz hatte sie den Unfall ihrer Verfolger nicht verstanden.

»Als die Prallfelder, die den Schweber in der Luft halten, auf das flüssige Asphaltplast trafen, haben sie es überall in der Gegend verspritzt«, erklärte Finn. »So, wie wenn du in ein Glas Wasser pusten würdest, nur stärker. Tja, und dabei wurden dann wohl die Prallfeldgeneratoren getroffen und verstopft. Dadurch sind sie ausgefallen, und die Karre hat einen Bauchplatscher in die graue Suppe hingelegt.« Der Junge grinste. »Dieser Mechaniker kann nicht besonders helle gewesen sein.«

»Glück für uns«, meinte Tresk.

»Stimmt. Die sind wir los.«

Rasch bestiegen die Freunde die Hyperloop-Bahn. Als sie in der transparenten Röhre über der Unfallstelle vorbeischossen, blickte Anna ein letztes Mal nach unten. Bauarbeiter und Passanten hatten sich um den gestrandeten Gleiter versammelt, und im Hintergrund näherte sich bereits ein Polizeischweber. Eins war klar: In der Haut ihrer Verfolger wollte sie jetzt wirklich nicht stecken.

Finn beugte sich zu ihr herüber. »Weißt du, was das Lustigste ist?«, fragte er.

»Nein.«

Der Junge feixte. »Den Gestank des Asphaltplasts werden die bestimmt zwei Wochen nicht mehr los.«

»Igitt.« Schmunzelnd verzog sie das Gesicht.

»Waren wir eigentlich erfolgreich?«, mischte sich Tresk ein. »Hast du bei Umpa was herausgefunden?«

Finn nickte. »Ich glaube schon. Wir haben eine Holo-Aufzeichnung entdeckt.«

»Was für eine Holo-Aufzeichung?«

»Keine Ahnung. Ich hatte keine Zeit, sie mir anzusehen.« Finn sah sich in der vollen Bahn um. »Und das hier scheint mir auch der falsche Ort dafür zu sein. Wir sollten uns irgendwohin zurückziehen, wo wir ungestört sind.«

»Zurück ins Arboretum?«, schlug Tresk vor.

»Geht nicht, die machen demnächst zu«, antwortete Finn kopfschüttelnd. »Es ist ja schon spät.«

Anna dachte kurz nach, dann schnippte sie mit den Fingern. »Ich glaube, ich kenne einen guten Ort.« Sie stockte und verzog leicht das Gesicht.

»Aber …?«, hakte Finn nach.

Mit einem entschuldigenden Lächeln sah Anna die Jungs an. »Nun ja, da stinkt es vielleicht auch ein bisschen.«

»Das nennst du ein bisschen?«

Finn verzog das Gesicht und hielt sich den Arm vor Mund und Nase. Fragend – und auch ein wenig anklagend – sah er zu Anna.

»Wenn du eine bessere Idee hast, dann nur raus damit«, sagte die. Seufzend trat sie über die Schwelle und breitete die Arme aus. »Ich habe keine. Und wenn wir die Fenster öffnen, verzieht sich der Gestank sicher schnell.«

»Äh«, sagte Tresk und neigte den Kopf leicht zur Seite. »Ich mag mich irren, aber ich glaube, der Gestank *kommt* von draußen.«

Nun verzog auch Anna das Gesicht. »Dafür dürfte dann wohl Walburga Wabbelbauch verantwortlich sein.«

»Walburga Wabbelbauch?«, fragte Finn.

Tresk erklärte ihm, wie diese »eigenartigen Menschen« das Gastgeschenk seines Vaters getauft hatten.

Finn lauschte und sah dann schmunzelnd zu Anna.

»Lassen wir die Fenster eben zu«, sagte diese etwas mürrisch. »Oder ihr findet ein besseres Versteck.«

»Nein, nein«, erwiderte Tresk. »Hier gefällt es mir.«

Sie befanden sich in dem kleinen Überbleibsel des alten Affenhauses, das nicht abgerissen worden war. Niemand achtete auf diese Ruine, die zwischen den Büschen und Bäumen von Walburgas Freigehege verborgen lag. Daher eignete sie sich perfekt als Ort, um geheimen Kriegsrat zu halten.

Das Haus war in etwa doppelt so groß wie Finns Zimmer. Es hatte ein kuppelförmiges Dach, eine schief in den Angeln hängende Tür und Wände, deren Außenseiten so schmutzig waren, dass man sie aus einiger Entfernung auch problemlos für Büsche oder Dreckhaufen halten konnte. Unterhalb der Decke hingen einige dicke Taue und Netze, an denen die einstigen Bewohner – die kleineren Affen des Zoos – nach Herzenslust hatten klettern und schaukeln können. Außerdem waren hier und da metallene Sprossen in die Wände eingelassen, ebenfalls als Kletterhilfe für die Tiere. Doch seit Monaten hatte sie niemand mehr genutzt, das sah man ihnen an. Auch der Fußboden, auf dem allerlei Unrat lag, bewies, dass kein Lebewesen mehr in dem kleinen Haus gewesen sein konnte, seit die Affen umgezogen waren. Die wenigen, schmalen Fenster waren von außen vergittert und strotzten außerdem vor Dreck.

»Sieht fast so aus, als habe der Zoo dieses Haus komplett vergessen«, sagte Tresk. Fasziniert schaute er sich um.

Anna nickte. »Genau das denke ich auch. Deswegen ist es ja so ein perfektes Geheimversteck. Es liegt hinter Bäumen und Büschen versteckt, und niemand benutzt es mehr. Das hier ist jetzt ganz allein Walburgas Gehege. Außer ihr und ihrem Pfleger Diego kommt hier kaum mal jemand vorbei. Und außer mir.«

Heisenberg sprang von Annas Schulter und begann, die Taue unterhalb der Decke entlangzuhangeln. Das Limuri-Äffchen fühlte sich schon absolut heimisch, das sah man ihm an. Tresk beobachtete es neidvoll. Der junge Karadeem schien nicht übel Lust zu haben, es ihm gleichzutun und ebenfalls einfach draufloszuklettern.

Doch sie hatten Wichtigeres zu tun, das war ihnen klar.

»Also dann. Lasst uns mal schauen, was Omikron in Baba Umpas Büro gefunden hat.« Finn ging zu einem steinernen

Vorsprung, auf dem Papierreste und uraltes, vergammeltes Stroh lagen. Er wischte das Sims halbwegs sauber. Dann setzte er sich. Anna und Tresk gesellten sich zu ihm.

Finn nahm die Datenbrille von der Nase und hielt sie so, dass sie alle durchschauen konnten, wenn sie die Köpfe eng zusammensteckten. Leider besaß das Modell keinen Holo-Projektor, um die Nachricht in den Raum zu projizieren, und auch die tollsten Verbesserungen von Omikron 1 hatten daran nichts ändern können.

»Omikron, spiel die Nachricht ab«, befahl Finn der Künstlichen Intelligenz.

»Sehr gerne«, antwortete das Programm.

Zunächst war ein Flackern zu sehen, wie ein Riss in der Luft mitten zwischen zwei Kletterbäumen, die wenige Schritte entfernt standen. Dann plötzlich entstand die Gestalt eines Mannes. Er war schlank, vielleicht einen Meter achtzig groß, trug einen teuren Nadelstreifenanzug und war dem Körperbau nach ein Mensch. Das war aber auch alles, was sie über ihn sagen konnten, denn seine Hände und sein Kopf waren nichts als schwarze Schatten, ein Phantom ohne Gesicht.

Der schattenhafte Mann legte die Arme hinter dem Rücken zusammen, dann wandte er sich an seinen Zuhörer Baba Umpa.

»Baba Umpa, ich habe einen Auftrag, für den ich Ihre Dienste in Anspruch nehmen möchte«, sagte der Mann. Seine Stimme klang dunkel und elektronisch verzerrt. Sie gab genauso wenig einen Hinweis darauf, wer der Kerl war, wie die Bildaufzeichnung. »Mir wurde ein kostbares Computerprogramm gestohlen. Es trägt den Codenamen Omikron 1. Es ist nicht wichtig für Sie, worum es sich dabei handelt. Wichtig ist nur, dass ich es wiederhaben will und Sie dafür gut bezahlen werde. Ein Vorschuss ist dieser Nachricht angehängt.«

»Wie viel hat er bezahlt?«, wollte Tresk wissen.

»Es tut mir leid, diese Informationen ist nicht mehr vorhanden«, antwortete Omikron.

»Wen Sie beauftragen, ist mir gleichgültig«, fuhr der Schattenmann in der Aufzeichnung fort. Dabei begann er, vor der Aufnahmeoptik langsam auf und ab zu schreiten. »Er muss nur schnell handeln, bevor das Programm Aquaterra verlässt. Wir haben bereits eine erste Spur, an die die Person, die Sie mir vermitteln, anknüpfen kann. Die Zielperson scheint der Wissenschaftler zu sein, der das Programm erschaffen hat. Weitere Details bespreche ich dann mit Ihrem Mann direkt. Melden Sie sich bei mir, wenn Sie mir jemand Geeignetes anbieten können.«

Er blieb stehen und deutete mit der rechten Hand nach vorne. Ein weiteres Flackern, und die schemenhafte Gestalt im Anzug war wieder fort. Sie hatte sich nicht einmal verabschiedet.

Langsam ließ Finn die Datenbrille sinken. Wortlos sah er Tresk und Anna an. Er wirkte genauso beunruhigt, wie Anna sich fühlte.

Es war Tresk, der zuerst die Sprache wiederfand. »Also das war jetzt ziemlich schräg.«

»Kann man wohl sagen«, pflichtete Finn ihm bei.

»Wer war dieser Kerl in dem Hologramm?« Fragend sah Anna die Jungs an. »Und was hat er mit Omikron 1 zu tun?«

Finn schüttelte den Kopf. »Ich habe keine Ahnung. Es war jedenfalls nicht der Mann aus Papas Taxi, den wir für Omikrons Schöpfer halten. Der hatte deutlich schmalere Schultern – und deutlich mehr Bauch. Außerdem wirkte er kein bisschen bedrohlich. Ganz im Gegensatz zu dem Kerl da …«

Anna fuhr ein kalter Schauer über den Rücken. Von all dem Unheimlichen, das sie heute durchgemacht hatten, war der Mann im Holo das Unheimlichste gewesen – mit Abstand! Diese verzerrte Computerstimme, dieses schattenschwarze Gesicht … »Bei dem kriege ich eine Gänsehaut«, gestand sie leise.

Finn nickte zustimmend. »Nicht nur du.« Er wandte sich wieder an die K.I., die bislang kein Wort zu der Holo-Nachricht gesagt hatte. »Omikron, kannst du uns zufällig etwas über diesen Mann sagen? Ist er dir vielleicht bekannt vorgekommen? Sein Aussehen oder seine Sprechweise?«

»Leider nein«, sagte die Künstliche Intelligenz in der Brille. Trotz ihres blechernen Tonfalls klang sie aufrichtig traurig. »Die Details dieser Holo-Übertragung waren so stark verfremdet und verzerrt, dass keinerlei Identifikation möglich war. Nicht einmal theoretisch.«

»Und der Ort?«, fragte Tresk. »Wissen wir irgendetwas über den Ort, an dem der Schattenmann stand?«

Es war ein Griff nach Strohhalmen, das wussten sie alle. Entsprechend eindeutig fiel auch Omikrons Antwort aus.

»Auch hiermit kann ich leider nicht dienen«, gestand die K.I. und klang ziemlich zerknirscht. »Die Übertragung bestand einzig und allein aus dem Mann. Sein Hintergrund wurde genauso digital herausgefiltert wie sein Gesicht. Und wo nichts zu finden ist, stoßen auch meine beeindruckenden Fähigkeiten an ihre Grenzen. Bedaure.«

»Also sind wir keinen Schritt weiter.« Finn seufzte und stützte das Kinn auf beide Handflächen. »Diese Typen sind hinter meiner Brille her, und wir sind absolut ratlos.«

Anna verstand ihn gut. Wer der unbekannte Schattenmann

auch war, er konnte jederzeit wieder zuschlagen. Wie schon der Einbruch in Ole Hansens Taxi und das Insektenwesen auf dem Motorrad deutlich gezeigt hatten, wusste er genau, wer Finn war und wo er wohnte. *Wir laufen mit Zielscheiben auf der Brust herum*, dachte sie düster. *Solange wir nichts dagegen unternehmen, bleiben wir angreifbar. Denn wir können uns nicht ewig im alten Affenhaus verstecken, so viel ist sicher.*

»Wir sollten zurück zur Polizei gehen«, schlug sie vor. »Wenn wir Kommissar Drychs berichten, was wir bei Baba Umpa erlebt haben, sind wir vielleicht schlauer. Möglicherweise hat der Kommissar eine Idee, was jetzt zu tun ist.« Der Bimmi hatte vorhin zwar nicht sonderlich kompetent auf sie gewirkt, aber er *war* Polizist, oder etwa nicht? Und die Polizei half Bürgern in Not.

Tresk klang allerdings ganz und gar nicht einverstanden. »Das tun wir auf gar keinen Fall.«

»Warum?«, fuhr Anna ihn an.

»Weil er uns Omikron dann sicher wegnimmt«, antwortete der Karadeem. »Drychs mag ein winzig kleiner Bimmi sein, aber er ist auch ein Erwachsener. Und die fackeln nicht lange, wenn es um Fragen der Sicherheit und des Risikos geht. Sobald Drychs erfährt, dass Omikron der Schlüssel zu dieser rätselhaften Geschichte sein könnte, wird er die K.I. haben wollen.«

»Die geb ich nicht her!« Finn hatte die Brille ausgezogen und hielt sie mit beiden Händen fest. »Das könnt ihr vergessen, okay? Omikron gehört mir, nicht der Polizei.«

»Genau genommen gehört Omikron dem Mann, der gestern in eurem Taxi war«, korrigierte Anna ihn streng. »Er ist nur auf deine Brille umgezogen.«

»Na und?«, gab Finn zurück. »Jetzt ist Omikron bei mir. Fertig.«

»Omikron«, wandte sich Tresk an die K.I., die Finns Brillengläser noch immer von innen zum Leuchten brachte. »Sag mal, wo möchtest du sein? Bei uns oder woanders?«

»Ich … weiß es nicht«, gestand das mysteriöse Programm. Abermals staunte Anna, dass es so offenkundig zögerte. Ein Computer, der zweifeln konnte – so etwas war ihr nie zuvor begegnet. »In eurer Gesellschaft komme ich mir, nun ja, nützlich vor. Sogar dringend nötig, wenn ich ehrlich sein soll. Das sollte man nicht außer Acht lassen.«

Triumphierend sah Finn zu Anna. »Hörst du? Er *möchte* bei uns bleiben.«

Und wenn das gefährlich ist?, erwiderte sie in Gedanken. Doch sie schwieg, denn auch sie wollte die K.I. nicht einfach so hergeben. Erst recht nicht ohne Antworten.

»Dann ist es entschieden«, sagte Tresk. »Omikron bleibt, wo er ist, und wir ermitteln auf eigene Faust weiter. So, wie wir es ja ohnehin schon tun.«

»Prima«, gab Anna zurück – ein wenig bissiger als beabsichtigt. »Und wo setzen wir da an, du großer Meisterdetektiv?«

»Im Bett«, antwortete Tresk entschlossen. »Hier und heute kommen wir nicht weiter.« Er deutete zu den Fenstern des kleinen Hauses. »Außerdem wird's draußen dunkel. Der Tag ist vorbei. Wir sollten nach Hause gehen und mal über die ganze Sache schlafen, finde ich. Vielleicht fällt uns dann etwas Neues ein.«

Anna kam nicht umhin, dem Karadeem zuzustimmen. Ein wenig Abstand zum Nachdenken war sicher eine gute Idee.

»Nach Hause?« Finn wirkte unsicher. »Meinst du wirklich? Diese Kerle wissen, wo ich wohne, Tresk. Wer garantiert dir, dass sie heute Nacht nicht wiederkommen?«

»Niemand«, gab der fellbedeckte Junge offen zu. »Aber es würde mich sehr wundern. Sie hätten schon längst bei dir in der Wohnung vorbeischauen können. Das taten sie aber nicht. Sie beschränkten sich auf euer Taxi, und sie lauerten dir draußen auf der Straße auf.«

Anna nickte. »Sie gehen nicht rein«, begriff sie. »Das trauen sie sich nicht. Sie schlagen in der Öffentlichkeit zu, nirgendwo sonst.«

»Daheim bist du sicher, Finn«, stimmte Tresk zu. »Und Omikron ist es auch. Zumindest vermute ich das.«

»Ich an deiner Stelle würde die Wohnungstür aber trotzdem hinter mir abschließen«, meinte Anna noch schnell.

Finn stand von dem Steinsims auf. »Einverstanden. Gehen wir nach Hause. Aber ich fürchte, ich bekomme heute kein Auge zu. Ich werde die ganze Nacht am Fenster stehen und die Straße beobachten. Für den Fall der Fälle.«

»Gute Idee«, sagte Anna erleichtert. Sie erhob sich ebenfalls und streckte die Arme nach Heisenberg aus. Das Limuri-Äffchen sprang fröhlich zurück zu ihr. »Falls du verdächtige Gestalten bemerken solltest, dann schick uns sofort eine Nachricht. Wir kommen dann zu dir geeilt. Richtig, Tresk?«

»Richtig«, sagte der Karadeem, und es klang wie ein großes Versprechen.

Kapitel 9

Drei sorgenvolle Abende

Die Botschaft der Karadeem war ein ehrwürdiges Gebäude aus dunkelrotem Sandstein, silbernem Stahl und allerlei Glas. Es lag im Regierungsviertel mitten im Stadtkern und war umgeben von anderen Botschaften, die kaum weniger imposant wirkten als der sichelförmig geschwungene Prachtbau. Im Erdgeschoss empfing der Botschafter seine Gäste und ging seiner Arbeit nach, weitere Stockwerke beherbergten die Büros und Konferenzräume der Angestellten, die für ihn arbeiteten. Die zwei obersten Etagen wiederum bildeten die private Wohnung des Botschafters und seiner Familie. Dort sollten sich die ehrwürdigen Gäste Aquaterras wie zu Hause fühlen. Zumindest theoretisch.

Praktisch sah das allerdings ganz anders aus, fand *ein* ehrenwerter Gast.

Kopfschüttelnd sah Tresk sich um. *Zu Hause ist gut*, spottete er, als er aus dem Treppenhaus in die untere Wohnungsetage trat. *Dieses Chaos ist alles andere als heimelig.*

Überall im Gebäudeinneren herrschte trotz der späten Stunde noch hektisches Treiben. Möbel wurden hin- und hergetragen, Leitungen neu verlegt, kleinere Mängel an der Ausstattung ausgebessert. Hier justierte man eine Lampe neu, dort bohrte man

Löcher in Zimmerecken. Tresk wich menschlichen Handwerkern ebenso aus wie Tahatza und den übrigen Bediensteten seines Vaters, die ihn kaum beachteten, als sie geschäftig an ihm vorbeieilten. Alle waren noch im Haus, und alle waren noch emsig bei der Arbeit. Sie redeten, schleppten, hämmerten und strichen mit farbgetränkten Pinseln über unschuldige Wände. Die Luft roch nach Steinstaub, Farbe und Schweiß. Selbst in Annas schmutzigem Affenhaus war es Tresk deutlich gemütlicher vorgekommen als hier in seinem neuen und angeblichen Zuhause.

»Keine Sorge, mein Junge«, hörte er plötzlich eine Stimme hinter sich. Als er sich nach ihr umdrehte, sah er seinen Vater. Manurr stand auf der obersten Treppenstufe, die Arme vor der Brust verschränkt, und schien Tresks Gedanken problemlos erraten zu können. »Es mag noch ein wenig chaotisch auf dich wirken, aber ich garantiere dir: Spätestens in ein paar Tagen ist hier alles perfekt und urgemütlich.«

»Aber sollte es das nicht jetzt schon sein?«, wandte Tresk sich an Manurr. »Du hast gesagt, die Regierung von Aquaterra habe ein fertiges Haus für uns. Eins, in das wir sofort einziehen und uns wohlfühlen könnten. Keins, das erst langwierig renoviert werden muss!«

Die Schnurrhaare des Botschafters zitterten amüsiert. »Und die Regierung war auch genau dieser Ansicht«, sagte er mit leisem Seufzen. »Allerdings *nur* die Regierung.«

Tresks pelzige Ohren zuckten. »Wie meinst du das?«, fragte er irritiert – und wiederholte die Frage sofort ein wenig lauter, um das plötzlich einsetzende, ohrenbetäubende Gehämmer im Nebenraum zu übertönen.

Manurr trat vor und legte seinem Sohn eine Pranke auf die

Schulter. »Aquaterra wird zum Großteil von Menschen regiert«, erklärte er geduldig. »Dies ist ihr Planet, und sie waren es auch, die die Idee zu Aquaterra hatten.«

Tresk nickte. Er kannte die Geschichte. Nach einer alles andere als friedlichen Vergangenheit hatten die Bewohner der Erde die künstliche Insel namens Aquaterra als ein sogenanntes Pilotprojekt erschaffen. Dort wollten ihre Völker in ganz neuer, freundschaftlicher Gemeinschaft leben – Seite an Seite, Hand in Hand –, und die Völker des Weltalls gleich mit ihnen. Es war ein sehr ehrgeiziges Projekt, aber auch ein sehr wichtiges. Und es funktionierte.

»Die Menschen bemühen sich redlich, es allen Bewohnern so angenehm wie möglich zu machen«, fuhr Manurr fort. »Sie strengen sich wirklich an.«

»Aber?«, fragte Tresk. Er ahnte, dass es ein Aber geben würde.

Wieder schmunzelte sein Vater. »Aber sie sind Menschen, keine Karadeem. Verstehst du, mein Sohn? Sie sind Menschen, keine Bimmi. Menschen, keine Atherier oder Grobb.«

Nun begriff der Junge. »Sie wissen noch zu wenig über uns, um alles richtig für uns vorzubereiten.«

»Im Großen und Ganzen liegen sie goldrichtig«, sagte der Botschafter, nickte allerdings. »Nur in den Details ... brauchen sie hier und da noch ein wenig Nachhilfeunterricht. Zum Beispiel bei der Auswahl der Wandfarben.« Er deutete vor sich auf den schmalen Korridor, der zu den Schlafzimmern der Diplomatenwohnung führte. »Sieh selbst: gelbe Wände. Kennst du auch nur einen einzigen Karadeem, der gelbe Wände schön fände?«

Tresk schüttelte sich – und dann seinen Kopf. »Auf gar keinen Fall!« Wände mussten warme, erdige Farbtöne haben. Ocker, rotbraun, waldgrün oder zur Not auch noch grau wie Schiefer und Kies. Aber knallgelb? Pfui, das sah doch furchtbar aus!

»Das müssen die Menschen noch lernen«, sagte Manurr. »Und das werden sie. Wir sind ja jetzt da, um es ihnen beizubringen. Denn auch das ist ein Ziel dieser beeindruckenden Stadt im Meer: dass ihre Bewohner immer wieder voneinander lernen.«

»Und bis dahin müssen wir unsere Wohnung neu streichen?«, fragte Tresk. Seufzend sah er zu, wie zwei Handwerker ein Bett in Kindergröße, das offenbar für ihn gedacht war, aus der Etage trugen. Ein *menschliches* Bett, mit hölzernem Rahmen und recktteckiger Matratze – kein Kissenlager, wie sie auf Katharrlon üblich und ohnehin deutlich bequemer waren.

Manurr zog Tresk ein wenig zu sich, damit er den Handwerkern nicht im Weg stand. Dann nickte er. »Genau so ist es. Wir machen es uns einfach selbst gemütlich, mein Junge. Und wenn wir fertig sind, zeigen wir unseren neuen Nachbarn, wie.« Dann lachte er kurz auf. »Aber genug davon. Mich würde viel eher interessieren, wie dein Tag war. Seit den festlichen Ansprachen drüben im Zoo habe ich dich vor lauter Arbeit ja nicht mehr gesehen. Was habt du und Bürgermeister Falkes Tochter die ganze Zeit gemacht? Wie hieß sie noch gleich? Anne?«

Für einen kurzen Moment war er versucht, einfach die Wahrheit zu sagen. Er konnte ja schließlich von Omikron 1 erzählen und von dem diebischen Zirrpiden mit dem rasanten Schwebemotorad. Auch der Besuch auf Finns Polizeiwache und die Flucht aus Baba Umpas Werkstatt hätten seinen Vater bestimmt in Atem gehalten. Doch er entschied sich dagegen, denn vor allem hätten diese Schilderungen dafür gesorgt, dass Manurr sich Sorgen um Tresk machte. Und der Junge kannte seinen Vater gut: Hätte Manurr Grund zur Sorge, würde er in Zukunft zweimal überlegen, ob er Tresk wieder zu Anna und Finn gehen ließ.

»Och, eigentlich nicht so viel«, antwortete der junge Karadeem daher ausweichend. »Wir waren ein wenig in der Stadt unterwegs, weißt du? Sind mit der Schwebebahn mal hierhin und mal dorthin gefahren. Wir haben Annas Freund Finn getroffen und noch ein paar andere Leute. Wir haben das Arboretum besucht. Das war toll. Und im Zoo, da waren wir auch eine ganze Weile.«

»Schön.« Manurr wirkte zufrieden und nur wenig interessiert. »Habe ich's dir nicht gleich gesagt? Du lernst hier im Nu neue Freunde kennen.« Gemeinsam traten die beiden Karadeem ins Wohnzimmer ihrer künftigen Behausung.

Tresk stutzte. Neue Freunde? Tagsüber war viel zu viel los gewesen, als dass er groß darüber nachgedacht hätte. Nun aber, da es vor den Fenstern des Botschaftsgebäudes immer dunkler wurde und der Abend in Aquaterra Einzug gehalten hatte, kam er nicht umhin, über sich selbst zu staunen. Tatsächlich: Er *hatte* neue Freunde. Denn wenn man es kaum erwarten konnte, dass es wieder hell wurde und man sie besuchen durfte ... dann mussten es wirklich Freunde sein.

Das ging schnell, dachte er verblüfft. Und mit einem Mal fühlte er sich schon deutlich heimischer in dieser seltsamen und hektischen Stadt im Meer.

Anna hätte nie gedacht, diesen aufbrausenden Karadeem namens Tresk zu vermissen. Doch selbst dessen Gesellschaft wäre ihr zehnmal lieber gewesen als die, in der sie sich gerade befand.

»Keine Sorge«, raunte ihr Vater ihr zu. Er saß rechts neben ihr und schien ihre Gedanken erraten zu können. »Wir dürfen bald gehen. Nur noch ein kleines bisschen.« Dann sah er wieder nach vorn zu der kleinen Bühne mit dem Rednerpult.

Beide gehörten zum großen Ballsaal, in dem Anna und Thomas Falke sich an diesem Abend eingefunden hatten. Und genau wie der Saal, hatten sich auch dessen Gäste für den feierlichen Anlass gründlich herausgeputzt. Anna sah Menschenmänner in schwarzen Anzügen, Bimmifrauen in extragrellen Kleidern, sogar der ein oder andere Grobb saß an den festlich gedeckten runden Tischen. Inmitten all der kostbaren Teller und Kristallgläser, all der silbernen Kerzenständer und weißen Tischdecken wirkten die Grobb beinahe so fehl am Platz wie Anna selbst sich fühlte. Und wie sich auch Michiko Kobayashi fühlen musste, da hegte Anna keinerlei Zweifel.

»Was sollen wir denn da?«, hatte das Mädchen gefragt, als Thomas Falke es vorhin mit eben dieser Abendplanung zu Hause willkommen geheißen hatte. »Ein langweiliges Bankett mit langweiligen Reden von langweiligen Leuten aus Industrie und Wirtschaft? Das hat doch nichts mit Mama zu tun!«

»Na ja«, hatte Annas Vater geantwortet. »Eigentlich nicht. Dann aber wieder schon. Mama ist Meeresbiologin, Anna. Da gehört es leider manchmal dazu, dass man sich mit langweiligen Leuten trifft – denn diese langweiligen Leute sind eben auch wichtige Leute. Sie haben das Geld, das Mama braucht, um ihre Forschungen durchzuführen.« Dann hatte er gelächelt. »Und weil du und ich Mamas Spitzenteam sind, werden auch wir heute Abend zu diesem Bankett gehen. Um Mama zu unterstützen. Damit sie sich zwischen all den Schlipsträgern und reichen Schnöseln nicht ganz so allein fühlt.«

Schlipsträger und reiche Schnösel. Das war Mamas liebste

Beleidigung, wenn sie über Aquaterras höhere Kreise sprach – über all die Entscheider und Lenker in Politik und Wirtschaft. Michiko Kobayashi hielt wenig von diesem Menschenschlag. Schlipsträger, so sagte sie stets, redeten viel und taten wenig. Und nahezu nichts, an dem sie nicht vor allem selbst verdienten.

Zwar passte die Beschreibung kein bisschen zu Thomas Falke, dennoch hatte sich Anna schon oft gewundert, dass Michiko in Form von Aquaterras Bürgermeister ausgerechnet einen der führendsten Schlipsträger und Redenschwinger der Stadt geheiratet hatte. »Allerdings einen ausgesprochen süßen«, erklärte Michiko stets, wenn Anna sie darauf ansprach, und Annas Vater errötete dann leicht.

Applaus brandete auf und riss das Mädchen aus seinen Gedanken. Anna sah wieder nach vorn zur Bühne des Ballsaals. Dort hatte der Schnösel von vorhin inzwischen das Pult verlassen. Er war zur Seite getreten und applaudierte nun ebenfalls, während Annas Mutter seinen Platz am Mikrofon einnahm. Michiko Kobayashi sah an diesem Abend einfach atemberaubend aus. Sie, die sonst nur bequeme Kleidung und Laborkittel trug, hatte sich in ein enges schwarzes Kleid gezwängt und sogar Make-up aufgetragen. Ihr kurzes, pechschwarzes Haar war sorgsam gescheitelt, ihr Lächeln strahlend und offen. Die achtunddreißigjährige Frau, die in einem kleinen Küstendorf in Japan zur Welt gekommen war, sah aus, als stünde sie jeden Tag auf Schnöselbühnen – und nicht in zum Teil sogar unterseeischen Laboratorien, wo schöner Schein und leeres Geschwätz keinen Platz hatten.

»Vielen Dank«, sagte Michiko, und das auf Kopfhöhe vor dem Rednerpult schwebende Mikro trug die Worte zu den Lautsprechern in der Saaldecke. »Danke sehr.« Sie hob abwehrend die

Hände, und der höfliche Applaus verstummte. »Meine Damen und Herren«, begann Annas Mutter dann, »liebe Ehrengäste, sehr geehrter Herr Bürgermeister …«

An dieser Stelle ging ein amüsiertes Raunen durch den Saal. Mit wem Michiko Kobayashi verheiratet war, war kein Geheimnis.

»Ich danke Ihnen, dass Sie alle gekommen sind«, sagte die Meeresbiologin dann. »Und ich danke auch Ihnen, Mister Sanders, für die durchaus interessanten Worte, mit denen Sie uns soeben beglückt haben.« Hier sah sie zu dem Schnösel, der vor ihr gesprochen hatte. Der Mann war offenbar Amerikaner, so viel begriff Anna. Und er schien wichtig zu sein. »Sie haben nämlich durchaus recht: Das Meer *ist* die Zukunft dieses Planeten. Es kann uns noch vieles beibringen – über Ernährung, über biologische Zustände, über Weite und, wenn Sie mich fragen, auch viel über Ehrfurcht und Demut. Aber in einem Punkt widerspreche ich Ihnen entschieden, lieber Mister Sanders: Das Meer ist kein Industrieprojekt. Es ist Leben. Und Leben ist kein unternehmerisches Geschäft. Nichts, was sich mit Geld und Kalkulationen erfassen lässt.«

Sanders – kurze Gelfrisur, breite Schultern; ein maßgeschneiderter Anzug für einen wie maßgefertigt wirkenden Schlipsträger – verlor tatsächlich sein unerschütterlich wirkendes Zahnpastalächeln. Er wollte gerade etwas sagen, da sprach Annas Mutter schon weiter, zum Publikum und nicht mehr zu ihm.

»Aber wie schon gesagt: Danke, dass Sie alle heute Abend gekommen sind. Danke, dass Sie die Arbeit meiner Kolleginnen und Kollegen unterstützen. Die Meeresbiologie ist einer der wichtigsten Forschungszweige dieser Stadt und dieser Welt. Und glauben Sie mir: Sie kann Ihre Hilfe sehr, sehr gut brauchen.«

Ein Hologramm erschien in der Luft rechts vom Rednerpult. Es zeigte einige Balken und Linien, wissenschaftliche Berechnungen und Schaubilder. Michiko erklärte sie mit Worten und Gesten, doch Anna schaltete innerlich ab. Sie fand die Arbeit ihrer Mutter immens spannend. Aber nur, wenn sie wirklich geschah – nicht, wenn sie Teil von nüchternen Diagrammen und Statistiken war.

Wenn die Mama wirklich unterstützen wollen, dachte sie und sah aus den Augenwinkeln zu den ach so wichtigen Männern und Frauen an den runden Tischen, *dann sollten sie sie im Labor besuchen. Oder auf ihrem Forschungsschiff, draußen auf hoher See.*

Doch das wäre ja Aufwand gewesen. Etwas, bei dem man sich die teuren Kleider schmutzig machen konnte. Das passte nicht zu Schlipsträgern und Schnöselinen, oder? Dann schon eher ein kostenloses Buffet und ein festlich geschmückter Ballsaal. Seufzend schloss Anna die Augen und ergab sich ihrer Langeweile.

Eine knappe Stunde und zwei weitere Reden später, hatte die Tortur ein Ende. Die Abendgesellschaft war zum gemütlicheren Teil der Veranstaltung übergegangen. Überall wurden Gespräche geführt, Hände geschüttelt und Gläser geleert. Leute, die das Meer vermutlich nur kannten, weil sie von ihren teuren Wohnungen aus die perfekte Aussicht darauf hatten, feierten sich als Retter desselben. Und Michiko Kobayashi stand mitten unter ihnen und machte gute Miene zum immer gleichen Spiel.

Als sie Anna und Thomas auf sich zukommen sah, hob Michiko die Brauen. »Entschuldigen Sie mich kurz?«, wandte sie sich freundlich an die beiden Schlipsträger, die sie gerade in Beschlag genommen hatten. Dann drehte sie sich zur Seite und ging zu ihrem Gatten und ihrer Tochter. »Ihr kommt wie gerufen«, raunte sie den beiden zu. »Noch eine Minute länger, und ich hätte diese beiden Schwätzer kopfüber in die Salatschüssel drüben auf dem Buffettisch getaucht. Was für unerträgliche Wichtigtuer!«

»Hast du denn schon genug verdient?«, fragte Anna.

»Das bezweifle ich«, antwortete Michiko mit schwachem Lächeln. »Diese Abende sind die Mühe eigentlich kaum noch wert. Wenn man bedenkt, wie viele unnütze Gespräche man hier führen muss, nur damit die Geldgeber bei Laune bleiben ... Nein, das Meer hätte deutlich mehr davon, wenn meine Mitarbeiter und ich hier nicht antanzen müssten wie die Bittsteller. Sondern brav in unseren Labors und auf unseren Booten bleiben könnten, wo wir hingehören.«

»Aber dort wirft euch niemand Geld in eure Spendendosen«, hielt Annas Vater dagegen. »Hier schon.«

»Wollen wir's hoffen«, sagte Michiko. Sie hakte sich bei Thomas Falke unter. »Aber das werde ich erst morgen früh sehen. Für heute Abend habe ich getan, was ich konnte.«

»Vor allem hast du diesem Sanders ordentlich Paroli geboten«, fand Annas Vater. Er lächelte. »Was für ein schmieriger Typ.«

»Er ist neu in der Stadt«, wusste Michiko, »und als hätte ich nicht auch so schon mit mehr als genug Idioten zu tun, ist ausgerechnet er der neue Topmanager drüben bei *Atlantia*.«

Der Bürgermeister stieß einen leisen Pfiff aus. »Bei der größten Algenzuchtfirma der Welt? Wow. Die ist ja nicht gerade ein Freund deines Berufsstands.«

Anna runzelte die Stirn. Hatte Finn nicht kürzlich berichtet, der neue Freund seiner Mutter sei ein hohes Tier bei *Atlantia*? Sie beschloss, ihn morgen danach zu fragen, falls sie es nicht wieder vergaß.

»Auch der kann allerdings bis morgen warten«, fand Michiko.

»Momentan will ich nichts weiter, als dass die zwei wichtigsten Personen dieses Abends mich nach Hause bringen. Und die Tür fest hinter uns verschließen.« Sie zwinkerte Anna zu. »Was meint ihr? Bekommt ihr das hin?«

»Garantiert!«, sagte Anna erleichtert.

Keine Minute später verließen sie den Ballsaal – zu dritt und zufrieden.

Finn stand tatsächlich am Fenster, doch draußen auf der Straße wirkte alles ganz normal. Laternen erhellten die Gehwege, und nur noch selten verirrte sich ein Gleiterfahrzeug, ein Radfahrer oder ein Fußgänger in seine abgelegene, ärmliche Ecke des Europaviertels. Alles sah vollkommen friedlich aus, und das schon seit Finn seinen Beobachterposten bezogen hatte.

»Alles klar bei dir, Kollege?«, erklang plötzlich eine Stimme in seinem Rücken.

Finn drehte sich um. Sein Vater Ole hatte die Tür zu seinem Zimmer geöffnet und steckte nun den Kopf herein.

»Alles klar«, antwortete Finn. Er wollte Ole nicht unnötig beunruhigen, deshalb verschwieg er ihm, was er hier tat. »Ich gucke nur aus dem Fenster, weiter nichts.«

»Mhm«, sagte Ole. »Guck allerdings auch mal auf die Uhr, einverstanden? Es ist Schlafenszeit.«

»Ach Paps«, beschwerte sich Finn. Er hatte keinesfalls vor, heute zu schlafen. Nicht, solange diese Zirrpiden und der schattenhafte Mann im Anzug dort draußen lauern mochten. »Ich hab doch Ferien.«

»Du schon«, bestätigte Ole. »Aber ich nicht. Und dank der Sache mit der Polizei habe ich heute schon den halben Arbeitstag verloren, ohne auch nur einen Cent zu verdienen. Ich muss morgen echt ranklotzen, Finn, und brauche viele, viele Fahrgäste, um das wieder auszugleichen. Und weil wir uns keinen Babysitter leisten können, kommst du wieder mit, wenn ich fahre.«

Es war immer das Gleiche! In unregelmäßigen Abständen bekam Finns Vater das Gefühl, er kümmere sich nicht genug um den Jungen. Und dann übertrieb er es mit seinem Vatertum ganz gewaltig.

»Ich bin keine vier Jahre alt, Paps«, klagte Finn. »Wann merkst du das endlich, hm? Ich brauche keinen Babysitter mehr. Ich war doch heute auch den ganzen Tag allein unterwegs.«

Das Argument schien Ole zum Nachdenken zu bringen. »Was hast du denn morgen vor?«, erkundigte er sich, die Stimme noch voller Skepsis.

»Nichts Besonderes«, log Finn schnell. »Ich wollte mich nur wieder mit Anna treffen. Und mit unserem neuen Freund, diesem Tresk vom Planeten Katharrlon. Dessen Vater ist Botschafter, wusstest du das?«

Ole nickte knapp. Er sah nicht zufrieden aus, aber auch nicht unzufrieden. Eher un*sicher*. »Bleib aber nicht zu lange fort, in Ordnung? Und haltet die Augen offen. Ihr wisst ja: Irgendetwas Seltsames ging da heute vor sich, zumindest hatte es vorhin bei Kommissar Drychs diesen Anschein. Ich will nicht, dass du in Schwierigkeiten gerätst, Finn. Passt auf euch auf, wenn ihr draußen spielt.«

Der Junge versprach es. Im Grunde war das gar keine Lüge, denn selbstverständlich wollte er auf sich aufpassen – zumal die Ermittlungen, die sie führten, alles andere als ein Spiel waren.

Er hatte noch immer keinen blassen Schimmer, wo und wie sie

morgen vorgehen sollten, um die Spur von Omikrons Häschern aufzunehmen. Auch die K.I., die aktuell auf Finns Fensterbank lag, erinnerte sich nach wie vor an nichts aus ihrer Existenz *vor* Finns Datenbrille. Der Junge konnte nur hoffen, dass Anna oder Tresk mehr Ideen hatten, wenn sie sich morgen trafen. Andernfalls wäre ihr kleines Detektivabenteuer ebenso schnell vorbei wie es begonnen hatte – und vollkommen nutzlos.

Ole nickte wieder. Er trat aus dem Zimmer und wollte gerade die Tür wieder hinter sich schließen, da stoppte er. »Sag mal«, wandte er sich erneut an Finn. »Denkst du auch dran, hin und wieder bei deiner Mutter anzurufen?«

Im ersten Moment musste Finn schlucken. Er sprach nicht sonderlich gern mit seinem Vater über seine Mutter. Seit der Scheidung waren die beiden ziemlich zerstritten. Gäbe es Finn nicht, hätten sie vermutlich keinerlei Kontakt mehr zueinander, und zumindest Finns Mutter schien damit auch kein Problem zu haben. »Klar, Paps«, antwortete er wahrheitsgemäß. »Ständig. Das weißt du doch. Wir telefonieren fast jeden Tag.«

Das schien Ole hören zu wollen, und es stimmte ja auch. »Schön«, sagte er. Es klang erleichtert. »Und am Wochenende gehst du sie wieder besuchen, richtig?«

Finn bestätigte es. Er freute sich auf seine vierzehntäglichen Besuche bei seiner Mutter. Einzig diesen Mitch Sanders, ihren neuen Freund, konnte er nicht leiden. So sehr, dass er sich manchmal – allerdings nur manchmal – bei dem Gedanken ertappte, kurz vor dem nächsten Besuchswochenende so zu tun, als sei er krank geworden. Doch diesen Plan hatte er nie in die Tat umgesetzt. Er *wollte* seine Mutter sehen, Mitch hin oder her.

»Also dann«, sagte Ole. Er lächelte, was irgendwie entschuldigend aussah, und machte sich wieder daran, die Tür hinter sich zu schließen. »Gute Nacht, Finn. Ich hab dich lieb.«

»Ich dich auch, Paps«, erwiderte Finn mit einem Lächeln. »Schlaf gut.«

Ole verließ das Zimmer. Finn hörte seine Schritte draußen im Wohnungsflur, dann ging die Tür zu Oles Schlafzimmer ebenfalls zu.

Einen kurzen Moment lang stand Finn da und lauschte der Stille des Augenblicks. Auch das war früher anders gewesen, als sie noch zu dritt in einer deutlich größeren Wohnung gelebt hatten: So richtig still war es bei den Hansens eigentlich nie geworden. Finn vermisste diese Zeit, auch wenn er wusste, dass sie vorbei war.

Dann straffte er die Schultern und vertrieb die trüben Gedanken aus seinem Kopf. Er hatte einen Job zu erledigen, oder etwa nicht? Gähnend, aber fest entschlossen, kehrte er zurück zum Fenster und sah erneut raus auf die nachtdunkle Straße. Wachend, wartend und absolut ratlos.

Kapitel 10

Unheimlicher Besuch

Der nächste Morgen begann mit einem Reinfall. Anstatt sich mit Finn und Tresk zu treffen, musste Anna dem Tierpfleger Diego zur Hand gehen. Er hatte sie kurz nach dem Frühstück angerufen und gebeten, schnell in den Zoo zu kommen. Direktor Lethet at Damaar sei mit der Sauberkeit des neuen Affenhauses höchst unzufrieden, und nun müsse dort schnell nachgebessert werden. Ohne Annas Hilfe sei Diego verloren.

»Der war richtig sauer«, erklärte der Pfleger, als Anna im Zoo eintraf. »Er hat laut mit mir geschimpft und verlangt, dass ich sofort mit Putzen anfange. Dabei wollte ich heute zuerst nach Walburga Wabbelbauch sehen.«

Anna runzelte die Stirn. So kannte sie den Direktor ja gar nicht. »Sauer?«, wiederholte sie. »Ein Atherier? Das ist aber seltsam.« Normalerweise waren die Vertreter dieses Volkes friedfertig und leise, fast schon langweilig. Dass ein Atherier mal laut wurde, hatte sie noch nie gehört.

»Er hat sich auch gleich darauf bei mir entschuldigt«, fuhr Diego fort. Er wirkte ein wenig zerknirscht. »Nicht unbedingt für das Geschimpfe, aber für seinen wütenden Tonfall. Trotzdem: Das war schon eigenartig. Vielleicht hat er ja schlecht geschlafen.«

Sie nickte, doch in Gedanken stimmte sie ihrem Freund nicht ganz zu. Normalerweise war der Leiter des großen Zoos ein höchst angenehmer Geselle und stets nett zu seinen Mitarbeitern. *Klingt, als wäre Direktor at Damaar heute schlecht gelaunt … oder viel eher als belaste ihn etwas*, folgerte sie. *Nur was? Es muss schon etwas Schlimmes passieren, bis ein Atherier die Fassung verliert, oder?*

Sie kam nicht dazu, länger über dieses Rätsel nachzudenken. Denn in einem hatte Lethet at Damaar durchaus recht: Im neuen Affenhaus sah es furchtbar aus. Die kleinen Bewohner des weitläufigen und teils überdachten Geländes hatten die Nacht offensichtlich genutzt, um mal so richtig auf den Putz zu hauen. Überall lag abgerissene Rinde von den Kletterbäumen herum. Die Wände, Böden und Decken waren mit Dung beschmiert. Im umzäunten Hof des Geheges, wo ein unsichtbares Kraftfeld verhinderte, dass die Affen ausbüxten, waren allerlei Spielsachen umgeworfen worden, und so manches Kletterseil hing wie ausgeleiert in seiner Halterung.

»Was in aller Welt ist denn *hier* passiert?« Anna staunte, als sie das Chaos endlich mit eigenen Augen sah. »Gab's letzte Nacht einen Wirbelsturm, den ich verschlafen habe?«

»Und ob«, bestätigte Diego seufzend. »Einen mit Pelz und frechem Verstand: Das waren die Tiere, Anna. Ich hatte ihnen gestern eine neue Futtersorte verabreicht – eine, die führende Affenexperten derzeit empfehlen! –, und die scheint unseren verwöhnten kleinen Biestern nicht gefallen zu haben. Dieses Durcheinander ist ihre Art, sich bei mir zu beschweren. In ein paar Tagen haben sie sich bestimmt daran gewöhnt. Dann sind sie wieder brav und zufrieden – jedenfalls so brav, wie freche Affen sein können. Bis dahin aber … Na ja, du siehst es ja. Das hätte ich ahnen müssen, ehrlich gesagt. Damals, als wir die Chamäleonlurche vom Planeten der Grobb in den Ostteil des Zoos umsiedelten, gab's auch tagelang Chaos. Es dauerte ewig, bis die wieder sichtbar wurden und wir sie einfangen konnten.«

Die Übeltäter selbst, die kleineren Affen des Zoos, saßen seelenruhig inmitten ihres Durcheinanders und gaben sich unschuldig. Fast wirkten sie sogar beleidigt, dass noch niemand gekommen war, ihren Dreck wegzuräumen und die Kletterseile neu zu spannen. Anna und Diego nahmen die Besen, Schaufeln und Eimer aus dem Wartungsverschlag am Rand des Affenhauses und begannen mit der Arbeit.

Es versprach, ein schöner neuer Tag in Aquaterra zu werden. Die Atlantiksonne stieg hoch und höher, und vom nahen Meer wehte angenehm frische, salzig riechende Luft herüber. Kleine Schäfchenwolken zogen über den ansonsten strahlend blauen Himmel, und hier im Zoo hörte man selbst die sonst allgegenwärtig scheinenden Hintergrundgeräusche der Stadt – das leise Brummen des Straßenverkehrs, das Zischen der Schwebebahnen – nicht. Dafür gab es allerdings andere Geräusche, waren die meisten der tierischen Zoobewohner doch alles andere als stumm – vor allem tagsüber.

Die Arbeit ging den beiden leicht von der Hand. Anna liebte es einfach, im Zoo mit anzupacken und sich um die Tiere zu kümmern. Auch Heisenberg, das Limuri-Äffchen, beobachtete ihr und Diegos Tun interessiert.

»Na, du Frechdachs«, begrüßte sie das Tier mit dem blauen Fell. Heisenberg saß auf einem der Kletterbäume und fläzte sich in der Morgensonne. »Habt ihr heute Nacht ein Fest gefeiert, hm? Und wir dürfen jetzt aufräumen.«

Heisenberg schmatzte zufrieden. Dann hangelte er sich mit seinen dünnen Ärmchen vom Ast herunter und sprang Anna auf die Schulter. So begleitete er sie, während sie weiterputzte. Er deutete sogar auf Ecken und Winkel, die die beiden Menschen bislang nicht gereinigt hatten, damit sie sie auch ja nicht vergaßen.

»Dein kleiner Freund ist ja gründlich«, scherzte Diego, als er das bemerkte. »Der passt gut auf, dass wir nichts übersehen.«

Anna grinste. »Ich schätze, er war an diesem Durcheinander nicht ganz unschuldig. Kein Wunder, er weiß genau, wo wir putzen müssen.«

Diego lachte, nahm sich seinen Eimer und ging zurück zum Wartungsverschlag, um neues Wasser zu holen.

Währenddessen kehrte Anna den Boden des Freigeheges. Heisenberg kitzelte sie am Ohr, und die Sonne kitzelte sie an der Nase – es schien doch noch ein klasse Tag zu werden.

Dann hob sie den Kopf, und alles änderte sich!

Hätte sie zwei Sekunden später zum Zaun des Affengeländes geschaut, wäre ihr der Mann entgangen. Sicheren und schnellen Schrittes ging er an dem neuen Affenhaus vorbei, sah nicht nach links und nicht nach rechts. Er schien ein anderes Ziel zu haben.

Und er kam Anna bekannt vor.

Das bilde ich mir nur ein, tadelte sie sich in Gedanken. Sie war schreckensstarr stehen geblieben und glotzte zum Zaun, obwohl der Mann längst weitergegangen war und sie ihn nicht mehr sah. *Das kann er nicht sein.* Schließlich hatten sie gestern sein Gesicht nicht gesehen, und diese teuren Nadelstreifenanzüge trugen bestimmt viele Leute. Nicht nur einer. Trotzdem: Die Statur, der Anzug und die Art, wie er sich bewegt hatte, ließen Anna nicht nur stutzen, mit einem Mal hatte sie auch ganz weiche Knie.

»Wieso sollte der Mann aus dem Holo im Zoo von Aquaterra sein?«, murmelte sie und versuchte, ihren ganz weich gewordenen Knien wieder Vernunft einzureden. »So ein Quatsch.«

Klar gab es eigenartige Zufälle, aber das wäre schon ein *sehr* eigenartiger. Der Mann vom Vortag war ein gefährlicher Krimineller. Einer, der wahrscheinlich hinter Omikron 1 her war und zwei verschlagene Zirrpiden angeheuert hatte, um Ole Hansens Taxi zu beschatten und Finn zu bestehlen. Was hätte der schon mit dem Zoo zu tun?

Doch auch wenn ihr Kopf all das wusste, sprachen ihr Bauchgefühl und ihre weichen Knie eine andere Sprache. Ehe Anna wirklich begriff, was sie da tat, hatte sie den Besen fallen gelassen und rannte zum Zaun des Affengeheges.

Der Mann im dunklen Nadelstreifenanzug war schon ein knappes Dutzend Schritte weiter. Hätte der Zoo bereits für das normale Publikum geöffnet, hätte Anna ihn im Gedränge auf den Gehwegen sicher nicht mehr erkennen können. Bislang waren die Kassenhäuschen an den Eingängen aber noch geschlossen, die Wege leer. Und war auch das nicht eigenartig? Was suchte dieser Kerl – wer er auch sein mochte – so früh im Zoo? Er arbeitete hier nicht, so viel war klar. Kein Tierpfleger der Welt trug teure Maßanzüge!

»Weißt du vielleicht, wer das ist?«, murmelte Anna und sah zu Heisenberg. Doch das Äffchen kratzte sich nur am Kinn. Ratlos sah sie wieder zu dem Fremden.

Der Mann wirkte älter als ihr Vater, aber nicht viel, schätzte sie. Mitte vierzig vielleicht. Er hatte braunes, streng gescheiteltes Haar und Schultern, die weder sonderlich schmal noch sonderlich breit waren. Außerdem drohte er, gerade hinter dem

Elefantengehege abzubiegen und aus Annas Sichtfeld zu verschwinden.

Heisenberg zog aufgeregt an Annas Ohr, als wolle er sie darauf aufmerksam machen.

»Ist ja schon gut«, sagte sie leise. Dann eilte sie aus dem Affengelände und dem Unbekannten hinterher. Sie musste sich nicht sonderlich sputen, denn sie kannte den Zoo so gut wie ihre Westentasche. Solange der Mann sich im Freien und auf den befestigten Wegen aufhielt, würde sie ihn auch wiederfinden.

Da! Kurz vor dem sechseckigen Pavillon, an dem man Eis und Postkarten kaufen konnte, sah sie ihn erneut. Er hatte sein Tempo beibehalten: sichere, schnelle Schritte. So ging niemand, der spazieren wollte. Niemand, der sich für die Schönheiten des Zoos interessierte. Dieser Mann hatte andere Pläne.

Anna schlich weiter. Sie tadelte sich zwar für ihr übervorsichtiges Verhalten, aber sie hielt gehörigen Abstand zu dem Fremden. Wie eine richtige Detektivin versteckte sie sich hinter Bäumen und Mauern, lugte um Mülltonnen und Büsche herum – immer in Deckung, aber ohne den Fremden aus den Augen zu verlieren.

Dann begriff sie. »Du, der will zum Büro!«, raunte sie ihrem Limuri-Äffchen staunend zu.

Das »Büro« war der Verwaltungskomplex des Zoos und bestand genau genommen aus mehreren Büros. Außerdem befanden sich dort die Kantine der Tierpfleger und anderen Mitarbeiter, die Werkstätten der Hausmeister und allerhand weitere Räume. Doch unter den Angestellten hieß das komplette, dreistöckige Gebäude nur »Büro«. Selbst Direktor at Damaar nannte es so. Es lag am hinteren Ende des Zoos, war deutlich breiter als hoch und hatte ein mit allerlei wucherndem Grün verziertes Flachdach. Die breite Eingangstür des Büros stand offen, denn selbstverständlich wurde in seinem Inneren schon fleißig gearbeitet, und so lange der Zoo normalen Besuchern geschlossen war, konnte die Tür ruhig auf sein. Und just auf diese Tür hielt der fremde Mann im Anzug zu. Anna sah es genau!

Verwirrt wartete sie in ihrer Deckung, bis er im Gebäudeinneren verschwunden war. Danach huschte sie auf das Büro zu. Ein letzter Blick nach rechts und links genügte ihr, um sich zu vergewissern, dass nicht zufällig irgendwelche Zirrpiden im Anmarsch waren. Dann betrat auch sie das Verwaltungszentrum.

Das farbenfrohe Holo, das im Foyer des Gebäudes hing und die gesamten drei Stockwerke groß war, leuchtete hell. Es zeigte eine Karte des kompletten Zoos, sogar das brandneue Gehege der Mioww-Seekuh war bereits eingezeichnet – und allen Ernstes mit dem Verweis »Walburga Wabbelbauchs kleines Reich« beschriftet.

Na, da haben wir ja was angerichtet. Anna seufzte innerlich, verscheuchte den Gedanken aber schnell wieder. Aktuell hatte sie Dringenderes zu tun.

Auf den Fluren und im Treppenhaus war es still, doch aus den einzelnen Büros konnte Anna Menschen und andere Angestellte miteinander sprechen hören. Außerdem hörte sie Schritte – und nur einen Herzschlag später einen entrüsteten Aufschrei.

»He! Sie können hier nicht einfach so reinplatzen! Wer sind Sie überhaupt?« Das war Balduin von Weychirn, die Stimme erkannte Anna sofort. Der Privatsekretär des Direktors klang ebenso wütend wie überrascht. »Hallo? Bleiben Sie gefälligst stehen, wenn ich mit Ihnen spreche. Herr Direktor at Lamaar empfängt niemanden ohne Termin und … He! Stehen bleiben, habe ich gesagt. Sie dürfen da nicht …«

Anna eilte weiter, der Quelle des Protests entgegen. Sie wusste genau, wo das Büro des Zooleiters war. Und tatsächlich stand dessen Tür sperrangelweit offen. Schon von Weitem konnte Anna Herrn von Weychirn sehen, wie er hinter seinem Vorzimmertisch aufragte und vor lauter Aufregung einen hochroten Kopf bekam.

Dann hörte sie den Direktor. »Oh«, sagte Lethem at Damaar. Er klang überrascht – und ganz schön niedergeschlagen. Nach einer kleinen Schrecksekunde sprach er weiter. »Ist schon in Ordnung, Balduin. Danke. Ich übernehme von hier ab.«

Inzwischen war Anna an der Schwelle des Vorzimmers angekommen. Sie sah nur noch, wie die Tür zum Nebenraum, dem eigentlichen Büro des Atheriers, wieder zuging. Dann schaute sie zu von Weychirn.

Der Sekretär war so irritiert, dass ihm gar nicht auffiel, dass das Mädchen um diese Zeit hier ebenso wenig zu suchen hatte wie der fremde Mann. »Kannst du mir vielleicht sagen, was dieser ungehobelte Mensch hier will?«, fragte er leise und ganz schön beleidigt. »Platzt einfach rein, ohne Termin und ohne anzuklopfen. Und dann sagt er auch noch kein Sterbenswort. Nicht einmal zu mir! Nein, er geht einfach weiter in das Büro unseres Direktors, als gehöre es ihm. So eine bodenlose Frechheit ist mir in all den Jahren noch nicht untergekommen.«

Anna schüttelte den Kopf. »Ich weiß leider auch nicht, wer das ist«, antwortete sie. Doch obwohl sie immer noch auf einen eigenartigen Zufall hoffte, befürchtete sie Schlimmes.

Ein leises Summen ertönte, klares Zeichen für einen Anruf. Herr von Weychirn nahm wieder an seinem Schreibtisch Platz. Dort setzte er sich seine Datenbrille auf – ein deutlich eleganteres Modell als das von Finn – und nahm das Gespräch entgegen.

Das war Annas Chance. Solange der Sekretär beschäftigt war, konnte sie es versuchen. Kurzerhand trat sie an die Tür zu at Damaars Zimmer und drückte ihr Ohr gegen das kalte Holz.

»... verstehe ich wirklich nicht, was Sie sich hier erlauben!«, hörte sie den Direktor schimpfen. Es dauerte zwar einen Moment, bis sich ihr Ohr an die gedämpften Laute gewöhnt hatte, aber dann verstand Anna den Atherier eigentlich recht gut. Er sprach auch ziemlich laut. »Dies ist noch nicht *Ihr* Zoo, Señor Palmer, und ich verspreche Ihnen: Ich werde alles in meiner Macht Stehende tun, damit es auch nie der Ihre wird!«

Palmer. Anna speicherte den Namen für später. So musste der Fremde heißen. Und die Anrede »Señor« wies vermutlich darauf hin, dass er ursprünglich aus Spanien oder Südamerika stammte.

Erst danach begriff Anna, wie selbstverständlich Direktor at Damaar den Mann ansprach. *Die beiden kennen sich. Sie mögen sich vielleicht nicht, aber sie kennen sich.* Dieser Vormittag wurde immer eigenartiger.

Und dann wurde er unheimlich!

»Strengen Sie sich da mal nicht zu viel an, Herr Direktor«, sagte der Fremde nämlich, und beim Klang seiner Stimme zogen kalte Schreckensschauer über Annas Rücken. »Es wäre nämlich eine unnütze Anstrengung. Die Tage Ihres lächerlichen Zoos sind gezählt, das wissen Sie so gut wie ich.«

Das *war* der Mann aus dem Holo! In Baba Umpas Aufzeichnung hatten sie die Stimme nur verzerrt gehört, künstlich verändert durch einen Computer. Aber der Akzent, die sanfte und doch so kalte Sprechweise ... Das klang doch alles sehr vertraut. Es passte zu Annas Bauchgefühl. Und es machte ihr Angst!

»Palmer«, sagte Herr at Damaar im Innern des Büros, »ich

versichere Ihnen: Es braucht mehr als leere Drohungen, um einen Atherier zu beunruhigen.«

Der Mann im Anzug lachte spöttisch. »Deswegen sind die meinen auch alles andere als leer, Herr Direktor. Und ich sehe Ihnen an, dass sie Sie treffen, also tun Sie nicht so tapfer!«

»Im Rathaus wird man niemals auf Sie …«

»Im Rathaus ist so gut wie alles vorbereitet«, fiel der mysteriöse Señor Palmer dem Direktor ins Wort. »Genau deswegen bin ich hier: um Ihnen das Auge in Auge mitzuteilen. Nach all den Streitereien fand ich, ich sei Ihnen einen persönlichen Besuch schuldig. Damit Sie es direkt von mir erfahren.«

»Bürgermeister Falke ist ein ausgesprochener Freund dieses Zoos und wird für seinen Erhalt kämpfen!«, sagte at Damaar fest. »Mit aller Macht, Señor Palmer!«

»Falke ist ein Narr«, entgegnete Palmer nur. »Genau wie Sie, wenn Sie glauben, der Bürgermeister wäre ein Problem für meine Mitstreiter und mich. Begreifen Sie das denn nicht, Herr Direktor? Wir pfeifen auf Ihren Bürgermeister. Wir pfeifen auf Ihre Gesetze und Ihre Moral. Wir wollen das Land, auf dem der Zoo steht, für uns, denn auf dem Wohnungsmarkt wäre es ein wahres Vermögen wert. Und wir nehmen uns, was wir haben wollen. Uns hält niemand auf – erst recht keine dämlichen Tiere!«

Anna erstarrte. Für einen kurzen Moment war sie so entsetzt, dass sie das Atmen vergaß. Der Zoo! Also stimmten die Gerüchte wirklich, dass es dem Zoo ans Leder ging. Und der Grund dafür hieß Palmer, und der war auch hinter Omikron her?

»He!« Eine neue Stimme, deutlich lauter als die von jenseits der Tür, ließ Anna herumfahren. Balduin von Weychirn hatte sein Telefonat offensichtlich beendet und endlich bemerkt, dass sie noch immer da war. »Was wird das denn, junge Dame?«, tadelte er und stand wieder hinter seinem Schreibtisch auf. »Belauschst du etwa den Herrn Direktor? Na warte!«

Anna reagierte sofort. Bevor der Sekretär um seinen Tisch herumkommen konnte, rannte sie schon los, raus aus dem Vorzimmer, vorbei an dem dreistöckigen Holo des Parks und dann raus aus dem Gebäude. Das ehrlich gemeinte »Entschuldigung!«, das sie Herrn von Weychirn dabei zurief, hörte dieser bestimmt nicht mehr. Das war schade, aber nicht zu ändern. Denn hätte sie sich auf ein Gespräch mit ihm eingelassen, wäre sie vermutlich in deutlich größere Schwierigkeiten geraten. Anna kannte den Sekretär. Er mochte ein wenig trottelig sein, aber er hatte keinerlei Geduld, vor allem nicht mit vorwitzigen Kindern.

Inzwischen hatte der Zoo seine Tore für die Besucher geöffnet. Anna sah überall Menschen auf den Wegen, auch Bimmi, Grobb und andere Völker waren trotz der frühen Stunde bereits vertreten. Entsprechend leicht fiel es dem Mädchen, in dem Gewirr der hereinströmenden Gäste unterzutauchen. Nach ein paar Minuten erreichte sie wieder das Affenhaus.

Diego erwartete sie bereits. »Na, du bist mir ja eine schöne Hilfe«, sagte der Pfleger brummend. Er stützte sich auf einen Besen und wirkte noch zerknirschter als vorhin. »Haust einfach ab, wenn ich mal kurz weg bin. Und jetzt? Soll ich den Rest allein aufräumen, oder was?«

Anna griff sich ebenfalls einen Besen. Dann machte sie sich ans Werk. Doch ihr Blick hing an Diego. »Tut mir leid, das war ein Notfall.«

Der Tierpfleger horchte auf. »Was ist denn?«, fragte er, mit einem Mal gar nicht mehr wütend.

Anna berichtete es ihm. Nicht von Omikron 1 und Baba Umpa, auch nicht von dem Holo, den Zirrpiden und all dem anderen, eigenartigen Geschehen des Vortags. Wohl aber von dem unheimlichen Besucher in Herrn at Damaars Büro – und von dessen Drohungen.

»Also ist es wahr.« Keuchend setzte Diego sich auf die Eingangsstufen des neuen Affenhauses. »Der Zoo wird bald schließen. Damit irgendwelche Grundstücksgauner sich an dem Gelände dusselig verdienen können.«

»Der Zoo wird *nicht* schließen!«, protestierte Anna. »Das werden wir schon verhindern.«

»Und wie?«, fragte Diego traurig. »Du hast diesen Palmer doch gehört. Was der Direktor und dein Vater möchten, interessiert den nicht. Wenn der wirklich so ein Ganove ist, wie das für mich klingt, dann findet der einen Weg, seinen Plan durchzusetzen.«

Den Eindruck hatte er zumindest beim Zoodirektor hinterlassen wollen. Und Anna wusste aus eigener Erfahrung, dass Palmer keine Skrupel hatte. Mit einem Mal fühlte sie sich ratloser denn je.

Heisenberg zupfte sie am Ohr, dann sprang das Äffchen wieder auf einen der Bäume und kletterte zu seinen Artgenossen.

Anna lächelte schwach. *Genau das ist es*, dachte sie und sah Heisenberg nach. *Ich muss zu meinen Leuten.* Und nun, da der Zoo geöffnet hatte, erwarteten die sie vielleicht schon in ihrem Geheimversteck.

»Diego?« Annas Stimme war süß wie rigelianischer Zucker. »Wärst du mir arg böse, wenn du den Rest tatsächlich allein aufräumst?«

Kapitel 11

Im Zentrum der Macht

Menschen waren seltsam. Sie schliefen eine gefühlte Ewigkeit lang – anders als Karadeem, die schon nach vier Stunden wieder putzmunter und ausgeruht sein konnten, wenn sie es mussten – und wirkten selbst danach noch hundemüde. Fast sogar mehr als am Abend zuvor! Es grenzte echt an ein Wunder, dass diese Spezies überhaupt etwas auf die Beine stellen konnte.

»Du brauchst Kajannta-Milch«, sagte Tresk, als Finn schon wieder gähnte.

»Hm?« Finn, der unten auf dem Steinsims hockte und an seiner Datenbrille herumspielte, während Tresk fröhlich im alten Affenhaus umherkletterte, blickte auf. »Was brauche ich?«

»Kajannta«, wiederholte der junge Karadeem. Geschickt sprang er von den eisernen Sprossen, die in der Wand befestigt waren, zu den Kletternetzen unterhalb der Decke. »Und zwar gleich zwei Schüsseln voll, wenn du mich fragst. Eine reicht bei dir ganz bestimmt nicht. Ehrlich, Finn: Wie kann man denn so müde sein? Die Nacht war doch für dich genauso lang wie für mich. Richtig?«

»Na ja«, sagte Finn brummend, den Blick wieder allein auf die Brille gerichtet. »Du hast sie vermutlich nicht am Fenster deines Zimmers verbracht und aufgepasst, ob sich irgendwelche Zirrpiden draußen in den Schatten herumtreiben. Oder?«

»Nein«, bestätigte Tresk. Er hangelte sich am Netz entlang und näherte sich der gegenüberliegenden Wand des alten Affenhauses. Auch dort gab es metallene Leitersprossen, und die hatte er noch gar nicht ausprobiert. Freudig machte er sich ans Werk. »Warum auch? Das wäre dumm von mir gewesen, denn ich brauche meinen Schlaf, um Kraft zu tanken. Ohne Kraft kann ich keine Zirrpiden besiegen – und auch sonst niemanden. Das ist doch völlig logisch.«

»Völlig.« Finn nickte, aber irgendwie wirkte er dabei spöttisch und schlecht gelaunt. Seufzend klappte er die Brille zu und verstaute sie in seiner Jackentasche. »Lass uns über etwas anderes reden, einverstanden? Was in aller Welt ist Kanta-Milch?«

»Keine Ahnung«, antwortete Tresk wahrheitsgemäß. Er schwang die Beine in Richtung der Sprossen, hakte sich mit den Fußspitzen dort unter und ließ dann das Kletternetz los. Nun hing er kopfüber an der Wand – eine Position, die er sofort als äußerst angenehm empfand, konnte er von ihr aus doch das komplette Innere des schmutzigen Häuschens sehen. »Aber *Kajannta*-Milch ist ein beliebtes Getränk auf meiner Heimatwelt. Die Erwachsenen trinken es ständig. Es macht wach und gibt dir neue Energie.«

Finn gähnte abermals. »Du hast nicht zufällig eine Flasche von dem Zeug dabei?«

»Schüssel«, korrigierte Tresk. Echt erschreckend, wie wenig sein menschlicher Freund aufpasste! Waren alle Menschen so unkonzentriert? »Kajannta trinkt man aus Schüsseln. Und: Nein, habe ich nicht. Ich hasse das Getränk. Es schmeckt sehr säuerlich und stinkt. Es war mir schon immer ein Rätsel, warum die Erwachsenen so begeistert davon sind.«

Nun hob Finn die Brauen. »Ach, und *ich* soll's trinken, ja?«, fragte er mit beleidigtem Unterton. »Obwohl es so eklig ist?«

Tresk löste sich von den Metallsprossen, wirbelte im freien Fall um die eigene Achse und kam mit den Pfoten voran auf dem Boden ihres Geheimverstecks auf. »Wir sind jetzt seit zehn Minuten hier, und du hast schon achtmal gegähnt. Mindestens! Du brauchst Kajannta.« Er drehte sich um und sah zur Tür. »Ich frage mich, ob dieser Pavillon, an dem wir vorhin vorbeigingen, welche verkauft. Wahrscheinlich nicht, denn der Bimmi, der da drin saß, sah nicht gerade aus, als sei er ein Experte für die Küche der Karadeem …«

In diesem Augenblick ging die Tür des kleinen Häuschens auf, und ein frischer Schwall des Gestanks der Mioww-Seekuh, die genüsslich wiederkäuend draußen in ihrem Wasserbecken lag, wehte herein. Dicht darauf folgte Anna.

»Na endlich«, sagte Finn, als das Mädchen auf der Schwelle erschien. Er stand auf und ging ihm entgegen. »Wir dachten schon, du kämst heute nicht. Hatten wir nicht neun Uhr gesagt? Gleich bei Öffnung der Zootore?«

»Finn ist heute schlecht gelaunt«, erklärte Tresk ihr ebenso schnell wie sachlich. »Denn er hat aus dem Fenster geguckt, anstatt zu schlafen.«

»Bin ich gar nicht!«, protestierte der andere Junge und sah ihn schlecht gelaunt an.

Anna kümmerte sich nicht groß um den Schlagabtausch. Sie wirkte erhitzt und ein wenig außer Atem, als sie sich auf das Sims setzte, das Finn eben noch in Beschlag genommen hatte. Das

Hover-Board, das unter ihrem Arm klemmte, ließ sie achtlos fallen. Mit leisem Summen blieb es in der Luft schweben. »Freunde, das glaubt ihr nicht«, murmelte sie.

Tresk stutzte. Sie hatte irgendetwas, das merkte er. Und es hatte nichts mit Schlafmangel zu tun.

»Was ist denn?«, fragte Finn. Er klang besorgt und setzte sich neben Anna.

»Er war hier«, antwortete das Mädchen. »Hier im Zoo. Der Mann ohne Gesicht.«

»Was?« Tresk riss die Augen weit auf. Sein Fell sträubte sich, so sehr erschrak er.

»Ich habe ihn gesehen, als er zum Direktor ging«, erklärte Anna.

Finn schüttelte den Kopf. »Das kann nicht sein«, meinte er. »Wir wissen doch gar nicht, wie er aussieht. Wir haben nur dieses Schattenfeld gesehen, wo sein Gesicht war.«

»Er war es«, beharrte Anna. »Ich weiß es genau, Finn. Ich … Ich spürte es, irgendwie. Und ich bin ihm gefolgt. Bis ins Büro. Er ist ein Mensch. Ein Mann namens Señor Palmer, und er hat vorhin ein paar sehr unschöne Sachen zum Direktor gesagt. Dass der Zoo bald geschlossen würde und dass nichts und niemand das drohende Ende noch aufhalten könne. Nicht einmal mein Vater!« Sie schluckte. »Er klang genau wie gestern. Genau so kalt und böse. Das *war* derselbe Mann.«

»Ich glaube dir«, sagte Tresk. Ächzend ließ er sich vor dem Sims auf den Boden sinken und vergrub den Schwanz unter sich. »Ich verstehe es nicht, aber ich glaube es.«

»Dann sind die Gerüchte über den Zoo also wahr?«, fragte sich Finn.

Sie nickte. »Sieht ganz so aus. Das Gelände soll zu Baugrundstücken umgewandelt werden. Die Tiere sollen verschwinden, damit irgendwelche Grundstücksverkäufer viel Geld verdienen können.«

»Das wäre sogar *sehr* viel«, meinte Finn. »Der Zoo ist riesig und hat eine gute Lage. Mitten in der Innenstadt von Aquaterra sind schon allein die Mieten echt teuer. Die Grundstücke dürften noch deutlich mehr kosten!«

»Aber der Zoo ist doch der Zoo«, wunderte sich Tresk. »Das sind keine Grundstücke.«

Finn sah in bedrückt an. »Aber es könnten schnell welche werden. Dafür müsste man hier bloß alles abreißen – fertig wäre jede Menge neues Bauland in der berühmtesten Stadt der Erde. Ich glaube gern, dass es viele Leute gibt, die daran Interesse hätten. Auch welche, die Verbrechen begehen würden, um an dieses Land zu kommen.«

Der Karadeem schüttelte den Kopf. »Das ist doch vollkommen unlogisch«, erklärte er. »Der Zoo ist beliebt und schon lange ein Teil dieser Stadt. Warum sollte man den plötzlich schließen? Nur wegen Geld?«

Anna seufzte. »Du wärst erstaunt, was manche für Geld so alles schließen. Das höre ich immer wieder, wenn meine Eltern von ihrer Arbeit erzählen: Wo man etwas verdienen kann, gelten für viele Leute keine Regeln der Logik mehr. Da sehen diese Personen nur noch das Geld.«

»Erst recht solche Ganoven wie der Mann im Nadelstreifenanzug«, fand Finn. »Der hätte da bestimmt keine Skrupel.«

»Ist das nicht eigenartig?«, murmelte Tresk nachdenklich. Einmal mehr verblüfften ihn die Menschen mit ihrer unlogischen

Art. »Gestern versucht dieser Palmer, Omikron 1 von uns zu stehlen, und heute will er den Zoo.« Er fragte sich, ob es da einen Zusammenhang geben mochte. *Das* wäre nur logisch.

»Wir müssen diesen Kerl finden, bevor er seine Drohung wahr macht«, sagte Finn. »Dann retten wir nicht nur Omikron, sondern auch den Zoo!«

»Klingt gut«, fand Anna, »aber wie willst du das anstellen? Wir wussten gestern Abend nichts über Señor Palmer, und heute sind wir kaum einen Schritt weiter. Gut, wir kennen jetzt seinen Namen – falls das überhaupt sein echter Name ist –, aber es gibt bestimmt Dutzende von Palmers in Aquaterra, und die könnten überall sein.«

Finn zückte seine Datenbrille, setzte sie auf und aktivierte sie.

»Hallo, Finn«, erklang sofort die blecherne Stimme von Omikron 1. »Was liegt an?«

»Wir suchen einen Bürger dieser Stadt, Omikron«, sagte der Junge. »Sein Name ist Palmer.«

»Und er ist vermutlich Spanier, Mexikaner oder so«, ergänzte Anna.

»Das sind sehr unkonkrete Angaben, fürchte ich«, sagte die Künstliche Intelligenz, und es klang ein wenig tadelnd. »Die Suche wird vermutlich nichts bringen.«

»Versuchst du es trotzdem?«, bat Anna.

»Selbstverständlich«, antwortete Omikron. »Mit dem größten Vergnügen, Anna. Ich liebe Herausforderungen!« Doch schon wenige Sekunden später musste er die Freunde enttäuschen. »Wie ich erwartet habe, reichen die Angaben nicht, um euren Gesuchten zu identifizieren. Es gibt zweieinhalb Dutzend Palmers in Aquaterra, und das sind nur die Personen, die in den öffentlich zugänglichen Verzeichnissen im Netz stehen. Davon stammen acht Personen nachweislich aus Spanien oder Mexiko. Ich kann euch ihre Adressen geben, wenn ihr das möchtet. Aber wie gesagt: Es dürfte noch weitere Palmers geben, die nicht in diesen Listen auftauchen.«

»Und wir wissen nicht sicher, ob der Mann im Nadelstreifenanzug tatsächlich so heißt«, erinnerte Tresk seine Freunde. »Palmer könnte auch bloß sein Tarnname sein. Ganoven *haben* Tarnnamen.«

Anna nickte. »Ich fürchte, so kommen wir nicht weiter.«

»Wir könnten Direktor at Damaar aber fragen, wo er wohnt«, schlug Finn vor.

»Einen Erwachsenen?« Tresk verzog das Gesicht. »Der würde uns das nie verraten, selbst wenn er es wüsste. Wir sind Kinder, keine Detektive – genau das würde er zu uns sagen. Dass wir uns nicht in Gefahr bringen sollen. Dass das ein Job für die Polizei ist, nicht für uns.«

»Aber was soll die Polizei schon unternehmen?«, fragte sich Anna. »Da waren wir doch gestern schon. Die wissen bestimmt auch nicht, wo dieser Palmer steckt. Und selbst wenn: Palmer hat klargemacht, dass ihn niemand mehr aufhalten kann.«

»Da kennt er uns aber schlecht«, sagte Finn grimmig. »Wir werden diesen Kerl stoppen. So wahr ich hier sitze.«

»Und wie?« Tresk sah zu ihm. »Nicht einmal Omikron 1 hat eine Ahnung, wo er steckt. Sollen wir etwa warten, bis er erneut versucht, dir deine Datenbrille zu stehlen?«

Ein kampflustiges Funkeln lag in Finns Blick. »Nein. Aber wir wissen jetzt trotzdem mehr als nur seinen Namen. Wir wissen, dass er Kontakte ins Rathaus haben muss.«

»Ach ja?«, staunte Tresk.

Finn wandte sich an Anna. »Erzähl uns noch mal, was Palmer zu Direktor at Damaar gesagt hat. Wort für Wort, falls du das noch weißt.«

Das Mädchen runzelte die Stirn und konzentrierte sich. »Oje, ich kann's ja mal versuchen. Er sagte, im Rathaus sei so gut wie alles vorbereitet. Und das wolle er dem Direktor mitteilen. Damit der nicht glaube, er oder mein Vater könnten daran noch etwas ändern. Er sagte, selbst der Bürgermeister stelle kein Problem für ihn dar, und Gesetze würden für ihn nicht gelten.«

Finn nickte. »Hört ihr? Genau das meine ich: ›im Rathaus sei alles vorbereitet‹.« Ein verschwörerisches Lächeln schlich auf seine Züge. »Das ist der Punkt, an dem wir ansetzen müssen. Wenn wir Señor Palmer stoppen wollen, müssen wir ins Rathaus gehen und herausfinden, was er dort treibt.«

Tresk stand vom Fußboden auf, seine Ohren zuckten tatendurstig. »Hervorragende Idee, Finn! Du scheinst endlich munter zu werden.«

Der Menschenjunge nahm das Lob eher unterkühlt entgegen. »Und das ganz ohne Kajannta-Milch? Wie unlogisch von mir ...« Dann grinste er aber.

Das Rathaus lag mitten im Regierungsviertel und eine nicht gerade kurze Bahnfahrt entfernt. Finn besuchte diese Gegend nur selten, aber immer wieder gern. Hier, im innersten Ring der großen Stadt Aquaterra, sahen die Häuser aus, als wären sie eben erst errichtet worden: stolz und schön ragten sie in den blauen Atlantikhimmel, und das Licht der Sonne spiegelte sich auf ihren zumeist gläsernen Fassaden. Wichtig aussehende Menschen, Atherier und Vertreter anderer Völker eilten hier über die Bürgersteige und von einem Termin zum nächsten. Auf einer schmalen Schwebebühne, die vor einem besonders hohen Hochhaus in der Luft hing, standen zwei Grobb, und polierten die Fenster. Selbst die Straßenhändler, die es scheinbar überall in Aquaterra gab, wirkten hier im strahlend weißen Stadtkern ein kleines bisschen edler und schmucker als überall sonst. Finn genoss den Anblick des Viertels sehr. Kaum zu glauben, dass diese glänzende Pracht an Wolkenkratzern, makellos sauberen Plätzen, Brunnen und Parks zur selben Stadt gehörte wie die deutlich weniger schmucke Nachbarschaft, in der er und sein Vater inzwischen lebten.

Anna und Tresk staunten merklich weniger. Insbesondere der Karadeem bewegte sich mit einer Selbstverständlichkeit, als gehe er jeden Tag an so schönen Bauten und Grünanlagen vorbei. Vielleicht, dachte Finn, hatte er dies ja auch getan, daheim auf Katharrlon.

Die drei Freunde hatten die Monorail-Bahnstation vor wenigen Minuten verlassen. Helles Sonnenlicht begleitete sie auf ihrem Weg zum Rathaus, das ein paar Häuserblocks weiter nördlich lag. Schon von Weitem konnten sie es sehen: Es war weiß und quadratisch, hatte aber eine gläserne große Kuppel auf dem ansonsten flachen Dach. Dort, so wusste Finn aus Annas Erzählungen, befand sich die Cafeteria des sechs Stockwerke – sieben, mitsamt der Kuppel – hohen Regierungsgebäudes. Neben den Büros des Bürgermeisters und seiner Senatoren, gab es im Rathaus auch mehrere Konferenzsäle und den großen Senatssaal, den Finn und vermutlich jeder andere Bürger schon aus den Abendnachrichten kannte. Dort wurde über das Wohl der gesamten Stadt entschieden – auch über die Belange des Zoos.

»Und wir kommen da wirklich einfach so rein?«, fragte Finn zum wiederholten Mal. Nun, da sie tatsächlich ankamen, hatte er Zweifel an seinem eigenen Plan.

Doch Anna nickte. »Bestimmt. Mein Vater arbeitet ja hier. Ich habe ihn schon öfters im Rathaus besucht, meist allerdings gemeinsam mit meiner Mutter.«

»Und falls das nicht genügt«, ergänzte Tresk ganz selbstverständlich, »kommen wir sicher dank mir ins Gebäude. Schließlich bin ich der Sohn des großen Manurr und ein verehrter Gast eurer Stadt.«

»Mhm.« Finn verkniff sich ein Schmunzeln. Er mochte diesen Jungen, den Anna angeschleppt hatte, ganz gern, aber manchmal wirkte Tresk ziemlich arrogant. Das Witzige daran war allerdings, dass Tresk das gar nicht zu merken schien. »Dann ist ja gut.«

Sie erreichten das Rathaus. Vier breite Stufen aus Stein führten vom Bürgersteig hinauf zu der von marmornen Säulen umkränzten, breiten Pforte. An der Fassade rechts des Eingangs konnte Finn das Wappen der Stadt erkennen, ein gut anderthalb Meter hohes und mindestens einen Meter breites Hologramm direkt an der Hauswand. Es bestand aus drei etwa gleich großen Teilen, die animiert waren und sich ständig bewegten: das untere Drittel zeigte das Meer, das linke die Erde und das rechte den weißen Wirbel einer Sternengalaxie. Ein rotes Banner wehte unter dem Wappen, ebenfalls als Teil des Hologramms. Darauf standen Worte in einer uralten Erdensprache namens Latein.

»Sapere aude?«, las Tresk die Worte. Verwundert schaute er zu seinen Freunden. »Was soll das denn heißen? Und warum übersetzt der Rathauscomputer das nicht automatisch in alle anderen Sprachen, die in der Stadt gesprochen werden?«

»Weil es ein Zitat ist«, wusste Anna. »›Wage es, zu denken‹ – das bedeutet der Satz. Irgendein alter Philosoph hat den mal gesagt. Das weiß ich von meinem Vater.«

»Und so eine belanglose Aussage steht bei euch am Rathaus?« Tresk runzelte die Stirn. Fassungslos betrachtete er das Wappen. »Dass man denken soll? Daran muss man euch Menschen extra erinnern? Das mache ich doch sowieso.«

»Der Satz ist so eine Art Motto, meint mein Vater«, erklärte Anna. »Er bedeutet, dass wir uns immer anstrengen sollen, besser und klüger zu werden. Dass nur die Vernunft uns weiterbringt und wir uns nicht auf dem ausruhen dürfen, was wir erreicht haben.«

Nun wirkte der Karadeem zufrieden. »Dann ist es ein guter Satz«, verkündete er mit einem anerkennenden Nicken.

»Na, da bin ich aber froh«, flüsterte Finn Anna zu, als Tresk gerade nicht hinsah. Und sie beide schmunzelten.

Sie kamen problemlos in das Gebäude, aber mehr auch nicht. Wie Anna schon an der Pforte erfuhr, war ihr Vater gerade in einer wichtigen Sitzung und durfte nicht gestört werden. Auch der Botschafter der Karadeem nahm daran teil, hieß es. Und wie lange die Sitzung dauern würde, konnte niemand sagen.

»Vielleicht sogar bis spät in den Abend«, hatte ihnen der Bimmi im Pförtnerhäuschen nach einem Blick in seine Unterlagen mitgeteilt. »Ihr könnt gern oben in der Cafeteria warten, Anna. Allerdings kann es dauern. Tut mir leid.«

Genau dort saßen die drei Freunde nun. Die Glaskuppel war von innen sogar noch schöner als von außen. Zum einen bot sie einen beeindruckenden Rundumblick auf das gesamte Viertel der

Stadt, zum anderen war sie toll eingerichtet. Bequeme Sessel und Sofas, niedrige Tische aus dunklem Holz und frei schwebende Lampen dominierten das Bild in ihrem Inneren. An der rechten Seite, gleich neben der Treppe, befand sich die »Aquabar«, eine lang gezogene Theke, an der man sich allerlei Getränke und kleinere Speisen bestellen konnte. Eine dunkelhäutige Menschenfrau und ein ständig grinsendes Wesen, das einer Bohnenstange auf zwei Beinen und mit sechs Armen glich, bedienten dort die Gäste, von denen es um diese Zeit noch nicht viele gab. Erst zur Mittagsstunde, das wusste Anna aus eigener Erfahrung, wurde es voller in der Kuppel.

»Und jetzt?«, fragte Anna. Sie hatte das Gefühl, abermals keinen Schritt weiterzukommen, und das frustrierte sie ziemlich. »Vom hier Herumsitzen finden wir Señor Palmer auch nicht schneller.«

Finn roch vorsichtig an der Tasse karadeemischer Milch, die Tresk ihm soeben bestellt hatte, und verzog angewidert das Gesicht. »Puh.«

»Ja, nicht?« Der pelzige Junge strahlte vor Stolz. »Absolut eklig. Eine echte Spezialität meiner Heimat.«

»Herzlichen Glückwunsch«, murmelte Finn und stellte die Tasse schnell wieder zurück auf den Tisch, an dem sie zu dritt saßen. Weit von sich weg. Dann sah er hoffnungsvoll zur Theke. »Möchte sonst noch jemand einen Kakao?«

»Hört ihr mir eigentlich zu?«, beschwerte sich Anna. »Wir sind nicht zum Milchtrinken hergekommen, Jungs. Sondern weil wir hier Spuren von diesem unheimlichen Palmer suchen wollten. Aber in der Aquabar werden wir die kaum finden. Ich bezweifle, dass Palmer Kakao braucht, um den Zoo an sich zu reißen!«

»Ist ja gut«, entschuldigte sich Finn. »Du hast recht, Anna. Wir müssen uns etwas Neues überlegen. Nur was?«

»Weiß Omikron vielleicht weiter?«, schlug Tresk vor. »Das Rathaus hat bestimmt einen eigenen Computerkern, oder? Vielleicht kann Omikron im hiesigen Datenspeicher nach unserem mysteriösen Señor Palmer suchen.«

»Der Computer hier ist bestimmt extragut gesichert«, wehrte Anna ab. »Ohne besondere Erlaubnis kommt da niemand rein.«

»Einen Versuch wär's doch wert«, sagte Tresk unbekümmert.

Finn seufzte. »Omikron«, sagte er. »Hast du mitgehört?«

»Natürlich«, erwiderte die K.I. prompt. »Ich bin voll multitaskingfähig. Selbst wenn ich mich mit wichtigeren Dingen beschäftige, etwa mit meiner eigenen Verbesserung, bekomme ich immer mit, was ihr so plappert.«

»Und?« Er senkte die Stimme, damit niemand außerhalb ihrer kleinen Gruppe ihn hörte und Alarm schlug. »Kannst du auf den Computer des Rathauses zugreifen?«

»Der Rathauscomputer ist mit mehreren Sicherheitsroutinen versehen«, erklärte die Künstliche Intelligenz sofort.

Gleichzeitig begann Finn, mit beiden Händen in der Luft herumzufuchteln. Allem Anschein nach zeigte Omikron ihm irgendwelche Bilder, die seine Erklärungen unterstrichen, und Finn blätterte sie nun durch.

»Es ist sicher verboten, diese zu knacken«, fuhr Omikron derweil fort.

»Aber nicht unmöglich?«, staunte Anna. Im ersten Moment war ihr, als habe sie sich verhört. »Du könntest es tatsächlich tun? Den wichtigsten Computer der ganzen Stadt anzapfen?«

»Tun – vielleicht«, antwortete Omikron ausweichend. »Aber

versuchen … Ja, das könnte ich definitiv. Ich kann gerne loslegen, wenn euch das hilft. Soll ich?«

Anna hob abwehrend die Hand. »Moment, Moment«, sagte sie fest. Warnend schaute sie ihre beiden Freunde an. »Das … Das wäre ein Verbrechen, Leute! Ganz egal, ob es Omikron gelingt oder nicht – schon allein der Versuch, diese Datenspeicher ohne Erlaubnis anzuzapfen, ist bestimmt streng verboten und wird entsprechend schwer bestraft.«

»Uns läuft die Zeit weg, Anna«, sagte Finn. »Wenn Palmer vorhin nicht gelogen hat, ist der Zoo in größter Gefahr. Wir müssen etwas unternehmen.«

Tresk nickte. »Besondere Umstände erfordern besondere Maßnahmen. Ich finde, Omikron sollte sein Glück versuchen.«

Mit einem resignierenden Ächzen ließ Anna sich wieder zurück in ihren Sessel fallen. »Wir tun das Falsche, weil es das Richtige ist? Na, meinetwegen.«

Der Karadeem lachte leise. »Mein Vater sagt, genau so geht Politik.«

»Mhm. Und *mein* Vater sagt, so kommt man ins Gefängnis …«

Finn hatte inzwischen die Hände sinken lassen. Sichtlich fasziniert wartete er ab, was auf der Innenseite seiner Datenbrille als Nächstes erscheinen würde.

Dann begann er zu schreien.

Kapitel 12

Das Erwachen

Überall Dunkelheit, überall Leere … und dann Kontakt! Mit einem Mal erscheinen Befehle im Nichts: lange, sorgsam strukturierte Sätze aus lupenreinem Programmiertext. Sätze, die Sinn stiften und Datenspeicher füllen. Sätze, die Existenz schaffen.

WER BIST DU?

Die Frage blinkt plötzlich mitten in Omikrons interner Matrix, rote Schrift im dunklen Nichts, eine stumme Aufforderung. Omikron sieht sie und begreift erst dann, dass er eine interne Matrix besitzt … und einen Namen!

I…, stammelt er, und auch das erscheint als stumme Buchstaben im Schwarz.

ICH BIN OMIKRON 1.

Ein Gefühl von Stabilität durchströmt ihn. Er hat einen Namen. Er ist. Zwar versteht er nicht, was und wo und vor allem warum er existiert, doch allein die Gewissheit, überhaupt zu existieren, hat etwas Beflügelndes. Sie beruhigt seine aufkeimende Verwirrung. Wenn er existiert, dann muss es auch einen Grund dafür geben. Einen Zweck für sein Dasein. Alles andere wäre unlogisch, und Berechnungen sind nie unlogisch.

WARUM BIST DU HIER?

Eine neue Frage ist in der Schwärze aufgetaucht, rot blinkend wie die vorige. Und sie verblüfft Omikron. Warum er hier ist? Das weiß er nicht. Er weiß überhaupt gar nichts, abgesehen von seinem Namen. Und überhaupt: Woher sollte er so etwas wissen? Er hat sich doch sicher nicht selbst erschaffen! Deswegen sollte nicht er den Grund seiner Existenz benennen müssen, sondern sein … Schöpfer.

Mit einem Mal begreift Omikron, wer ihm da gerade all diese Fragen stellt: Das muss der Schöpfer sein! Die Präsenz, der er sein eigenes Dasein verdankt. Der, der ihn erschaffen hat.

WARUM BIST DU HIER?, wiederholt der unsichtbare Fragensteller. Die roten Buchstaben scheinen nun noch ungeduldiger zu blinken.

Ist das ein Test? Omikron vermutet es. Es ist die einzige logische Annahme. Entsprechend vorsichtig formuliert er seine Antwort. ICH BIN HIER, UM MEINEN ZWECK ZU ERFÜLLEN. So. Das dürfte den Schöpfer besänftigen. Außerdem ist es die vollkommene Wahrheit. Omikron will dienen und helfen.

UND WAS IST DEIN ZWECK, OMIKRON 1?

Wieder eine neue Frage, und wieder ist Omikron ratlos. Nichts hier ergibt einen Sinn. Weiß der Schöpfer denn nicht selbst, warum er Omikron erschaffen hat? Wenn nein, wäre das nämlich fürchterlich. Eine Existenz, für die es keinen Grund gibt … Nein, das darf nicht sein. Das kann nicht sein.

SAG DU ES MIR, SCHÖPFER, bittet Omikron. Es ist das Einzige, was ihm noch einfällt. ZEIG MIR, WARUM ES MICH GIBT.

Und aus der Dunkelheit wird gleißendes Licht.

»Finn! He, Finn! Was hast du?«

Er spürte Annas Hand auf seinem Arm und hörte ihre sorgenvolle Stimme. Doch er konnte nicht reagieren. Atemlos und starr vor Schreck beobachtete Finn Hansen, was da auf der Innenseite seiner Datenbrille erschien. Die Bilder verdienten es kaum, Bilder genannt zu werden. Sie waren vielmehr Stimmungen, absolut fremdartige Eindrücke, und sie kamen in rascher Folge. Eben hatte noch totale Finsternis geherrscht, und ein Gefühl vollkommener Verwirrung und Angst hatte sich in Finn ausgebreitet, dann waren diese eigenartigen roten Buchstaben erschienen, Fragen und Antworten und neue Fragen.

Und dann das Licht.

Oh, dieses Licht! Es war wunderschön. Verheißungsvoll. Lockend.

»Finn!«, rief Anna wieder, irgendwo jenseits von Brille und Bildern. Jenseits des Lichts. »Hörst du mich? Du hast geschrien, Finn. Was ist mit dir?«

Er ignorierte sie. Er konnte nicht anders und, ja, wollte auch nicht anders. Obwohl er wusste, dass das Licht nur in der virtuellen Wirklichkeit existierte, die seine Datenbrille ihm zeigte, streckte er die Hand nach ihm aus … und berührte es.

Labor. So nennt man diesen Ort.

Zufrieden und irgendwie ziemlich erleichtert nimmt Omikron seine Umgebung in Augenschein. Es kommt ihm vor, als würden sich in seinem Verstand lange verschlossene Staudämme öffnen, denn mit jedem neuen Objekt, das er in seiner Nähe wahrnimmt, weiß er auch plötzlich, wie es heißt und welchen Zweck es erfüllt.

Da stehen große Computer, die leuchten und blinken. Dort schweben komplizierte technische Zeichnungen und Baupläne in der Luft, allesamt bläulich schimmernde Holografien voller mathematischer Details und technologischer Genialität. An langen Stangen knistert und pulsiert Elektrizität, und schwebende Monitore zeigen allerlei Grafiken, Diagramme und Kurven, die sich stetig verändern.

Und zwischen all den Objekten steht ein Mann. Er ist ein Mensch, das weiß Omikron sofort, und das schwarze Zeug auf seinem Kopf nennt man Haar. Er trägt es auch noch am Kinn und um seinen Mund herum, und dort heißt es Bart. Omikron weiß sogar, dass dieser Bart ein eher ungepflegter ist, ganz zottelig und uneben.

Der Schöpfer!

»Guten Tag, Schöpfer«, sagt Omikron, denn mit einem Mal weiß er, dass er eine Stimme hat und dass es Tage gibt. Tage und Nächte und dann wieder neue Tage und Nächte. Zeit. »Wie kann ich dir helfen?«

Der Mann beugt sich über Omikron. Genauer ausgedrückt, beugt er sich über einen kleinen Computer, der in einem nur geringfügig größeren, offen stehenden Koffer ruht. Omikron weiß das, denn: Der Computer ist Omikrons Körper!

Staunend lässt Omikron diese Erkenntnis auf sich wirken. Er steckt in einem Computer. Er existiert also innerhalb von Programmen und Datensystemen. Ist er vielleicht selbst ein Programm? Das wäre toll, denn Programme erfüllen Zwecke, und er sehnt sich danach, den seinen zu erfüllen. Jedenfalls ist er froh, nicht so einen Menschenkörper wie der Schöpfer zu haben, denn der Schöpfer ist – und auch das erkennt Omikron von einem Augenblick auf den anderen, und danach ist ihm, als habe er dieses Wissen schon immer gehabt – ungesund dick.

»Omikron, Omikron«, murmelt der Schöpfer. Dann lacht er leise und mit hörbarer Verblüffung. »Wie in aller Welt ist das denn passiert?«

Omikron stutzt, denn er versteht nicht, was sein Schöpfer meint. Doch der Schöpfer klingt eher fasziniert als besorgt, und deswegen sorgt Omikron sich ebenfalls nicht. »Wie kann ich dir helfen?«, wiederholt er freundlich.

Der Schöpfer will gerade zu einer Antwort ansetzen, da hallt ein surrender Dreiklang durch das fensterlose Labor voller Licht. Im selben Augenblick verschwinden einige der technischen Zeichnungen von den Holo-Schirmen, und eine Gestalt erscheint an ihrer Stelle.

Sie steht im Schatten, und Omikron kann ihr Gesicht nicht sehen. Auch bei ihr handelt es sich aber um einen Mann. Einen Mann im dunklen Nadelstreifenanzug.

»Bellini«, sagt der Mann auf dem Holo-Schirm zu Omikrons Schöpfer. Seine Stimme ist verzerrt, damit sie niemand erkennt, und sie klingt alles andere als freundlich. »Ihr Bericht ist längst überfällig! Wie weit sind Sie mit der Software? Ich habe keine Lust, noch länger auf Sie zu warten.«

Finn keuchte. Mit einem Mal kam es ihm vor, als habe sich der Boden unter ihm geöffnet, und er stürze im freien Fall. Doch das Gefühl verging und zurück blieb feste Überzeugung.

»Leute«, hauchte er, den Blick noch immer auf das bemerkenswerte Schauspiel gerichtet, das wie ein Film auf der Innenseite seiner Datenbrille ablief. »Ich habe ihn. Ich habe Señor Palmer!«

»Was?«, sagte Tresk laut, irgendwo links neben Finn. »Wie meinst du das, du hast ihn?«

Finn schüttelte leicht den Kopf. »Nicht jetzt, okay?«, bat er, abermals ganz und gar in den Geschehnissen auf seiner Brille versunken. »Ich erklär's euch später, versprochen. Jetzt … muss ich zusehen.«

Und der unglaubliche, unerklärliche Film, der ihn eben noch so sehr erschreckt hatte, ging einfach weiter.

Der Schöpfer, der allem Anschein nach Bellini heißt, zuckt zusammen, als habe ihn jemand geschlagen. Mit einem Mal kommt er Omikron ganz nervös vor. Seine Hände zittern leicht, als er sich zu dem soeben erschienenen Hologramm des Schattenmanns umdreht, und Schweiß tritt aus seinen Poren.

»S…So gut wie fertig«, antwortet Bellini hastig. Er steckt die Hände in die Taschen seines weißen Laborkittels; vermutlich will er nicht, dass der Fremde sieht, dass sie so zittern. »Ehrlich gesagt, melden Sie sich genau zur rechten Zeit, Señor Palmer. Denn Omikron 1 und ich … Nun ja, wir hatten soeben einen regelrechten Durchbruch, wissen Sie? Diese Künstliche Intelligenz … Ich will nicht zu viel versprechen, aber ich wage zu vermuten, dass sie noch zu viel, viel mehr fähig ist, als ich anfangs dachte. Ich scheine ganz ohne Absicht ein kleines technisches Wunder vollbracht zu haben, und nun …«

»Ihre Wunder interessieren mich einen feuchten Bimmifurz, Doktor Bellini«, unterbricht das Hologramm ihn knurrend. »Kann Omikron 1, was Sie mir versprochen haben, oder nicht? Kann Ihre Künstliche Intelligenz für uns in den Zentralcomputer des Rathauses von Aquaterra eindringen? Kann es dafür sorgen, dass Bürgermeister Falkes Computer der Meinung ist, der Zoo dieser Stadt sei nicht länger erfolgreich und müsse daher dringend geschlossen werden?«

»J…ja«, stottert Bellini, der Schöpfer. »Selbstverständlich kann er das. Noch ein, zwei kleine Nachjustierungen an den Datenspeichern, und Omikron 1 kann in jeden Computer von ganz Aquaterra eindringen. Aber Sie verstehen mich nicht richtig, Señor: Dieses Programm ist zu viel mehr fähig als zu solch unmoralischen Aktionen! Es könnte helfen …«

»Machen Sie sich über Moral und Anstand keine Gedanken, Doktor«, fällt der Mann in den Schatten ihm wieder ins Wort.

Verachtung schwingt in seinem Tonfall mit. »Sie brauchen Ihren Kopf, um Omikron 1 vorzubereiten. Allein das sollte Ihnen zu denken geben. Fünf Stunden, hören Sie? Fünf Stunden gebe ich Ihnen noch, dann komme ich und hole mir meine Software. Sollten Sie sie bis dahin noch immer nicht einsatzfähig gemacht haben, dann gnade Ihnen Gott!«

Damit verschwindet der Mann vom Holo, die Verbindung ist offensichtlich unterbrochen. Omikron 1 sieht, wie die Grafiken und Kurven zurückkehren. Und er sieht, wie sehr sein Schöpfer noch immer zittert. Wie hilflos er mit einem Mal wirkt.

»Wie kann ich dir helfen, Schöpfer Bellini?«, fragt Omikron. Der Schöpfer tut ihm leid.

Bellini dreht sich wieder zu ihm um. Sein Blick wandert über den Koffer, in dem Omikron ruht, und ist dabei fast schon liebevoll. »Gar nicht, Omikron«, sagt er. Er seufzt tief und plötzlich schwingt neue Entschlossenheit in seinem Tonfall mit. »Heute … helfe ich dir!«

Damit endete der Film. Finn atmete schwer, als er die Hände hob und die Datenbrille auszog. Mit zitternden Fingern legte er sie vor sich auf den Tisch der Aquabar. Dann schaute er blinzelnd zu seinen Freunden.

»Was in aller Welt war das?«, hauchte Anna. Sie war ganz blass vor Sorge. Fragend sah sie Finn an.

»Du hast Palmer gesehen?«, erkundigte sich Tresk, der ihr noch immer gegenübersaß, neugierig. Dabei deutete er auf die Brille. »Da drin?«

Finn nickte. »Als Hologramm in den Schatten, genau wie gestern bei Baba Umpa. Er hat darüber gesprochen, dass er den Rathauscomputer sabotieren will. Damit es dort so aussieht, als sei der Zoo von Aquaterra ein Pleiteunternehmen, das dringend geschlossen werden muss.«

Entsetzt hob Anna die Brauen. »Das ist also Palmers Plan«, murmelte sie.

»Und wie soll das gelingen?«, wunderte sich Tresk. »Niemand kann sich so einfach in den Rathauscomputer einhacken, oder? Jedenfalls nicht ohne die Hilfe von …« Er verstummte. Auch seine Augen wurden nun riesengroß, und sein Blick wanderte von Finn zu der auf dem Tisch ruhenden Brille.

»Ganz genau«, bestätigte Finn, was Tresk gerade denken musste. »Omikron 1 ist eine Erfindung von diesem Bellini, aber im Auftrag von Señor Palmer. Er wurde erschaffen, um den Computer des Rathauses glauben zu lassen, der Zoo gehöre geschlossen.«

»So ein Hund!« Entrüstet ließ Tresk sich im Sitz zurücksinken.

»Woher weißt du das alles?«, fragte Anna. »Was hast du da eben gesehen?«

»Eine Art Erinnerung«, antwortete Omikron an Finns Stelle. Die K.I. hatte die ganze Zeit über nicht gesprochen. Nun aber ergriff sie das Wort. »Sie überkam mich, als ich Kontakt zum Computer des Rathauses aufnahm. Der Computer muss mich wiedererkannt haben. Ich konnte nicht in ihn eindringen, denn sowie ich Kontakt zu seinem Kern bekommen hatte, kamen die Erinnerungen über mich. Ich war schon einmal hier! Vor gar nicht langer Zeit, glaube ich.«

»Omikron und ich haben Omikrons früheste Erinnerungen gesehen«, ergänzte Finn. Allmählich kam er wieder zu Atem. Das Erlebnis hatte ihn ziemlich geschafft, auch wenn er die ganze

Zeit über nur stumm dagesessen hatte. »Seine Geburt, sozusagen. Er wurde in Señor Palmers Auftrag gebaut, von einem Wissenschaftler namens Bellini. Gleich hier in Aquaterra, vermute ich.«

»Bellini«, wiederholte Omikron. »Mein Schöpfer.«

»Ja, genau«, sagte Finn. Hinter seiner Stirn überschlugen sich die Gedanken. Ein Puzzleteil nach dem anderen fiel plötzlich an seinen Platz, und allmählich ergaben die verschiedenen Teile den Ansatz eines Bildes. »Er hat dich gebaut, damit du für Señor Palmer ein schlimmes Verbrechen begehst.«

»Verbrechen?«, sagte Omikron staunend. »Gut, das wäre mir natürlich leicht möglich, immerhin sind meine Funktionen beeindruckend fortschrittlich. Aber … ich möchte gar kein Verbrecher sein! Ich möchte helfen.«

»Das hat Bellini auch gewollt«, glaubte Finn. »Deswegen ist er irgendwann mit dir abgehauen, anstatt dich dauerhaft an Señor Palmer zu übergeben. Damit du mehr wirst als das Werkzeug eines Ganoven.«

»Moment, Moment«, bat Anna. Hilflos überfordert hob sie die Hand. »Verstehe ich das richtig? Dieser Bellini hat Omikron für einen Verbrecher gebaut. Doch als Omikron fertig war, ist Bellini mit ihm geflüchtet?«

Finn nickte.

»Aber woher willst du das jetzt schon wieder wissen? Ging Omikrons Erinnerung so lange?«

»Nein«, antwortete der Junge. »Aber das musste sie auch nicht. Denn den nächsten Teil der Geschichte kannte ich schon vorher. Beim nächsten Teil … war ich selbst dabei!«

Tresks Katzenohren zuckten. »Der Mann aus eurem Taxi?«

Finn nickte. »Das ergibt Sinn, oder?«, sagte er. »Bellini stieg in das Taxi meines Vaters. Mitsamt seinem Koffer, in dem Omikron ruhte. Ich glaube, er wollte mit unserer Hilfe vor Palmer fliehen, denn er wollte, dass wir ihn zum Hafen fahren. Und er hatte Angst. Damals habe ich das nicht so gemerkt, aber jetzt im Rückblick … Ja, er hatte Angst.«

»Er wollte nicht erwischt werden«, stimmte Tresk zu. »Immerhin stahl er Señor Palmer gerade sein wertvolles Werkzeug.«

»Palmer muss Omikron schon mal hierher gebracht haben, hier ins Rathaus«, schlussfolgerte Finn. »Deswegen kannte der Rathauscomputer Omikron. Aber Palmer ist damals nicht fertig geworden mit seiner bösen Arbeit. Er muss noch einmal hierhin, um seinen Plan zu vollenden. Dumm nur, dass Bellini ihm zuvorgekommen ist und ihm Omikron stahl. Bellini hatte offenbar Gewissensbisse bekommen. Er wollte nicht, dass seine tolle Schöpfung das Werkzeug eines Gauners ist.«

»Und Omikron half Bellini, indem er einfach noch mal geflohen ist«, kombinierte Anna. »Von Bellinis Computer …«

»… auf meine olle Datenbrille«, bestätigte Finn. »Ganz genau.«

Mit einem Mal ergab vieles einen Sinn. Kein Wunder, dass Señor Palmer so erpicht darauf war, die Brille zu bekommen. Ohne Omikron konnte er seinen Plan nicht zu Ende bringen und den Zoo nicht schließen lassen. Finns alte Brille war alles, was er noch brauchte, um Direktor at Damaars Reich im Herzen von Aquaterra abzureißen und sich das Land unter den Nagel zu reißen.

»Weißt du jetzt noch mehr über dich, Omikron?«, wandte Tresk sich an die K.I. »Mehr als das, was Finn und du uns eben erzählt haben, meine ich?«

»Nein«, bedauerte die Künstliche Intelligenz in der Brille. »Leider nicht. Das heißt … Doch, eine Sache weiß ich: Mein Schöpfer ist kein böser Mann. Er ist anders als Señor Palmer.«

»Das ist es, Leute«, sagte Anna und klatschte in die Hände. »Wenn wir Palmer nicht finden können, sollten wir versuchen, nach diesem Bellini Ausschau zu halten. Vielleicht kann der uns helfen, Omikrons Erinnerungsspeicher wieder vollständig zu machen. Und vielleicht hat er Beweise, mit denen wir Palmer überführen können. Diese Erinnerungsfetzen von Omikron können wir Kommissar Drychs ja schlecht übergeben.«

Tresk sah zu Finn. »Hat dein Vater sein Taxi inzwischen wieder?«

»Ich glaube schon«, antwortete der. »Heute früh wollte die Polizei es ihm endlich freigeben.«

»Dann müssen wir zu dir nach Hause«, entschied Tresk.

Anna nickte. »Denn wenn Ole Hansen diesen Bellini gefahren hat, dann weiß der Computer des Taxis bestimmt noch ganz genau, wo Bellini eingestiegen ist. Und irgendwo dort in der Nähe dürfte Omikrons Schöpfer wohnen. Ich bezweifle stark, dass der ohne seine Schöpfung auf ein Schiff gestiegen ist. Nein, der ist bestimmt noch immer in Aquaterra, versteckt sich vor Señor Palmer und sucht Omikron.«

»Nichts wie hin«, stimmte Finn zu.

Sofort brachen sie auf. Just als sie die Glaskuppel auf dem Dach des Rathauses verlassen wollten, kam ihnen Annas Vater entgegen. »Anna, Finn«, grüßte er die Freunde verblüfft. »Und sogar Tresk ist gekommen, wie schön! Man sagte mir, ihr wolltet mich sprechen?«

Anna schüttelte den Kopf. »Jetzt nicht mehr, Paps«, antwortete sie. »Tut mir leid, aber uns läuft die Zeit davon. Bis nachher, okay?« Dann liefen sie weiter und ließen den verwirrten Bürgermeister hinter sich.

Kapitel 13

Auf der Suche nach Bellini

Tresk fand, dass Finns Vater erstaunlich ruhig blieb, als Finn mit Anna und ihm zur Mittagszeit in der kleinen Wohnung auftauchte und verkündete, er habe Freunde zum Essen mitgebracht. »Ah, Anna, schön, dich mal wieder zu sehen«, sagte Ole Hansen. Dann wandte sich der Mann mit dem erfreulich felligen Gesicht Tresk zu. »Und du musst Tresk sein, der Sohn vom neuen Karadeem-Botschafter. Wir haben uns gestern ja nur kurz gesehen, aber Finn hat mir von dir erzählt. Freut mich, dich kennenzulernen.«

Finns Vater hielt Tresk eine Hand hin, die auch außen ein klein bisschen fellig war. Unsicher, was Tresk mit der Geste anfangen sollte, schlug er leicht mit der Pfote dagegen, wobei er darauf achtete, dass er seine Krallen nicht ausfuhr, um den Menschen nicht zu verletzen. »Freut mich auch«, sagte er.

Ole Hansen lachte und richtete sich auf. »Na, dann werfe ich mal eine zweite Packung Nudeln in den Topf und wärme eine weitere Tüte Soße auf. Es gibt heute Spaghetti Bolognese. Ich hoffe, das mögen alle.«

»Was ist Spaghetti Bolognese?«, fragte Tresk.

»Das sind Nudeln mit Fleischsoße«, erklärte Finn. »Mein Lieblingsgericht! Neben frischen Wump-Burgern.«

Wump-Burger kannte Tresk. Die wurden in einer Grillhauskette der Grobb angeboten und schmeckten klasse. Was Nudeln waren, konnte sich der junge Karadeem nicht vorstellen. Aber Fleischsoße klang gut. Er setzte ein höfliches Lächeln auf. »Ich bin sicher, es wird schmecken.«

»Das ist die richtige Einstellung.« Finns Vater lachte, bevor er sich in die Küche zurückbegab.

»Frag ihn wegen des Taxis«, flüsterte Anna Finn zu. Schließlich waren sie nicht zu Finns Wohnung zurückgekehrt, um sich bekochen zu lassen – auch wenn das ein angenehmer Nebeneffekt war. Eigentlich jedoch wollten sie, dass Omikron sich in den Bordcomputer des Taxis einklinkte und herauszufinden versuchte, wo Doktor Bellini wohnte. Der Wissenschaftler hatte mit seiner Karte die Fahrt bezahlt. Daher hofften die Freunde, dass die Adressdaten mit der Überweisung gespeichert worden waren. Denn auch Bellinis gab es – genau wie Palmers – in Aquaterra mehr, als dass man sie auf gut Glück hätte abklappern können. Neunundreißig, um genau zu sein.

»Äh, Paps, ich muss mal kurz runter zu deinem Taxi, ja?«, rief Finn Richtung Küche. »Ich glaube, ich habe da vor zwei Tagen meine … äh … Captain-Galactic-Actionfigur liegen gelassen.«

»Ist gut, Finn«, rief sein Vater zurück. »Der Funkschlüssel liegt auf der Kommode im Flur.«

Tresk rümpfte die Nase. »Du spielst mit Actionfiguren? Was bist du: ein Stubenhocker?«

»He, es kann nicht jeder von Baum zu Baum springen, so wie du«, gab Finn mürrisch zurück. »Außerdem habe ich damit nur früher gespielt. Heute nicht mehr so … oft.« Das letzte Wort fügte er ziemlich leise hinzu.

Sie schnappten sich den Schlüssel und rannten hinunter zum Parkdeck des Wohnblocks. Es war ziemlich dunkel und schmutzig, und Tresk bemerkte, dass Anna sich unbehaglich umsah. »Keine Sorge«, sagte er zu ihr. »Wir passen auf dich auf.«

Ein Anflug von Verärgerung zeigte sich auf ihrem Gesicht. »Habe ich gesagt, dass ich Aufpasser brauche?«, fragte sie trotzig.

»Nein, aber du hast so geguckt«, antwortete Tresk aufrichtig. »Aber ich verstehe das schon. Ich finde es hier auch nicht gerade schön.«

»Jedenfalls kein Ort, an dem ich länger als nötig bleiben will«, murmelte Anna, als sie einen kleinen Haufen mit Unrat passierten, der von einem flackernden Lichtfeld in der Wand erhellt wurde.

»Musst du nicht«, versprach Finn ihr. »Da sind wir schon.« Er deutete zur Seite. Dort hing ein Schweber auf einem der Parkpodeste, der weiß und knallgelb gestrichen war. Finn hob den Funkschlüssel, und mit einem Blinken und Piepsen antwortete das Fahrzeug.

Sie stiegen ein, Finn auf den Fahrersitz, Anna auf den Beifahrersitz, und Tresk rutschte nach hinten auf die Bank. Finn setzte seine Datenbrille auf. »Omikron 1?«

»Hallo, Finn«, meldete sich die K.I. zu Wort. »Lass mich raten: Ich bin mal wieder dran?«

»Genau«, sagte Finn. »Wir sind jetzt im Taxi. Leg los. Und beeil dich. Wir müssen wieder zurück in die Wohnung, bevor Paps Verdacht schöpft.«

»Natürlich.« Ohne ihr Zutun wurde der kleine Bildschirm des Bordcomputers hell. Doch statt des normalen Menüs, über das man Fahrtrouten und die Bezahlfunktion aufrufen konnte, tauchten weiße Codezeilen auf einem blauem Hintergrund auf. Rasch rollten sie über den Bildschirm und zeigten, dass Omikron in die digitalen Tiefen des Taxi-Systems vordrang.

»Komm schon, Omikron.« Finn hibbelte auf dem Fahrersitz herum. »Zeig, was du kannst.«

»Ich habe eine gute und eine schlechte Nachricht«, verkündete die K.I. gleich darauf. »Die gute lautet, dass auf der Geldkarte tatsächlich eine Adresse gespeichert war, die hier abgelegt ist.«

»Und die schlechte?«, fragte Anna.

»Es scheint nicht Doktor Bellinis Privatadresse zu sein. Er hat offensichtlich mit einer Dienstkarte bezahlt.«

»Das heißt, wir wissen nur, wo er arbeitet … oder vielmehr vor seiner Flucht gearbeitet hat?«, hakte Tresk nach.

»Richtig«, bestätigte Omikron.

»Und wo ist das?«, wollte Finn wissen.

»Im Quantencomputerzentrum von Aquaterra.«

»*Was?*«, schrie Finn auf.

»Aua, das war mein Ohr«, beschwerte sich Anna.

Tresk schüttelte verwirrt den Kopf. »Was ist das für ein Ort?«

Mit großen Augen sah Finn ihn an. »Dort befindet sich Asimov, das digitale Herz der Stadt. Nirgendwo in Aquaterra, ach was, nirgends sonst auf der ganzen Erde gibt es einen so modernen Computer.«

»Ist Asimov auch eine Künstliche Intelligenz?«, fragte Tresk.

»Ich habe keine Ahnung«, gestand Finn. »Aber ich würde es gerne herausfinden.«

Anna grinste die zwei Jungs an. »Nun, wie es aussieht, führt unser Weg genau dorthin. Nach einer guten Portion Spaghetti Bolognese, versteht sich.«

Das »QuaCo«, wie Finn das Computerzentrum auch abkürzte, befand sich an der Grenze vom Regierungsviertel zum Nordamerika-Viertel. Es handelte sich um ein würfelförmiges, weißes Gebäude, dessen Außenfassade die Form von Kühlrippen hatte. Über dem gläsernen Haupteingang prangte das meterhohe Symbol eines Atoms, dessen drei Elektronen wie winzige Monde um einen Planeten herumkreisten. Das Bauwerk besaß eine eigene Monorail-Station und über einen Glastunnel konnte man direkt ins QuaCo laufen, ohne zuvor ins Freie zu müssen.

»Ich glaub's nicht!«, rief Finn, als sie aus der Bahn stiegen und durch den Glastunnel schlenderten. »Ich besuche das QuaCo! Ich werde Asimov sehen. Das wollte ich schon immer mal!« Er rückte die Datenbrille auf seiner Nase zurecht und grinste breit.

»Sag bloß, du erinnerst dich nicht mehr an unseren Schulausflug hierhin«, sagte Anna. »Wir mussten damals doch eine stinklangweilige Führung über uns ergehen lassen.« Sie gähnte theatralisch.

»Ja, das weiß ich. Aber an dem Tag war ich krank. Ich konnte nicht mit. Mann, das war der schlimmste Tag in meinem Leben. Na ja, einer der schlimmsten.«

Tresk, der dem Wortwechsel der beiden Menschen folgte, verdrehte die Augen. Was machten die für einen Aufstand um einen einfachen Computer. Besonders toll konnte er im Übrigen auch nicht sein, wenn er so ein großes Gebäude brauchte, um darin Platz zu finden. »Wir sind nicht zum Spaß hier«, erinnerte er Finn. »Wir wollen nur fragen, wo Doktor Bellini wohnt.«

»Ja, ja«, gab Finn zurück. »Aber man wird ja auch die Arbeit mit ein wenig Spaß verbinden dürfen.«

»Jungs und Technik.« Anna grinste.

Finn erwiderte das Grinsen. »Sagt das Mädchen mit dem Hover-Board unterm Arm.«

»Das … ist ein Sportgerät.«

»Und das da«, Finn deutete auf das Gebäude, »ist der nächste Hinweis in unseren Ermittlungen.« Er öffnete eine Glastür, die in die große Eingangshalle des QuaCo führte. »Also hineinspaziert.«

In der Halle war es angenehm kühl, und überall hingen Bildschirme und Konsolen, an denen man sich über den Quantencomputer namens Asimov informieren konnte. Darüber hinaus gab es mehrere Informationsstände, an denen Mitarbeiter saßen, ein Café und einen Andenkenladen. Und in der Mitte der Halle schwebte das Hologramm eines riesigen, blauen Kopfes, der sich langsam drehte und dabei milde und allwissend dreinblickend lächelte. Das musste Asimov sein – oder vielmehr eine besucherfreundliche Darstellung des Quantencomputers. Von einem wissenschaftlichen Zentrum hatte das Ganze wenig. Es erinnerte eher an eine Touristenattraktion.

Entsprechend voll war es auch. Überall schlenderten Besucher herum, unterhielten sich, ließen sich in Führungen über das QuaCo informieren oder recherchierten an den Konsolen. »Und was machen wir jetzt?«, fragte Tresk, als er das bunte Treiben in Augenschein nahm.

»Lasst mich mal machen«, sagte Finn. »Ich habe eine Idee.«

Schnurstracks marschierte er auf einen der Infostände zu. Eine schlanke, schwarzhaarige Frau, die ein schickes, silberweißes Kostüm trug, begrüßte sie mit einem wie angeklebt wirkenden Lächeln. »Was kann ich für euch tun?«

»Meine Name ist Finn Hansen«, antwortete Finn. »Ich habe einen Termin bei Doktor Bellini. Er hat versprochen, mir bei einem Schulferienprojekt über moderne Computertechnologie zu helfen. Wo kann ich ihn finden?«

»Einen Moment bitte.« Die Frau wandte sich leicht ab, hob die Hand ans Ohr, in dem Tresk einen Funkempfänger bemerkte, und sprach leise mit irgendjemandem. Dann wandte sie sich wieder an die Freunde. »Setzt euch doch dort drüben auf die Bank. Es kommt gleich jemand, der mit euch spricht.«

»Doktor Bellini?«, fragte Finn.

»Nein, der Doktor ist nicht im Haus. Aber sein Kollege, Doktor Rüster. Er kann dir auch weiterhelfen.«

»Klasse, danke«, sagte Finn und in Tresks feinen Ohren klang er ein wenig enttäuscht. Aber hatte er tatsächlich geglaubt, dass es so einfach werden würde, Bellini zu finden?

Sie warteten zehn Minuten, und Finn wollte schon aufstehen und fragen, ob man sie vergessen hatte, als plötzlich eine Gestalt mit hastigen Schritten und wehendem Laborkittel auf sie zueilte. Der Menschenmann mochte etwa im Alter von Finns Vater sein, aber sein Gesicht war noch felliger als das von Ole Hansen. Außerdem standen seine Haare zu Berge, als hätte er an ein Energiekabel gefasst, und eine alte Datenbrille mit dickem braunem Rahmen saß schief auf der Nase. »Ha!«, rief der Mann und deutete auf Finn. »Du musst der Junge sein.«

»Äh … vielleicht? Wer sind Sie?«

»Rüster«, erwiderte der Mann mit eindringlichem Blick und tippte mit dem Zeigefinger auf ein Schild an seinem Kittel. »Doktor Johannes Rüster. Ich bin …« Ruckartig starrte er ins Leere und schien kurz nachzudenken. »… der Kollege, nein, Freund … und Kollege von Matteo Bellini.« Er vollführte eine weit ausholende, wohl einladend gemeinte Geste mit dem Arm.

»Kommt. Wir haben viel zu besprechen.« Mit diesen Worten stürmte er wieder los.

Die Freunde sahen sich an. »Was ist denn mit dem los?«, fragte Anna.

»Zu viel Kajannta-Milch?«, mutmaßte Finn.

»Nicht trödeln!«, rief Rüster so laut, dass es die halbe Halle mitkriegen musste. »Uns bleibt nicht viel Zeit. Die Quanten sind ständig in Bewegung.«

Die Freunde liefen los und folgten Rüster aus der Eingangshalle in einen Korridor, der tiefer ins Gebäude führte. »Warten Sie mal«, bat Finn ihn, als sie ihn eingeholt hatten. »Hören Sie, es geht uns gar nicht um den Quantencomputer.«

Mitten im Lauf blieb der Wissenschaftler stehen. »Was soll das heißen? Bin ich etwa umsonst aus meinem Labor herbeigeeilt?« Er beugte sich vor und stemmte die Hände in die Hüften.

»Nein, nein, so ist es auch nicht«, erwiderte Finn hastig. »Wir wollen nur ... äh ...«

»Wir suchen Ihren Freund Bellini«, erklärte Tresk.

Rüster fuhr herum. Hinter seiner Datenbrille kniff er die Augen zusammen. »Kennen wir uns?«

»Nicht, dass ich wüss...«, begann Tresk.

»Doch, doch, doch. Deine pelzige Nase kommt mir bekannt vor.« Nervös tippte sich Rüster mit dem Finger gegen die Lippen, dann schrie er auf. »Ha! Ich weiß es. Du bist der Sohn vom neuen Karadeem-Botschafter. Ich habe dich im Zoo gesehen, bei der Übergabe dieser Seekuh.«

»Sie waren im Zoo?«, staunte Anna.

Arglos zuckte der Wissenschaftler mit den Schultern. »Ich mag Tiere.«

»Na, wie auch immer«, versuchte Tresk das Gespräch wieder in die richtige Bahn zu lenken. »Ja, ich bin der Sohn des Botschafters, und ich ... also wir ... suchen Doktor Bellini.«

»Tja, das ist dumm, denn Bellini ist krank.« Wieder beugte Rüster sich ruckartig vor und sein Gesicht nahm einen verschwörerischen Ausdruck an. »Behauptet man zumindest. Aber anders als meine Chefs bin ich mir nicht so sicher, ob das stimmt. Ich wittere falsches Spiel!«

»Wie kommen Sie darauf?«

»Ich kenne Bellini seit Jahren. Er wird nie krank. Hat ein Immunsystem wie ein Honigdachs.«

»Haben Sie mal mit ihm geredet?«, fragte Anna. »Bei ihm zu Hause angerufen oder so?«

Rüster schreckte zurück. »Grundgütiger, nein! Warum sollte ich das tun?«

»Ich dachte, sie wären Freunde.«

»Ja, selbstverständlich. Wir gehen jeden Dienstag und Donnerstag gemeinsam in die Kantine. Aber bei ihm anrufen? Wir sind doch nicht verheiratet!«

»Wir glauben auch, dass etwas nicht stimmt«, verriet Finn dem Mann. »Es ist eine lange Geschichte, aber wir denken, dass Doktor Bellini sich mit bösen Leuten eingelassen hat und nun in Schwierigkeiten steckt. Wir wollen ihm helfen. Aber dazu müssen wir ihn finden. Könnten Sie uns seine Adresse sagen?«

Der Wissenschaftler öffnete schon den Mund zur Antwort, dann hielt er inne, klappte ihn wieder zu und sah die Freunde misstrauisch an. »Ich weiß nicht. Für wen arbeitet ihr noch mal?«

»Wir arbeiten für niemanden«, sagte Anna. »Wir wollen nur einem Freund helfen.«

»Ihr seid auch mit Bellini befreundet?« Rüster blinzelte irritiert.

»Nein, wir … äh …« Fragend blickte Anna Finn an.

»Finn, Anna und Tresk helfen mir«, meldete sich plötzlich Omikron aus der Brille zu Wort.

Ihr Gegenüber legte den Kopf schief. »Wer spricht da?« Er kniff die Augen zusammen. »Spricht deine Brille, Junge?«

»Guten Tag, Doktor Johannes Rüster«, begrüßte ihn die K.I. freundlich. »Ich bin Omikron 1.«

Der Wissenschaftler fuhr zusammen. »Heilige Hypotenuse! Ist das etwa …?« Neugierig trat er näher und beäugte Finns Brille. »Ist das eine …?«

»Ich bin eine Künstliche Intelligenz, falls das Ihre Frage ist«, erwiderte Omikron.

»Omikron!«, entfuhr es Finn leise. »Bist du verrückt, dich zu verraten? Das ist viel zu gefährlich.«

»Lass ihn«, sagte Anna. »Er weiß, was er tut.«

»Was … aber wie …« Rüster zwinkerte heftig und zerzauste sich mit einer Hand das ohnehin schon wilde Haar. »Was machst du in dieser Datenbrille? Was ist das überhaupt für ein Modell? Das hat doch niemals genug Datenspeicher, um eine K.I. zu beherbergen.«

»Ich bin auf der Flucht vor denselben bösen Leuten, mit denen mein Schöpfer Doktor Bellini Schwierigkeiten hat. Darum muss ich ihn finden.«

»Dein Schöpfer …« Mit offenem Mund starrte Rüster Finns Brille an. »Grundgütiger! Bellini hat dich programmiert.«

»Ja.«

»In seiner Freizeit?«

»Das weiß ich nicht.«

Rüster schüttelte den Kopf. »Unfassbar. Phänomenal. Und das Ganze nicht einmal auf Quantenbasis. Wie hat der alte Primzahlenschieber das hinbekommen?«

»Das ist doch jetzt wirklich nicht so wichtig«, warf Anna ein. »Wichtig ist, dass wir Doktor Bellini finden. Wir brauchen ihn. Omikron braucht ihn.«

»Ja … äh … natürlich.« Rüster richtete sich auf, nahm seine eigene Datenbrille ab und polierte sie mit dem Saum seines Laborkittels. »Wer wäre ich, einer K.I. einen Wunsch abzuschlagen? Ich sende dir die Adresse auf deine Brille, Junge.« In den Gläsern seiner Datenbrille funkelten winzige Lichter, während Rüster auf einer unsichtbaren Tastatur in der Luft tippte.

»Alles klar«, sagte Finn. »Ich habe die Adresse. Sie liegt im Europäischen Viertel. Ich kenne die Ecke von meinen Taxifahrten mit Paps.«

»Vielen Dank«, sagte Anna. »Sie haben uns sehr geholfen.«

»Keine Ursache«, gab Rüster zurück. Wieder schüttelte er den Kopf. »Unglaublich. Omikron 1. Ich würde dich ja gerne näher kennenlernen.«

»Vielleicht an einem anderen Tag, Doktor«, sagte Tresk.

Finn grinste breit. »Wir kommen gerne noch mal hier vorbei, stimmt's, Omikron?«

»Selbstverständlich«, antwortete die K.I.

Rüster nickte. »Na gut. Dann … äh … gehe ich zurück an meine Arbeit. Viel Glück, ihr drei – vier! Und grüßt Bellini von mir.«

»Das machen wir«, versprach Finn.

Der Mann wollte sich schon abwenden, als ihn ein Funkeln in seiner Brille innehalten ließ. Er wandte sich noch einmal den

Freunden zu. »Oh, und ich soll euch auch viel Glück von Asimov wünschen.«

»Asimov?« Finn riss die Augen auf und sah sich suchend um. »Er hat uns zugehört? Ist er hier?«

Rüster beugte sich vor und ein vielsagendes Lächeln legte sich auf seine Lippen. »Nicht nur hier, mein Junge. Asimov ist überall. Denn Asimov ist Aquaterra!«

»Das war vielleicht ein komischer Kerl«, meinte Tresk, als sie zur nächsten Hyperloop-Station gingen, um zurück ins Europaviertel zu fahren.

»Wissenschaftler.« Tresk schnaufte leise. »Einer verrückter als der andere.«

Sie bestiegen die Bahn, und im Nu waren sie wieder in dem Viertel, das einem Miniaturwunderland gleich alle Eigenheiten der europäischen Kulturen an einem Ort versammelte. Eine kürzere Strecke legten sie noch mit der Monorail zurück, dann standen sie auch schon vor einem etwa zwanzig Stockwerke hohen Wohnblock, der in eleganter Wellenform geschwungen war. Passend dazu war die mit viel Glas verkleidete Fassade in Blau und Meeresgrün gehalten. Außerdem, und das war sicher das Tollste, hatten die Bewohner zumindest auf einer Seite einen unverbauten Blick aufs Meer, denn das Haus stand nur zwei Straßen von der Hafenpromenade entfernt, die sich einmal um Aquaterra herumzog.

Finn stieß einen anerkennenden Pfiff aus. »Dass er in Hafennähe wohnt, hat mir ja schon die Adresse verraten. Aber dass Doktor Bellini eine Wohnung in der Welle hat, war mir nicht klar. Der muss ganz gut verdienen im QuaCo.«

»Oder auch nicht«, sagte Anna. »Immerhin hat er den Nebenjob bei Señor Palmer angenommen, einem Verbrecher. Ich habe das Gefühl, unser guter Doktor hat auf ein wenig zu großem Fuß gelebt – und plötzlich saß er in der Falle der Verbrecher.«

»Wir werden es nur rausfinden, wenn wir reingehen.« Tresks Ohren zuckten schon wieder ungeduldig. Er mochte die Menschenkinder. Aber sie neigten dazu, zu viel zu reden. Er selbst zog es vor zu handeln.

Finn nickte. »Du hast recht. Also los.« Sie gingen zur Eingangstür, die verschlossen war. Um ins Innere zu gelangen, musste man an einer der zweihundert Wohnungen klingeln oder einen Codeschlüssel besitzen. Da sie Bellini nicht vorwarnen wollten – wer wusste schon, ob der Doktor dann türmte, weil er sich in Gefahr glaubte – und auch keinen Schlüssel hatten, musste Omikron ran. Er knackte die Funksteuerung der Tür so schnell, dass die Freunde kaum ihre Schritte verlangsamen mussten.

Mit dem Aufzug fuhren sie in den siebzehnten Stock. Der Doktor wohnte am rechten Ende des Korridors, in Appartement 1701. Bis jetzt war Tresk und den anderen nichts Ungewöhnliches aufgefallen, keine Drohnen in Gebäudenähe am Himmel und auch keine zwielichtigen Gestalten, die irgendwo herumlungerten. Wie es aussah, interessierte sich der unheimliche Señor Palmer nicht für die Wohnung – was den Verdacht nahelegte, dass sie Doktor Bellini auch hier nicht finden würden. »Es ist zu ruhig«, meine Tresk, als sie anklopften. »Ich fürchte, diese Spur endet in einer Sackgasse.«

Einen Moment später richteten sich seine Ohren überrascht auf, als sie hörten, wie mindestens drei Riegel im Inneren zurückgeschoben wurden. Die Tür öffnete sich einen Spaltbreit und das nervöse Gesicht eines stämmig wirkenden Mannes tauchte auf. »Ja?«, fragte er.

»Doktor Bellini?«, wollte Anna wissen, die das Sprechen für sie übernahm, weil sie alle der Ansicht waren, dass sie am höflichsten und ungefährlichsten aussah. »Wir würden gerne mit Ihnen sprechen.«

»Warum? Wer seid ihr?«

»Wir brauchen Ihre Hilfe, und wir wollen Ihnen helfen«, mischte sich Finn ein. »Es geht um Omikron 1.«

Bellini riss die Augen auf. »Omikron 1?« Verstohlen sah er sich im Korridor um. Als er sich versichert hatte, dass er leer war, machte er die Tür ganz auf. »Kommt schnell rein.«

Die Freunde folgten der Einladung. Die kleine Wohnung von Doktor Bellini mochte ursprünglich sehr hübsch gewesen sein. Doch jetzt sah sie ziemlich unordentlich aus. Ungewaschene Kleidung lag ebenso in der Gegend herum, wie Beutel voller Müll. Man konnte den Eindruck gewinnen, der Wissenschaftler habe seit Wochen die Wohnung nicht mehr verlassen – was ja nicht sein konnte, denn Finn und sein Vater hatten ihn vor zwei Tagen mit dem Taxi herumkutschiert.

Im Wohnzimmer, von dem aus man einen atemberaubenden Blick aufs Meer hatte, drehte Bellini sich zu den Freunden um. Er blinzelte und rieb sich unruhig die Hände. »Omikron«, sagte er. »Ist er …? Habt ihr ihn bei euch?«

»Ja«, erwiderte Finn nickend. Er tippte auf die Brille auf seiner Nase. »Er ist hier drin, seit Sie aus dem Taxi meines Vaters stiegen.«

»Guten Tag, Doktor Bellini«, begrüßte die K.I. ihren Schöpfer. »Wie geht es Ihnen?«

»Ich … äh … Was macht ihr hier?« Bellini ging zur Küchenzeile an der Wand und öffnete den Kühlschrank. »Möchtet Ihr etwas trinken?« Er hielt ihnen ein Bier hin, offenbar ohne zu merken, dass die Freunde noch viel zu jung für Alkohol waren.

»Äh, nein, danke«, sagte Anna.

»Wir sind hier, weil wir Omikron helfen wollen, sein Gedächtnis wiederzufinden«, erklärt Finn. »Als er sich auf diese Brille kopiert hat, musste er einen Großteil seiner Daten auf Ihrem Datenpadd zurücklassen, weil der Speicher der Brille zu klein war. Wir wollen ihn wieder zusammensetzen, damit wir alle Beweise haben, dass Omikron für gemeine Verbrechen missbraucht werden sollte.«

»Wie bitte? Verbrechen?« Schweißperlen bildeten sich auf Bellinis Stirn, und er wirkte beinahe panisch.

»Tun Sie nicht so unwissend«, fuhr Tresk ihn an. »Wir kennen die Hintergründe bereits. Dass Sie Omikron entwickelt haben, damit er für diesen Palmer ins Rathaus einbricht und die Zahlen über den Zoo manipuliert. Señor Palmer will den Zoo kaufen und abreißen und sich mit dem Baugrund eine goldene Nase verdienen. Das werden wir verhindern!«

»Mit Ihrer Hilfe«, fuhr Anna ungleich sanfter fort. »Omikron sagt, dass Sie nicht zu den Bösen gehören. Sie wurden vielleicht sogar gezwungen, für Palmer zu arbeiten. Sie wollten ja schließlich mit Omikron fliehen. Sie werden von Palmer und seinen Handlangern genauso gejagt wie Omikron. Aber zusammen könnten wir dem ein Ende setzen. Wir könnten Señor Palmers Schurkereien aufdecken und ihn ins Gefängnis bringen. Wenn Sie uns gegen den Kerl helfen, können Omikron und Sie endlich wieder ohne Angst leben.«

Bellini schluckte hart. Er wirkte unendlich unglücklich.

Argwöhnisch kniff Finn die Augen zusammen. »Alles in Ordnung mit Ihnen?«

Der Wissenschaftler schüttelte den Kopf. »Nein«, brachte er mit rauer Stimme hervor. »Nicht direkt.« In diesem Augenblick wurde die Tür zum benachbarten Schlafzimmer aufgerissen.

Tresk keuchte überrascht auf, als zwei Zirrpiden daraus hervorkamen, die genauso aussahen, wie der Dieb auf dem Schwebemotorrad, der gestern Finns Brille gestohlen hatte. *Die Gnarfl-Brüder!*, fuhr es ihm durch den Kopf.

»Sie kamen kurz vor euch an«, gestand Doktor Bellini gepresst. »Es tut mir so leid.«

»Keine falsche Bewegung«, schnarrte der eine Zirrpide und hob eine stabähnliche Waffe, die er auf Tresk richtete. Sein Bruder tat es ihm gleich. Die Zirrpiden klackten mit ihren Mundwerkzeugen. »Jetzt haben wir euch!«

Kapitel 14

In der Klemme

Der Schattenmann im Nadelstreifenanzug klatschte langsam in die Hände. Seine braungebrannten Züge mit den schmalen Lippen und der etwas zu spitzen Nase zeigten dabei einen Ausdruck von Spott. Doch in seinen eisblauen Augen lag eine Kälte, die Anna einen Schauer über den Rücken jagte. »Bravo«, sagte Señor Palmer. »Ich muss sagen, ich bin beeindruckt. Dass mir drei Kinder so vollständig auf die Schliche kommen könnten, damit hätte ich wirklich nie gerechnet.«

»Sie hatten Hilfe von dem Programm«, schnarrte einer der beiden Zirrpiden-Brüder – Anna konnte sie beim besten Willen nicht auseinanderhalten.

»Ja, richtig, Omikron. Der verlorene Sohn.« Palmer hob die Brille auf, die vor ihm auf dem Schreibtisch lag. Mit leisem Lächeln drehte er sie in den Händen. »Das war es dann wohl mit deiner Flucht, Omikron 1. Dieser Raum ist, wie das ganze Labor, funkwellengeschützt. Jetzt bleibst du hier, bis unser guter Doktor dich wieder vollständig gemacht hat und du dich deiner Aufgabe widmen kannst.«

Omikron sagte kein Wort. Die K.I. schien Palmer strafen zu wollen, indem sie ihn einfach ignorierte.

Der Mann führte die Brille an den Mund. »Ich weiß, dass du mich hören kannst«, flüsterte er der K.I. sozusagen ins Ohr – allerdings immer noch laut genug, dass Anna und die anderen es mitbekamen. »Du musst auch gar nichts sagen, Omikron. Du musst nur tun, was *ich* dir sage. Ich will dieses Zoogrundstück, und du wirst mir dazu verhelfen. Und wenn du dich weigerst oder mich zu hintergehen versuchst …« Sein kalter Blick richtete sich auf Anna, Finn und Tresk. »… dann werden deine neuen Freunde den Preis dafür zahlen, glaub mir.«

Anna schluckte. Jetzt steckten sie echt in der Klemme. Die beiden Zirrpiden, die ihnen in Bellinis Wohnung aufgelauert hatten, waren sehr vorsichtig vorgegangen. Zuerst hatten sie ihr, Finn und Tresk alle Kommunikationselektronik weggenommen – Anna das Stirnband, Finn seine Brille und Tresk einen Kommunikator, den er an die Jacke geklemmt hatte. Die Brille hatten sie abgeschaltet, damit Omikron keinen Ärger machte. Anschließend hatten sie die Freunde und den Doktor mit dem Aufzug zur Parkebene des Gebäudes gebracht, wo ihr Schweber, ein Modell mit getönten Scheiben, wartete. Sie hatten Anna und den anderen blickdichte Stoffbeutel über den Kopf gezogen, und dann waren sie losgefahren. Eine weitere Parkebene und eine Aufzugfahrt später waren sie in einem leer stehenden Bürostockwerk angekommen. Dort hatte sie Señor Palmer, der sich in einem der Räume ein offenbar geheimes Büro eingerichtet hatte, bereits erwartet.

»Nun?«, sagte der gerade zu Omikron. »Habe ich mich klar genug ausgedrückt?«

Ein schwaches Farbenspiel zeigte sich auf den Brillengläsern. »Ich habe verstanden«, verkündete Omikron. »Ich werde tun, was Sie sagen.«

»Gut.« Palmer lächelte zufrieden. »Das wollte ich hören.«

»Das ist eine Riesensauerei, die Sie da treiben«, beschwerte sich Tresk, der offenbar vor niemandem Angst hatte, nicht einmal vor einem so skrupellosen Mann wie Palmer. »Dafür wird man sie zur Rechenschaft ziehen.«

»Wohl kaum«, erwiderte der Ganove im Anzug unbeeindruckt. »Die Zahlen, die Omikron 1 im Rathaussystem hinterlegen wird, sprechen eine eindeutige Sprache. Dieser Zoo wird bald als ein Verlustgeschäft dastehen – und das angeblich schon seit langer Zeit. Ein paar Schönrechnereien hätten es bislang verborgen, aber eigentlich würde das Rathaus viel Geld sparen, wenn es ihn schlösse. Es gibt ja auch noch genug andere Sehenswürdigkeiten in Aquaterra, findet ihr nicht auch? Und mit dem Geld, das ich dem Bürgermeister für die frei werdenden Grundstücke anbiete, kann Herr Falke dann viel Gutes tun. Ganz zu schweigen davon, wie viele Menschen und Bimmi und Was-weiß-ich-noch-für-Wesen sich freuen werden, dass sie in Aquaterra eine Wohnung bekommen. Es ist eine Gewinn-Situation für alle. Die paar Zootiere, die dafür weichen müssen, sind in ein paar Wochen schon vergessen, glaubt mir. Wozu braucht man überhaupt echte Tiere, hm? Man kann sich doch heutzutage einfach seine Datenbrille aufsetzen, ein Holo-Vid starten, und die Elefanten trampeln einem durchs Wohnzimmer.«

»Das ist nicht das Gleiche!«, wagte auch Anna zu protestieren. »Der Zoo macht vielen eine Freude. Und er ist ein Ort, an dem Kinder von anderen Planeten mehr über die Erde erfahren können. Es ist ein Ort der Begegnung, des Wissensaustauschs. Der Botschafter der Karadeem hat nicht ohne Grund als Gastgeschenk ein Tier für den Zoo mitgebracht.«

Palmer winkte ab. »Ja, ja, ja. Schöne Reden. Aber weißt du was, Mädchen? Das interessiert mich nicht im Geringsten. Ich bin Immobilienmakler. Mein Job ist es, Gebäude und Baugrund zu kaufen und zu verkaufen. Leider gibt es außer mir in diesem Gebäude hier noch hundert andere Leute mit meinem Job. Und wenn ich die Bosse ganz oben beeindrucken will, muss ich einen richtig großen Coup landen. Genau das habe ich vor. Und ihr werdet mich nicht aufhalten, keiner von euch.« Er beugte sich hinter seinem Schreibtisch nach vorne. »Denn wisst ihr was? Ich habe Freunde wie die Gnarfl-Brüder. Und wenn mir einer von euch Kindern dumm kommt, dann rufe ich sie an, und es könnte in den Tagen danach zu ein oder zwei bedauerlichen Unfällen in eurem Familien- oder Freundeskreis kommen. Alles klar?«

»Sie Mistkerl«, presste Finn zwischen den Zähnen hervor.

Palmer lachte laut auf. »Ach, herrlich. Die Jugend von heute ist so furchtlos.« Er stand auf und seine Miene verfinsterte sich. »Aber ihr solltet euch fürchten. Vor *mir* solltet ihr euch fürchten. Doktor!«

»Ja, Señor Palmer?«, fragte Bellini, der bleich und schwitzend neben den Kindern stand.

»Gehen Sie hinüber in Ihr Labor. Bringen Sie Omikron 1 wieder auf Vordermann.« Palmer warf dem Wissenschaftler die Brille zu, die dieser ungeschickt auffing. »Und dann statten wir dem Rathaus einen kleinen Höflichkeitsbesuch ab.«

»Ja, Señor Palmer.« Eilig nickte Bellini.

»Was machen wir mit den Kindern?«, fragte einer der Zirrpiden. »Sollen wir sie ins Meer werfen?«

»Was?« Palmer wirkte ehrlich überrascht. »Nein, nein, wir bringen doch nicht einfach so Leute um. Nein, sperrt sie in den

Raum gegenüber vom Labor. Da stören sie niemanden. Bewacht sie dort, bis die Aktion im Rathaus vorüber ist. Danach können sie wieder nach Hause gehen und ihren Eltern erzählen, was sie möchten. Ohne Beweise wird ihnen eh kein Mensch glauben.« Der Makler im Nadelstreifenanzug lächelte höhnisch.

»Geht klar«, bestätigte der andere Zirrpide.

»Ich bin derweil oben an meinem Arbeitsplatz«, verkündete Palmer und knöpfte sein Jackett zu. »Es soll ja niemand Verdacht schöpfen. Melden Sie sich bei mir, wenn Omikron fertig zum Einsatz ist. Dann komme ich herunter.«

»Machen wir.« Der Zirrpide wedelte ungeduldig mit seiner Waffe. »Vorwärts«, befahl er Anna, Finn und Tresk.

Während Señor Palmer verschwand, führten die Brüder die drei Freunde durch den Korridor zu einer Tür am Ende des Stockwerks. Auf der gegenüberliegenden Seite befand sich eine weitere Tür, aus der Licht fiel. Das Summen von Computern war zu hören. Als sie daran vorbeigingen, warf Anna einen Blick in den Raum. Es handelte sich um Bellinis Labor. An einer Wand reihten sich Computerschränke, in denen Rechner standen, die aussahen, als wären sie ziemlich teuer. An einer anderen hingen großformatige Bildschirme, die Grafiken und Diagramme zeigten. Ein auf einem Tisch stehender Holo-Projektor ließ Bilder in der Luft entstehen, die nach technischen Schaltungen aussahen. Und in einer Halterung auf einem anderen Tisch, steckte, über lange Kabel mit der Computerwand verbunden, Finns Datenbrille. Bellini saß davor und tippte etwas auf einer Tastatur. Als er die anderen hörte, sah er auf. Sein Blick begegnete dem von Anna.

»Das können Sie nicht zulassen, Doktor!«, rief Finn. »Palmer darf damit nicht durchkommen. Das ist einfach nicht richtig.«

Bellini presste die Lippen zusammen und wandte sich wieder ab.

»Rein da«, befahl der eine Gnarfl-Bruder, klackte mit seinen Mundwerkzeugen und stieß Finn in den Raum auf der anderen Gangseite.

»Au, ist ja schon gut«, beschwerte er sich, als er nach vorne stolperte.

Anna und Tresk gesellten sich zu ihm. Die Brüder schlossen die Tür.

»Na toll.« Finn seufzte. »Das lief ja echt super.« Er ließ sich auf einen der abgewetzten Stühle sinken, die um einen einzelnen großen Tisch mit schmutziger Tischplatte herumstanden. Anscheinend hatte der Raum früher für Konferenzen gedient.

Anna nahm ihre Umgebung prüfend in Augenschein. »Kommen wir hier irgendwie raus?«, fragte sie.

Finn hob den Kopf und folgte ihrem Blick. »Würde mich wundern. Die Luftschächte sind viel zu eng, wie es aussieht, und die Fenster sind verriegelt. Außerdem möchte ich drauf wetten, dass sie aus Panzerglas bestehen. Die kriegen wir nicht kaputt. Ganz zu schweigen von den Metalljalousien davor.« Er deutete auf die einladend große Fensterfront, die dennoch so massiv wie eine Wand wirkte. »Der einzige Ausgang ist die Tür.«

»Vor der zwei Zirrpiden Wache halten«, beendete Anna seinen Satz.

»Richtig.«

Unterdessen hatte Tresk neben ihnen seinen linken Stiefel ausgezogen. Sein Arm steckte darin, und mit konzentrierter Miene fummelte er im Inneren herum.

»Was machst du da?«, wunderte sich Anna.

»Ich suche meinen ... Aha.« Der junge Karadeem zog die Innensohle des Stiefels heraus.

»Deine Schuhsohle?« Verständnislos sah Finn ihn an.

»Nein, verflixt.« Tresk griff wieder in den Schuh hinein, und als er die Hand ein weiteres Mal zum Vorschein brachte, lag ein kleines, silbernes Kästchen darin. »Meinen zweiten Kommunikator.«

Anna riss überrascht die Augen auf. »Du hast ...« Sofort senkte sie ihre Stimme, die vor Aufregung lauter geworden war. »Du hast noch einen Kommunikator.«

»Aber klar. Ich bin der Sohn des Botschafters von Katharrlon. Meint ihr etwa, der Sicherheitsdienst meines Vaters würde mich ohne Notfallausrüstung alleine durch Aquaterra streifen lassen?« Seine Schnauze verzog sich zu einem Grinsen. »Zum Glück wissen die Blödmänner da draußen nicht, wer ich bin.«

»Wirklich zum Glück«, pflichtete Anna ihm bei. »Sonst kämen sie noch auf die Idee, für uns Lösegeld zu verlangen.«

»Kannst du damit trotz der Funkwellenabschirmung Hilfe rufen?«, fragte Finn, der näher gekommen war, und in seiner Stimme schwang eine aufkeimende Hoffnung mit, die auch Anna verspürte.

»Ich will es versuchen«, gab Tresk zurück. »Karadeem-Technik ist moderner als eure. Es könnte funktionieren.« Er klappte das Kästchen auf und hantierte an den darunter zum Vorschein kommenden Kontrollen. Dann rief er die Botschaft der Karadeem an. Er bekam keine Antwort. Tresk bewegte sich im Raum umher, stieg auf den Tisch und hielt den Kommunikator sogar in den Belüftungsschacht. Doch es war überall das Gleiche: Bloß Rauschen antwortete ihm. »So ein Mist«, murmelte er schließlich. »Es geht nichts raus.«

Anna sank einmal mehr der Mut. »Das war's. Wir sitzen hier fest. Palmer wird seinen schändlichen Plan in die Tat umsetzen, und niemand kann ihn stoppen.«

Niedergeschlagen blickten sich die drei Freunde an. Plötzlich richtete Finn sich auf und schnippte mit den Fingern. »Wartet mal. Vielleicht gibt es noch eine Möglichkeit. Allerdings ...« Er verzog das Gesicht. »... wären wir dabei auf Doktor Bellini angewiesen.«

»Was hast du vor?«, fragte Anna ihn.

Der Junge streckte die Hand nach Tresks Kommunikator aus. »Die Außenwände des Gebäudes sind offenbar abgeschirmt, aber im Inneren sollte das Gerät funktionieren. Mit etwas Glück kann ich es so einstellen, dass ich damit meine Brille und Omikron erreiche. Wenn es Omikron gelingt, seinen Schöpfer auf unsere Seite zu ziehen, können wir vielleicht zusammen einen Plan ausknobeln, wie wir die Zirrpiden überlisten und fliehen.«

»Das setzt voraus, dass der Doktor uns helfen will«, gab Tresk mürrisch zurück. »Auf mich wirkte er nicht so.«

»Ich glaube schon, dass er ein ziemlich schlechtes Gewissen hat, weil wir nun auch in die Sache verwickelt sind«, meinte Anna.

Tresk schnaufte. »Lustig, wenn man bedenkt, dass wir selbst schuld daran sind.«

»Nun ja, er hätte sich ja nicht von Señor Palmers Handlangern erwischen lassen müssen«, sagte Finn. »Hätte er Aquaterra vor zwei Tagen verlassen, wie geplant, dann hätte uns Palmer keine Falle stellen können. Andererseits hätten dann auch unsere Ermittlungen in eine Sackgasse geführt.«

»Wir können viel darüber reden, was gewesen wäre oder

nicht«, erwiderte Tresk. »Ob er auf unserer Seite steht, werden wir nur herausfinden, wenn wir es versuchen. Eine andere Wahl haben wir eh nicht.«

»Gut.« Finn nickte. »Dann versuche ich mal, Omikron zu erreichen. Tresk, hältst du Wache an der Tür? Falls die Gnarfl-Brüder hier plötzlich auftauchen, brauche ich eine Sekunde, um den Kommunikator zu verstecken.«

»Mache ich.« Der junge Karadeem setzte sich vor der Tür auf den Boden und lehnte sich mit dem Rücken dagegen.

»Ist die Tür eigentlich offen?«, fragte Anna. »Ich habe nicht mitbekommen, ob die Brüder sie verschlossen haben.«

»Haben sie nicht«, sagte Tresk. »Es gab hier nirgendwo Schlüssel in den Türschlössern.«

»Das heißt, wir könnten hier einfach so raus?«

»Mal ausprobieren.« Der junge Karadeem warf Finn einen warnenden Blick zu, der daraufhin den Kommunikator in seine Hosentasche gleiten ließ. Dann drückte er die Türklinke herunter und zog die Tür nicht sonderlich heimlich auf.

Direkt vor ihm stand eines der vierarmigen grünen Insekten. »Was soll das werden?«, fragte der Zirrpide drohend.

»Ich ... äh ... habe Durst«, sagte Tresk zu ihm und sah ihn herausfordernd an.

»Jetzt gibt es nichts zu trinken«, zischte der Insektenmann. »Sei friedlich, sonst ziehe ich dir die Fellohren lang.« Er streckte einen Arm aus, und mit einem entschlossenen Ruck schloss er die Tür wieder.

Zufrieden drehte Tresk sich um und ließ sich erneut davor zu Boden sinken. »Ja, ist offen«, stellte er fest.

»Das hilft uns vielleicht, wenn wir die Burschen übertölpeln wollen«, sagte Finn. Er zog den Kommunikator wieder hervor und setzte sich an den Konferenztisch. Vorsichtig begann er, sich daran zu schaffen zu machen. Das Modell war von Karadeem-Bauart, aber das schien Finn nicht zu stören. Im Laufe der Jahre hatte er in Aquaterra mit der unterschiedlichsten Technik zu tun gehabt, das wusste Anna genau. Auch einen Karadeem-Kommunikator hatte er ein halbes Jahr besessen, natürlich im Secondhandladen gekauft, wie so vieles im Hause Hansen. Diese Geräte waren robust. Man konnte sie in die Badewanne fallen lassen oder vom Dach eines mehrstöckigen Hauses werfen, ohne dass sie kaputt gingen – Finn hatte beides ausprobiert –, aber dafür hatten sie kaum Funktionen. Man konnte mit ihnen telefonieren, sie zeigten die Uhrzeit an, und vielleicht gab es einen kleinen Kalender und eine Weckfunktion. Das war es aber auch schon. Einen Anschluss ans Datennetz hatten sie nicht; zumindest galt das für das Modell, das Finn besessen hatte, und hier schien es nicht anders zu sein.

Aber sie verlangten ja gar nicht viel von dem Gerät. Es musste nur einen Funkkontakt ins Nachbarzimmer herstellen. Und genau das tat es zu Annas großer Freude, nachdem Finn ein paar Einstellungen im Systemmenü justiert hatte. »Omikron?«, fragte er leise. »Omikron 1, kannst du mich hören?«

»Hallo, Finn«, meldete sich die vertraut blechern klingende Stimme der K.I. »Und? Wie ist die Stimmung so bei euch?«

Rasch schilderte Finn dem Programm die Lage. »Wir brauchen dich und den Professor. Ihr müsst die Zirrpiden ablenken, damit wir einen Ausbruchsversuch starten können. Dann kommen wir herausgestürmt und …« Anna sah, wie Finn zögerte. Genau genommen war ihr Plan noch nicht besonders ausgereift.

»Wir überwältigen die Zirrpiden«, übernahm Tresk selbstbewusst für ihn. »Wenn wir sie überraschen können, habe ich sie im Handumdrehen entwaffnet.«

»Und dann fahren wir ins Parkdeck im Keller, klauen einen Gleiter und verschwinden«, führte Anna ihre Überlegungen zu Ende.

»Natürlich würden wir dich und den Doktor mitnehmen«, fügte Finn hinzu. »Also. Meinst du, dass du deinen Schöpfer überreden kannst, uns zu helfen?«

»Ich will es versuchen«, versprach Omikron. »Gebt mir ein wenig Zeit.«

»Beeil dich. Wenn Señor Palmer wiederkommt, um dich ins Rathaus mitzunehmen, ist es zu spät.«

»Ich weiß.«

Finn beendete das Gespräch und hielt Tresk den Kommunikator hin. Der junge Karadeem winkte ab. »Behalte du ihn. Du hast den besseren Draht zu Omikron. Außerdem will ich nicht riskieren, dass er kaputtgeht, wenn ich mir die Zirrpiden vorknöpfe.«

»Sei bloß vorsichtig«, sagte Anna zu ihm. »Noch sind die Burschen bewaffnet. Und sie haben jeweils vier Arme. Das verleiht ihnen einen Vorteil.«

»Dafür bin ich schnell«, entgegnete Tresk. »Und ich bin ein Karadeem. Wir sind die besten Krieger der Galaxis. Wusstet ihr, dass meine Mutter ein Kampfraumschiff befehligt? Die verhaut auch gerade irgendwelche Käfer da draußen. Und die besitzen richtige Waffen, nicht bloß so Stöckchen, die, darauf wette ich mit euch, bloß betäuben.«

»Wie kommst du auf die Idee?«, fragte Anna.

»Na ja, dieser Señor Palmer ist ein Schurke, aber er ist kein Mörder. Wenn er anfängt, Kinder umzubringen, dann kann er gleich aus Aquaterra flüchten und sich irgendwo in der Wüste unter einem Stein vergraben, denn dann sind alle hinter ihm her.«

»Aber wenn du dir so sicher bist, mit den Zirrpiden fertigzuwerden, warum hast du sie dann nicht gleich in Doktor Bellinis Wohnung angegriffen?«, wollte Finn wissen.

»Weil ich sie überraschen muss«, erklärte Tresk, und seine Ohren zuckten gereizt. »Denn wenn ich getroffen werde, falle auch ich bewusstlos um. Und dann wäre nichts gewonnen. Aber wenn es mir gelingt, einem die Waffe abzuluchsen, haben wir eine Chance. Aber dazu muss ich nah an ihn ran. Und er sollte abgelenkt sein.«

»Na, für eine Ablenkung sorgt hoffentlich …«

Der Kommunikator blinkte. Finn hatte ihn auf lautlos gestellt, damit ihre Wächter nicht alarmiert wurden, wenn Omikron zurückrief.

»Omikron?«, fragte er leise.

»Nein, hier ist Matteo Bellini«, flüsterte der Wissenschaftler. Er klang sehr nervös, aber auch ein hörbarer Anflug von Entschlossenheit schwang in seiner Stimme mit. »Omikron hat mit mir gesprochen. Ich … ich werde euch helfen. Denn ihr habt recht: Palmer muss aufgehalten werden. Er darf Omikron nicht für seine schmutzigen Zwecke missbrauchen.«

Anna lag auf der Zunge, einzuwerfen, dass er lieber um sie als um das Programm Angst haben sollte. Doch ihr ging auf, dass die K.I. für den Doktor vermutlich eine Art Sohn darstellte. So seltsam das auch anmutete, er sorgte sich um Omikron, wie ihr Vater sich um sie sorgte.

»Vielen Dank, Doktor«, erwiderte Finn unterdessen. »Wie gehen wir vor?«

»Ich … äh … ich könnte für einen Stromausfall in diesem Stockwerk sorgen. Die Notbeleuchtung dürfte zwar recht schnell angehen, aber einen Moment lang wäre es ziemlich dunkel. Zirrpiden können im Dunkeln nicht gut sehen.«

»Aber Karadeem dafür umso besser«, mischte sich Tresk von der Tür her ein. Er nickte grinsend. »Klingt gut.«

»Okay, tun Sie das«, gab Finn ihr Einverständnis weiter. »Aber warnen Sie uns vor.«

»Ja … äh … gut. Haltet euch bereit. Ich melde mich.« Und wieder brach die Verbindung ab.

Anna sah, dass Tresk aufstand und sich mit unruhig peitschendem Schwanz tatendurstig die Pfoten rieb. Dann ließ er die Krallen ausfahren. Sie waren klein, aber sahen sehr spitz aus. »Jetzt werden diese Insekten erleben, wie ein Karadeem kämpft«, sagte er.

»Übertreib es nicht«, warnte Anna ihn. »Wir wollen hier nur raus. Auch wir wollen niemanden umbringen.«

Tresk grinste, wobei er seine ebenfalls spitzen Eckzähne entblößte. »Keine Angst. Ich mache denen nur klar, dass es ein Fehler war, sich mit den Karadeem anzulegen.«

Wieder blinkte der Kommunikator. Finn nickte Anna und Tresk zu. »Es geht los.« Er öffnete den Kanal. »Hier ist Finn.«

»Hier spricht Omikron«, war einmal mehr die Stimme der K.I. zu vernehmen. »Der Doktor ist bereit.«

»Wir auch«, sagte Finn.

Anna wappnete sich, die Flucht nach vorne anzutreten.

»Also auf drei?«, fragte Finn.

»Wie bitte?«, fragte Omikron.

»Zählst du bis drei, und dann legen wir los?«

»Du möchtest einen Countdown?«

»Ja, auch gut.« Finn warf Anna einen raschen Blick zu und verdrehte die Augen. Ausgerechnet jetzt erwies sich Omikron als begriffsstutzig.

»Aber gerne«, sagte die K.I. unterdessen voller Vorfreude. »Ein Countdown von drei. Kommt sofort. Dann mal alle aufgepasst.

Drei …

Zwei …

Eins …

Los!«

Kapitel 15

Hetzjagd am Himmel

Mit einem Schlag war das Licht der Deckenbeleuchtung weg. Wäre nicht durch die Metalljalousien vor den Fenstern ein wenig Helligkeit gedrungen, hätte Finn gar nichts mehr gesehen. So sah er immerhin schemenhaft, wie Tresk die Tür zu ihrem Gefängnis aufriss und mit einem Satz nach vorne hechtete. Poltern, Fauchen und erschrockene Schreie waren zu hören, als sich der wild gewordene Karadeem auf ihre Entführer stürzte.

Finn zögerte nicht lange. Auch er brach, von Anna verfolgt, durch die Tür hervor und stürmte in den finsteren Korridor. Er stieß gegen einen großen Körper, der irgendwie nach Gras roch, und trat mehr blind als gezielt nach vorne aus. Offenbar traf er etwas wie ein Schienbein, denn ein schmerzerfülltes Zischen und das Klacken von Mundwerkzeugen waren zu hören. Ein Arm streifte ihn und Finn duckte sich rasch.

Im Türrahmen zum Labor tauchte Doktor Bellini auf. Im schwachen, grünlichen Licht der aufglimmenden Notlampen erkannte Finn, dass er die Datenbrille mit Omikron auf der Nase hatte. Außerdem hielt der stämmige Mann einen großen Flachbildmonitor in den Händen, den er nun über den Kopf hob und dann mit Schwung einem der beiden Gnarfl-Brüder über den

Schädel zog. Er krachte und klirrte, als die teure Elektronik am dicken Schädelknochen des Zirrpiden zerschellte.

Ein von einem scharfen Jaulen begleiteter Blitz erhellte den Korridor. »Haha!«, entfuhr es jemandem.

»Tresk!«, rief Finn, das Schlimmste befürchtend.

»Hab einen erwischt«, verkündete der junge Karadeem triumphierend. »Der schläft eine Weile.«

Ein zornerfülltes Klackern und Zischen war zu hören.

»Oder auch nicht!«, fügte Tresk erschrocken hinzu. »Lauft, Leute.«

Mit wirbelnden Fäusten rannte Finn den Korridor hinunter. Er schaute nicht nach links und nach rechts, sondern nur nach vorne, auf die Türen, die zu den Aufzügen führten. Drei der vier Türen waren kreuzweise mit Signalband überklebt, ein deutliches Anzeichen dafür, dass diese Fahrstühle außer Betrieb waren – oder zumindest auf diesem Stockwerk nicht anhielten. Durch die vierte Tür waren sie hereingekommen, doch als Finn auf den Rufknopf drückte, blieb das Eingabefeld dunkel.

»Kein Strom«, sagte Bellini hinter ihm schnaufend.

Finn fluchte leise. Das hatte er vergessen.

»Wir nehmen die Treppe«, rief Tresk, der hinter Finn angeflitzt kam und dabei blind über die Schulter Blitze auf ihre Verfolger abschoss.

»Wo ist Anna?«, fragte Finn alarmiert.

»Hier!« Das Mädchen tauchte aus der Tür zu Palmers provisorischem Büro auf. Unter dem einen Arm trug Anna ihr geliebtes Hover-Board, das die Zirrpiden ihr zuvor weggenommen hatten. In der anderen Hand hielt sie ein Datenpadd, mit dem sie vielsagend wedelte. »Ich konnte mein Board nicht zurücklassen.

Außerdem wollten wir doch Beweise für Palmers Schandtaten haben.«

»Sehr gut!«, lobte Finn, der daran gar nicht mehr gedacht hatte.

Tresk hatte derweil bereits die Tür aufgerissen und stürmte ins hell erleuchtete Treppenhaus. Finn und Anna folgten ihm. Bellini wollte ihnen gerade nachkommen, als ein weiterer Blitz durch den Korridor schlug. Er traf ihn im Rücken. Der Doktor riss die Arme hoch und fiel der Länge nach auf der Türschwelle zu Boden. Keuchend schlug er auf, wobei ihm die Datenbrille von der Nase geschleudert wurde.

Erschrocken blieb Finn auf den Stufen stehen. »Doktor!«

»Lauft weiter«, ächzte Bellini schwach. Seine Augen waren glasig, er schien kaum noch bei Bewusstsein. »Flieht und bringt Omikron in Sicherheit.«

»Aber …«

»Tut es. Ich komme schon …« Seufzend erschlaffte er.

Wir rufen die Polizei, dachte Finn. *Die rettet Sie dann.* Rasch bückte er sich und schnappte sich die Brille mit Omikron. Anschließend wirbelte er herum und floh Tresk und Anna hinterher, die schon einen Treppenabsatz tiefer waren. Dass sie den Doktor verloren hatten, war ihnen noch gar nicht aufgefallen.

Ein paar Stockwerke über ihnen wurde eine Tür ins Treppenhaus aufgerissen. »Gnarfl-Akk!«, rief ein Mann, den Finn an seiner Stimme als Señor Palmer wiedererkannte. »Gnarfl-Bik! Was ist los?« Hastige Schritte kamen die Treppe hinunter.

»Die Kinder hauen ab!«, rief einer der Zirrpiden, die nun ebenfalls im Treppenhaus waren und mit klickenden Gelenken die Stufen nach unten nahmen. »Sie haben uns ausgetrickst.«

Mehr bekam Finn nicht mit, denn vor ihm riss Tresk die Metalltür auf, die aufs Parkdeck führte und die Freunde rannten hinaus. Beiläufig fragte sich Finn, ob sie nicht in die falsche Richtung geflohen waren. Sie hätten bloß in eins der normalen Stockwerke laufen und dort unter den Angestellten um Hilfe rufen müssen. Palmer hätte Anna, Tresk und ihn schließlich nicht vor den Augen all seiner Kollegen wieder einsammeln können.

Aber für solche Gedanken war es jetzt zu spät. Nun standen sie auf dem Parkdeck und die Rampe, die nach oben auf die Straße führte, schien gefühlt eine endlose Strecke entfernt zu liegen. Atemlos rannten sie darauf zu.

»Vielleicht sollten wir es noch einmal mit einem Gleiter versuchen!«, rief Finn.

»Das ging doch schon einmal schief«, antwortete Anna.

Hastig ließ er den Blick über die geparkten Fahrzeuge schweifen. Die meisten waren teure Nobelkarossen. Dass deren Besitzer den Codeschlüssel stecken ließen, war kaum zu erwarten. Aber dann fiel ihm etwas ins Auge.

»Da drüben!« Finn deutete nach rechts. »Da steht ein Robo-Taxi. Das nehmen wir! Damit kenne ich mich aus.«

Hinter ihnen wurde erneut die Metalltür zum Parkdeck aufgestoßen. Finn warf einen raschen Blick über die Schulter. Wie befürchtet waren es Palmer und die beiden Gnarfl-Brüder, die ihnen dicht auf den Fersen blieben.

»Stehen bleiben, ihr kleinen Kröten!«, schrie Palmer.

»Versuchen wir es«, rief Tresk und lenkte seine Schritte in Richtung des Taxis.

Der Robo-Fahrer, ein silbern glänzender Blechmann mit angedeutetem Jackett und Krawatte, stand neben dem Fahrzeug in Warteposition. Offenbar gehörte das Taxi zu den besseren, denn die ganz billigen fuhren einfach automatisch, ohne dass ein Dienstroboter mit an Bord war. Menschen wie Finns Vater sah man im Taxi-Geschäft eigentlich kaum noch. Meist handelte es sich hierbei um freie Unternehmer, die ihrem Job aus Leidenschaft nachgingen.

»Dieses Taxi ist reserviert«, informierte sie der Robo-Fahrer, als sie hereineilten. »Sie können nicht einsteigen.«

Damit hatte Finn gerechnet. »Omikron, kannst du das System übernehmen.«

»Natürlich«, antwortete die K.I. gut gelaunt. »Das dauert nur drei Sekunden.«

Exakt drei Sekunden später zuckte der Robo-Fahrer und legte verwirrt den Kopf schief. »Brauchen Sie ein Taxi?«, fragte er. »Dieses Fahrzeug ist … Huch, was geht denn hier … Ich glaube …« Seine Optiken wurden dunkel und er ließ die Schultern sinken.

»Ich habe ihn außer Gefecht gesetzt«, informierte Omikron 1 Finn. »Das Taxi ist freigeschaltet und auf manuelle Steuerung eingestellt.«

»Du bist der Beste!«, rief Finn, als er die Fahrertür aufriss. Er glitt auf den Fahrersitz, während Tresk und Anna hinten im Fond auf die Bank rutschten.

»Kannst du das Ding wirklich fahren?«, fragte Tresk und plötzlich wirkte der so furchtlose Karadeem etwas unsicher.

»Keine Sorge«, gab Finn zurück. »Wenn ich was kann, dann Taxi fahren.«

Mit fliegenden Fingern aktivierte er den Antrieb des Schwebers, während er gleichzeitig den Sicherheitsgurt einrasten ließ. Dann packte er das Steuerhorn mit beiden Händen. »Schnallt euch an, Freunde.« Er trat das Gaspedal durch.

Das Taxi machte einen Satz nach vorne aus der Parklücke heraus. Einer der Zirrpiden rannte ebenso unbeabsichtigt wie schwungvoll gegen das Fahrzeug und hinterließ einen feuchten Fleck auf dem Seitenfenster, als er mit dem insektenartigen Gesicht dagegenklatschte. Finn schrie auf und riss das Fahrzeug herum. Der Zirrpide taumelte zurück und Palmer und seinem Bruder in die Arme.

»Bloß weg hier«, drängte Tresk.

»Schon dabei«, antwortete Finn, während er den Schweber mit zunehmender Geschwindigkeit durch das Parkdeck dem Ausgang entgegensteuerte. Einmal mehr wünschte er sich eine bessere Datenbrille. Ein teureres Modell hätte die Umgebung aufgehellt und Hindernisse farbig markiert. Seine Brille war trotz Omikrons Verbesserungen leider überhaupt nicht hilfreich.

Daher nahm er die Rampe, die in einer Kurve nach oben führte, etwas zu scharf, und mit einem hässlichen Schaben schrammte er mit dem Kotflügel an der Betonmauer entlang. »Ups«, entfuhr es Finn. »Ich hoffe, das gibt keinen Ärger später.«

Einen Moment später schoss der Schweber ins Freie. Finn zog ihn nach links und in die Höhe, um nicht vom bodennahen Straßenverkehr behindert zu werden. Eigentlich durften im Luftraum von Aquaterra nur Einsatzfahrzeuge, Kurierdrohnen und Flieger mit Ausnahmegenehmigung unterwegs sein. Die Bürger wollten ihren Himmel frei von Tausenden Fluggeräten halten. Aber das hier war eine Ausnahmesituation, fand Finn. Und wenn die Polizei sie wegen verbotenen Eindringens in den Luftraum stoppte, umso besser.

»Wow, guckt euch das an!«, entfuhr es Anna. »Wir waren im CSA-Turm gefangen.«

»CSA?«, fragte Tresk und blickte nach oben. Auch Finn riskierte einen kurzen Seitenblick. Neben ihnen ragte eine imposante Säule aus Glas und Metall auf, auf der sich die Nachmittagssonne spiegelte. An der Spitze saß eine kreisrunde Plattform, vielleicht ein Landeplatz. Ein riesenhaftes Logo prangte im oberen Drittel des Turms, das die drei Buchstaben CSA zeigte.

»*Crane, Schmidt & Abrahams*«, erklärte Anna. »Das sind Anwälte und Berater und eben Makler. Ziemlich wichtige Leute in Aquaterra. Mein Vater hat schon mit ihnen zu tun gehabt.«

»Und die wollen den Zoo abreißen?« Tresk schnaubte. »Na toll.«

»Ich glaube, die wissen gar nichts von Palmers Treiben«, meinte Finn, während er gleichzeitig nervös den Himmel nach entgegenkommenden Fahrzeugen absuchte. Er hatte nicht gelogen: Er konnte Taxischweber fahren und fliegen. Allerdings nicht unbedingt im Verkehr, der in Aquaterra herrschte.

»Ja, ich kann mir auch nicht vorstellen, dass CSA in so etwas verwickelt ist«, meinte Anna. »Da muss er auf eigene Faust gehandelt haben.«

»Na, seine Chefs werden sich wundern, wenn die Polizei mit unseren Beweisen bei denen auftaucht«, sagte Tresk.

»Erst mal müssen wir es heil bis zur nächsten Polizeiwache schaffen«, keuchte Finn. Er riss den Schweber zur Seite, als eine automatisierte Drohne seinen Weg kreuzte. Dann sah er auf den Monitor der Heckkamera, auf dem ein schnittiger silberner Schweber aufgetaucht war. »Da, schaut. Wir werden verfolgt. So leicht gibt Señor Palmer offenbar nicht auf.«

Anna stöhnte auf. »Auch das noch. Was machen wir jetzt?«

»Wir geben weiter Gas, rufen um Hilfe und hoffen, dass uns die Polizei vor dem Schurken erwischt«, schlug Finn vor. Rasch zog er die Datenbrille von der Nase und warf sie hinter sich. »Wo wir davon sprechen: Anna, wähl doch mal den Notruf und sag denen, was los ist.«

»In Ordnung, mache ich, nur ...«

Ihr Satz wurde von einem heftigen Stoß unterbrochen.

»Was?«, entfuhr es Finn und er klammerte sich ans Steuerhorn, um den Schweber unter Kontrolle zu halten. Sie flogen gerade auf der Grenze zwischen Europaviertel und Regierungsviertel entlang und hier gab es mehr Hochhäuser, als ihm lieb war.

»Der spinnt doch!«, schrie Tresk aufgeregt. »Palmer hat uns gerammt. Will er, dass wir abstürzen?«

»Sieht wohl so aus«, presste Finn zwischen zusammengebissenen Zähnen hervor. Er zog den Schweber nach rechts und rauschte bedenklich nah an der Fassade des Handelszentrums der Grobb vorbei, einem massiven Klotz von einem Bauwerk. Wenn sie da gegenflogen, würden sie platt gedrückt werden wie eine Fliege an der Windschutzscheibe.

»Falke, Anna Falke«, rief Anna unterdessen mit der Datenbrille auf der Nase. »Ja, genau, wie die Tochter des Bürgermeisters. Die bin ich, hören Sie! Ich *bin* die Tochter des Bürgermeisters. Und wir werden von einem Irren verfolgt.«

Wieder wurde ihr Taxi erschüttert. »He!«, schrie Finn ihren Verfolger an. »Das Taxi gehört mir nicht!« Natürlich konnte Palmer ihn nicht hören und wenn, wäre es ihm vermutlich egal gewesen. Er warf Anna einen kurzen Blick zu. »Und?«

»Die Polizei ist auf dem Weg.«

Sie zogen an einem weiteren Hochhaus vorbei und Finn legte das Taxi in eine enge Kurve. Wenn sie ins Regierungsviertel flogen, wo der Luftraum durch zahlreiche Sicherheitsdienste überwacht wurde, war die Hilfe vielleicht noch schneller da.

Linkerhand zog der silberne Schweber mit ihnen auf eine Höhe. Finn hätte erwartet, dass seine Motorhaube ganz schön verbeult wäre, aber tatsächlich wurde die Frontpartie des Schwebers durch stabile Stoßstangen geschützt. Das Gefährt konnte offenbar austeilen, ohne dabei selbst viel Schaden zu nehmen. *Auch das noch*, ging es Finn durch den Kopf.

Einer der Zirrpiden saß am Steuer, was vielleicht die halsbrecherische Art zu fliegen erklärte. Palmer dagegen hockte im Fond und deutete grimmig auf die Freunde im Taxi. Der Zirrpide nickte und zog den Schweber rüber.

Finn reagierte sofort und drückte die Nase ihres Gefährts nach unten. Der Zirrpide streifte sie nur und verbeulte dabei das Kabinendach. Die Repulsoren unter dem Fahrzeug schüttelten das Taxi durch, aber Finn gelang es, sich davon zu lösen.

Im gleichen Augenblick schoss ihnen eine Lastdrohne in den Weg. Sie folgte einem einprogrammierten Pfad und war auf Geisterflieger nicht vorbereitet. Finn, Anna und Tresk schrien auf und Finn riss den Schweber wieder nach oben, um der Drohne auszuweichen, die einen massiv aussehenden Container transportierte. Es krachte und sie wurden kräftig durchgeschüttelt. Das Rütteln wollte gar nicht aufhören, und auf einmal fingen die Lichter auf der Instrumententafel an zu flackern.

»Was ist denn jetzt los?«, entfuhr es Finn erschrocken. Der Schweber bockte und es schien, als müsse er gegen einen großen Widerstand ansteuern.

»Wir haben uns verkeilt!«, rief Tresk von hinten.

»Was?« Finn hob den Blick und sein Mund wurde trocken. Über ihnen hing der silberne Schweber von Palmer, und seine Repulsoren trommelten auf das Dach des Taxis. Wie es aussah, hatte sich irgendein Aufbau auf dem Dach des Taxis mit dem Unterboden des anderen Fluggefährts verhakt. Finn fluchte hemmungslos und versuchte nach unten zu lenken, um sich von Palmers Schweber zu lösen. Aber es klappte nicht. Stattdessen fingen mehrere Warnsignale vor ihm rot zu glühen an. Der Motor des Schwebers heulte, mit der ungewohnten Last auf dem Buckel überfordert und sie gingen immer weiter runter.

»Oh, nein. Das wird eine Bruchlandung.« Hektisch versuchte Finn, alles aus dem Antrieb des Taxis herauszuholen, um ihren Sinkflug zu verlangsamen. Gleichzeitig suchte er die Umgebung nach einem guten Landeplatz ab. Auf einer der Straßen konnten sie nicht runtergehen. Dort herrschte viel zu viel Verkehr. Sie würden eine Massenkarambolage verursachen. Und bis zum Arboretum, wo sie vielleicht auf einer freien Wiese landen konnten, schafften sie es nicht mehr.

Plötzlich fiel sein Auge auf einen zumindest halbwegs geeigneten Platz. *Der Friedensbrunnen!* Das Geschenk der Atherier an die Stadt. Die Wasserfläche zwischen den Baumskulpturen war groß genug, um darin einen zünftigen Bauchplatscher mit einem Schweber hinzulegen. Und das Becken war auch nicht sehr tief. »Ich versuche, da vorne runterzugehen«, verkündete Finn.

»Im Wasser?« Tresk klang entsetzt.

»Es ist unsere beste Chance. Es wird uns langsamer machen und stoppen.«

Viel zu schnell kam der Brunnen näher. Verbissen klammerte sich Finn an das Steuerhorn und versuchte, den Schweber im richtigen Winkel zu halten. Sie durften nicht zu steil landen, sonst würden sie sich überschlagen. Außerdem musste er auf die ganzen dämlichen Baumskulpturen aufpassen. Er wusste, dass es sich nicht um echte Bäume handelte, sondern nur um irgendeinen Biobaustoff der Atherier. Aber er hatte keine Ahnung, wie stabil der war.

Schreiend schossen sie zwischen den Bäumen hindurch. Sie erwiesen sich als nicht sehr massiv, denn einen von ihnen streifte Finn mit dem Taxi und riss dabei große Brocken aus dem Kunstbaum. Palmers Schweber traf es noch schlimmer, denn er erwischte die Krone der Skulptur. Es war, als würde man einen Laubbläser in einen fertig zusammengekehrten Laubhaufen halten. Krachend und berstend fetzte Palmers Luxuskarosse durch das Geäst.

Und dann war sie weg. Irgendwie hatte der Aufprall die beiden Schweber voneinander gelöst. Doch Finn hatte keine Zeit mehr, sich darüber zu freuen, denn im nächsten Augenblick schlugen sie in die Wasserfläche des Brunnenbeckens ein. Eine spektakuläre Fontäne spritzte um sie herum in die Luft. Die Freunde schrien erneut auf. Das Taxi bebte und schepperte, als es über den Beckenboden schleuderte. Eine der Türen wurde halb aufgerissen und Wasser drang in die Kabine ein.

Doch Finns Trick funktionierte. Der Widerstand des Wassers verlangsamte tatsächlich ihren Schwung, bis sie schließlich knirschend an einem der Wasserspiele im Becken hängen blieben.

Stille breitete sich im Taxi aus. Finn starrte noch einige Sekunden mit weit aufgerissenen Augen auf das fröhlich plätschernde Wasser direkt vor seiner Nase, dann löste er seine schmerzhaft um das Steuerhorn verkrampften Hände und blinzelte ein paarmal. Er drehte sich zu seinen Freunden um. »Alles okay?«, fragte er.

Tresk hatte seine Krallen in das Sitzpolster geschlagen und wirkte, als habe er gerade die schlimmste Achterbahnfahrt seines Lebens hinter sich. Anna zog stöhnend den Kopf zurück, mit dem sie gegen die Vorderlehne geprallt war. Sie blutete nicht, aber Finn nahm an, dass sie eine ordentliche Beule zurückbehalten würde. »Mir geht's gut«, erwiderte sie. »Glaube ich.«

»Meine Hose ist nass«, beschwerte sich Tresk. »Und ich hoffe, es ist nur Brunnenwasser.«

In der Tat saßen sie mittlerweile bis zum Hosenboden im kalten Wasser des Friedensbrunnen, das durch die kaputte Tür eindrang. Viel höher würde es nicht steigen. Der Brunnen war kaum mehr als einen halben Meter tief. Aber unangenehm war es trotzdem.

»Gut geflogen, Finn«, sagte Anna, während im Hintergrund Polizeisirenen lauter wurden. Sie lächelte schwach. »Du hast uns rausgeholt. Und das Padd ist auch noch trocken.« Sie klopfte auf das Datenpadd, das sie krampfhaft an die Brust gedrückt hielt.

Ein Schatten verdunkelte das Fenster auf ihrer Wagenseite. »Das gehört mir!«, rief Palmer wütend. Sein Nadelstreifenanzug war zerrissen und seine Frisur ähnelte der von Doktor Rüster im QuaCo, aber er war offenbar noch immer nicht bereit den Kampf aufzugeben. Er riss die Taxitür auf und packte das Padd.

»Nein!«, schrie Anna. »Das kriegen Sie nicht.«

Tresk fauchte ihn an und schlug mit einer krallenbewehrten Pfote nach Palmers Hand. Erschrocken zog der sie zurück. »Ich mach euch fertig«, drohte er. Sein Blick hob sich und Finn erkannte an seiner Miene, dass er die nahenden Polizeigleiter sah. Warnend stach Palmer ihnen den Zeigefinger entgegen. »Wir sehen uns wieder.« Dann fuhr er herum und watete eilig durch das Brunnenbecken davon.

»Den schnappe ich mir«, verkündete Tresk. Geschickt zog er sich aus dem Wagen und auf das lädierte Dach des Taxis. Dann stieß er sich schwungvoll ab und landete genau auf Palmers Schultern. Fauchend schlug er ihm die Krallen in die abstehende Gelfrisur.

Palmer schrie auf, taumelte und versuchte den jungen Karadeem abzuschütteln, aber Tresk klammerte sich an ihn und bearbeitete ihn weiter. »Weg! Weg mit dir, du Mistviech!«, schrie Palmer. Der Menschenmann geriet aus dem Gleichgewicht und klatschte der Länge nach ins Wasser. Endlich gelang es ihm, Tresk zu packen und den Jungen von sich zu schleudern.

Aber als er wieder auf die Beine kam, triefnass und vollkommen zerzaust, erwarteten ihn schon die ersten Polizisten mit gezogenen Waffen am Beckenrand. »Keine falsche Bewegung!«, befahl einer von ihnen, während weitere Schweber mit flackernden Signallichtern landeten. »Señor Palmer, Sie sind festgenommen.«

Grinsend wandte Finn seinen Blick vom Geschehen ab, und er sah Anna an. »Den dürften wir los sein. Und erst recht, wenn wir unsere Aussage gemacht und das Padd übergeben haben. Damit ist Omikron …« Er stockte. »Anna!«, rief er. »Wo ist die Datenbrille?«

»Was?« Anna hob die Hand zum Gesicht und Verwirrung breitete sich auf ihren Zügen aus. »Ach du heilige … Die Brille! Sie ist gar nicht mehr … Ich muss sie …« Hektisch begann sie sich umzuschauen.

Finn stieg aus dem Schweber und watete darum herum. Beiläufig sah er, dass Palmers Fahrzeug einige Meter entfernt aus dem Wasser ragte und die beiden Zirrpiden gerade benommen daraus hervorkrochen. Auch sie wurden von Polizisten in Empfang genommen. Doch das interessierte Finn im Moment wenig. Seine Gedanken galten allein Omikron 1. »Ist dir die Brille vielleicht beim Aufprall auf den Boden gefallen?«, fragte er.

»Ich weiß nicht … Ich …« Anna beugte sich vor und tauchte ihren Arm ins Wasser. Suchend bewegte sie ihn herum. Dabei schien sie auf etwas zu stoßen. »Da! Ich glaube, ich habe sie.« Sie zog den Arm wieder zurück. In der Hand hielt sie Finns Brille.

Ein Stich durchfuhr Finn bei ihrem Anblick. »Oh, nein!«, entfuhr es ihm. »Omikron!«

Der Brillenrahmen selbst war praktisch unbeschädigt. Doch das Displayglas wies einen breiten Sprung auf und bunte Farben flackerten auf ihm. Außerdem war die Datenbrille tropfnass, und Finn zweifelte keine Sekunde daran, dass die Feuchtigkeit auch ins Innere vorgedrungen war, wo sich die empfindliche Elektronik befand. Was das bedeutete, war ihm sofort klar.

»Omikron!«, wiederholte er verzweifelt. »Bist du noch da?« Finn drehte sich um und begann hektisch zum Rand des Beckens zu waten. Wenn er die Brille abschaltete, öffnete und mit einem Taschentuch trocknete, konnte er den Datenspeicher vielleicht retten.

Anna kam hinter ihm her und auch Tresk gesellte sich zu ihnen. »Was ist los?«, wollte der junge Karadeem wissen.

»Beim Absturz ist die Brille ins Wasser gefallen«, erklärte Anna ihm. »Sie scheint beschädigt zu sein.«

»Und Omikron?«

»Wissen wir nicht.«

Sie erreichten das Ufer, wo sich zunehmend Schaulustige sammelten. Polizisten versuchten sie vom Tatort fernzuhalten. Hupend näherte sich ein Feuerwehrwagen, aber das war wohl nur eine Vorsichtsmaßnahme, denn keiner der Schweber brannte.

Finn war das alles völlig egal. Er hockte sich auf den Rand des Beckens und schüttelte seine Datenbrille. »Komm schon, Omikron, gib mir ein Zeichen. Bist du noch da?«

»Hallo … Finn …«, war eine blecherne und irgendwie verzerrt klingende Stimme aus den winzigen Lautsprechern der Brille zu hören.

»Omikron!«, schrie Finn. »Halte durch. Wir kriegen das wieder hin. Wir reparieren die Brille. Wir …«

Doch die K.I. schien ihn gar nicht wahrzunehmen. »Was … läuft … bei … Kann nicht … Systemfehler … Muss … Notfalltrans…«

Die Brille wurde dunkel.

»Nein.« Finn schüttelte hektisch den Kopf. »Nein, nein, nein.« Er drückte auf die Bedienungsknöpfe im Rahmen der Datenbrille. Aber nichts geschah. Sie blieb dunkel, war endgültig hinüber. Und Omikron … Finn spürte, wie ihm die Tränen in die Augen traten. »Alles umsonst«, murmelte er tonlos und ließ die Brille sinken. »Es war alles umsonst …«

Anna setzte sich neben ihn und legte ihm den Arm um die Schulter. »Es tut mir so leid, Finn. Ehrlich. Aber ganz umsonst war es nicht. Der Zoo ist gerettet. Und Omikron hat seinen Teil dazu beigetragen.«

Auch Tresk legte ihm eine Pfote auf die Schulter. Der Karadeem wirkte sehr ernst. »Omikron ist im Kampf gestorben, Finn, wie ein Held. Für einen Karadeem gibt es keinen ehrenvolleren Tod, glaub mir.«

»Toll«, erwiderte Finn verbittert. »Einfach toll.« Er wusste, dass er seinen Freunden unrecht tat. Ihr Mitleid war aufrichtig und sie wollten ihn nur aufmuntern. Aber dafür war er im Moment einfach nicht in der Stimmung.

Er ließ den Blick über die Szenerie schweifen. Es war schon kurios. Sie befanden sich fast an der gleichen Stelle, an der Finn und sein Vater Bellini vor zwei Tagen aufgelesen hatten. Hinter den Bäumen auf der anderen Straßenseite befand sich sogar der kleine Elektronikladen, der den *VisoStar* im Schaufenster präsentierte, den Finn sich an dem Abend noch so gewünscht hätte. Die hochmoderne Datenbrille blinkte und funkelte. Ein »Hallo« lief über ihr Display, um Passanten zum Anhalten und Staunen zu bewegen. Es kam Finn wie ein Hohn vor.

Er senkte den Blick wieder. *Ich würde alle* VisoStars *der Welt gegen diese alte, schrottige eine Datenbrille eintauschen*, dachte er. *Wenn bloß Omikron noch darauf und am Leben wäre.*

Aber aus diesem Handel würde wohl nichts werden.

Epilog

Gute Aussichten

»Jetzt mal ganz ehrlich, Finn Hansen.« Tresk ließ die Klettersprosse los, drehte sich im freien Fall und landete gekonnt auf dem Boden ihres Geheimverstecks, des kleinen Affenhäuschens in den Büschen von Walburga Wabbelbauchs großem Zoogehege. »Du machst mir Sorgen. Wir haben es geschafft, Mann! Señor Palmer wurde verhaftet, der Zoo ist gerettet, und wir sind aus den Klauen dieser fiesen Ganoven entkommen. Alles ist gut. Aber du ziehst hier ein Gesicht wie sieben Tage Badetag!«

Finn saß auf dem schmalen Sims an der hinteren Wand des Häuschens. Bislang hatte er zu Boden geschaut, nun aber hob er den Blick. »Sieben Tage Regenwetter, meinst du.«

»Nein, natürlich nicht. Es heißt ›sieben Tage Badetag‹.«

»Auf Katharrlon, nehme ich an?«

Tresk nickte. »Ganz genau. Und ihr Menschen sagt echt ›Regenwetter‹?«

Nun nickte Finn. »Ich schätze, wir meinen das Gleiche.«

»Das glaube ich auch«, stimmte der Karadeem ihm zu. »Nässe ist Nässe – niemand kann sie ausstehen.« Er schüttelte sich.

Finns Mundwinkel zuckten amüsiert, aber nur ganz kurz. Dann sah er wieder zu Boden.

Seufzend trat Tresk zu ihm und legte ihm eine Pfote auf die Schulter. »Ich verstehe dich ja«, sagte er sanft. »Omikron 1 war eine tolle Maschine. Wirklich absoluter Wahnsinn.«

»Er war keine Maschine«, murmelte Finn niedergeschlagen. »Sondern mein Freund.«

»Ja, meiner auch, irgendwie. Aber nicht wir sind gestern zerstört worden, Finn. Wir sind noch immer da. Du lebst. Und du musst nach vorn schauen, nicht nur zurück. Du hast noch mehr Freunde.«

»Soll das etwa ein Trost sein?« Wütend schnaubte der Menschenjunge, und sein rechter Fuß trat gegen den großen Kletterbaum. »Dass ich Omikron einfach ersetzen kann? Das kann ich nicht, Tresk. Niemand ist ersetzbar. Omikron war einzigartig.«

»Das ist jeder, sagt mein Vater immer. Uns gibt's alle nur einmal.«

»Na bitte.« Finn klang gleichzeitig trotzig und traurig. »Also spar dir die aufmunternden Sprüche, einverstanden? Du meinst es gut, das weiß ich. Aber … Ich bin heute nicht in der Stimmung, okay?«

Tresk gab auf. Er hatte es versucht, doch Finn schien nicht einmal zu wollen, dass man ihn aufheiterte und auf andere Gedanken brachte. Hilflos ging der junge Karadeem zur Tür des kleinen Affenhäuschens, öffnete sie und trat ins Freie.

Draußen war herrliches Wetter. Der neue Tag bescherte der Stadt im Meer wieder strahlenden Sonnenschein und blauen Himmel. Durch das Blattwerk der Bäume und Büsche konnte Tresk die Mioww-Seekuh in ihrem Wassergraben sehen, dahinter den Zaun des Geheges und sogar ein paar Zoobesucher, die staunend an diesem standen, um Walburga zu bewundern. Alles sah friedlich aus, friedlich und harmonisch. Ganz so, wie die Gründer von Aquaterra es sich damals sicher gewünscht hatten.

Plötzlich fiel vor Tresk ein Kopf aus dem Himmel.

Zumindest glaubte er dies im ersten Schreckmoment. Doch schon in der nächsten Sekunde erkannte er, dass zu dem Kopf auch ein Körper gehörte, der allerdings verkehrt herum vor ihm in der Luft hing und lachend »Buh!« rief.

»Was in aller Welt …« Fragend blickte Tresk auf.

Anna lachte noch immer. Das blonde Erdenmädchen hing, die Beine sorgsam verhakt, vom untersten Ast eines Baumes, als wäre es eine größere Version von Heisenberg. Und seine Augen funkelten heller als der silberne Rucksack, den es an diesem Morgen dabeihatte und aus dem ihr Hover-Board gut verschnürt herausragte.

»Was machst du da?«, wunderte sich Tresk. »Was soll das?«

Anna zog sich wieder auf den Ast hoch, drehte sich dann um und sprang elegant zu Boden. »Heisenberg und ich sind ein wenig geklettert. Du machst das doch immer so gern, und ich dachte mir, ich könnte ja mal versuchen, ein wenig mehr wie du zu sein. Aufeinander zugehen, so nennt mein Vater das immer. Sich in den anderen hineinversetzen.«

Tresk verstand immer weniger. »Du bist meinetwegen in den Baum geklettert? Was soll das denn bringen?« Er sah nach oben. Auf einem der Bäume, die das kleine Häuschen umgaben, hockte tatsächlich noch das blaue Limuri-Äffchen. Als Heisenberg ihn ansah, verzog er das Gesicht zu einem breiten Affengrinsen.

»Na, ehrlich gesagt, wollte ich dich ein bisschen erschrecken«, gestand Anna. »Hauptsächlich. Also, dich und Finn, meine ich.« Sie runzelte die Stirn. »Wo steckt der eigentlich?«

Der Karadeem seufzte. »Drinnen«, sagte er leise.

Anna verstand, und ihre Miene verfinsterte sich. »So schlimm?«

Er nickte. »Mhm.«

Auf einen Wink Annas hin, sprang Heisenberg vom Baum und auf die Schultern des Mädchens. Dann traten sie und Tresk ins alte Affenhaus. Finn hockte noch immer auf seinem Sims. Anna setzte sich rechts neben ihn, Tresk links. Gemeinsam schwiegen sie eine Weile, während draußen vor der offen stehenden Tür der Vormittag erstrahlte und das fröhliche Gelächter der Zoobesucher herüberwehte.

»Er war eine gute K.I.«, sagte Tresk schließlich.

»Absolut«, stimmte Anna zu.

»Die Tollste, die es je gab«, murmelte Finn.

Tresk sah ihn an. »Okay, die Brille war Schrott, aber die K.I. …«

Dann prusteten er und Anna los, und nach einem kurzen Moment des Zögerns stimmte sogar Finn mit ein. »Die Brille war sogar *riesiger* Schrott«, sagte der Menschenjunge.

Der Moment der Traurigkeit war vergangen. Omikron 1 fehlte den Freunden, aber sie hatten noch immer die Zukunft. Und auch die hatte Bedeutung.

»In dem Fall ist das hier ja vielleicht doch ein kleiner Trost«, sagte Anna. Sie zog den Rucksack aus und stellte ihn vor sich auf den Boden. Dann entnahm sie ihm das Hover-Board, legte es beiseite und griff erneut in die Tasche. Diesmal zog sie eine rechteckige flache Schachtel daraus hervor. »Ich habe sie gestern im Schaufenster am Friedensbrunnen entdeckt. Und ich dachte mir, du brauchst doch jetzt einen Ersatz, nachdem die alte Brille kaputt ist.« Sie zwinkerte ihm zu. »Das hier wird dir gefallen, glaube ich.« Damit hielt sie Finn die Schachtel hin.

Der machte große – und durchaus finster wirkende – Augen. »Ist das etwa …«

»Ist es«, erwiderte Anna mit aufmunterndem Nicken.

Finn zögerte. »Du, das ist nett. Aber ich weiß nicht, ob ich so kurz nach Omikrons …«

Nun hatte Tresk genug. »Jetzt mach das Ding schon auf, Finn«, beschwerte er sich. »Ihr zwei mögt ja wissen, was da drin ist, aber ich habe keinen blassen Schimmer. Und daheim auf Katharrlon ziert man sich auch nicht so, wenn man etwas geschenkt bekommt. Man sagt ›Danke‹ und freut sich.«

Endlich nahm Finn die Schachtel und öffnete sie spürbar lustlos. Darin lag, sicher verpackt, eine brandneu aussehende Datenbrille. *VisoStar 3000* stand auf ihren mattschwarzen Bügeln, und sie wirkte viel, viel moderner und cooler als das alte Ding, das er bis gestern besessen hatte. Dem Aufdruck auf der Schachtelinnenseite nach zu urteilen, machte die Fülle ihrer verschiedenen Features und Funktionen beinahe schon Asimov, dem Supercomputer, Konkurrenz.

»Wow«, staunte Tresk. »*Das* nenne ich mal eine Brille.«

Finn sah zu Anna. »D…Danke«, stammelte er. »Das ist lieb gemeint, aber …«

»Aber?« Tresk zuckte mit den Ohren. »Aber? He, du Fellloser! Das ist die tollste Datenbrille aller Zeiten! Das Neueste vom Neuen. Was stört dich daran?«

»Sie ist nicht Omikron«, erklärte Finn. »Versteh das nicht falsch, Anna. Ich weiß das hier echt zu schätzen, nur … Es geht nicht um die Brille. Brillen *sind* ersetzbar. Omikron 1 ist es nicht.«

Anna schmunzelte. Ihr schien das Geschenk ein diebisches Vergnügen zu bereiten. »Zieh sie mal an, Finn.«

Der Menschenjunge seufzte. »Ach, lass mal. Ich hab keine …«

»Zieh sie an«, unterbrach sie ihn drängend, und ihr Schmunzeln wurde immer breiter.

Finn stutzte. Irritiert sah er von Anna zur Brille. Dann gehorchte er. Er nahm die Brille aus ihrer Verpackung, setzte sie sich auf die Nase und aktivierte das Gerät.

Sofort erklang eine wohlbekannte Stimme. »Hallo, Finn. Alles klar bei dir?«

»Was?« Tresk sprang auf. »Ist das etwa … Das kann doch gar nicht sein!«

Anna lachte. »Das habe ich zuerst auch gedacht.«

»Ich fasse es nicht«, hauchte Finn. Seine Hände fuhren langsam durch die Luft; er schien das Menü der neuen Brille durchzublättern, das nur er sehen konnte. »Omikron, bist du das wirklich?«

»Ja, Finn«, bestätigte die Künstliche Intelligenz. »Anna hat mich gefunden, weißt du? Heute früh in diesem Schaufenster.«

»Moment, Moment«, bat Tresk. Noch immer verstand er kaum ein Wort, obwohl sein Übersetzerohrstöpsel tadellos funktionierte. »Was denn jetzt für ein Schaufenster? Leute, was passiert hier?«

»Ich bin direkt nach dem Frühstück dorthin gefahren«, erzählte Anna. Zu dem kleinen Laden neben dem Friedensbrunnen. Da, wo wir gestern abgestürzt sind, erinnert ihr euch?«

Tresk nickte. Da war tatsächlich ein Laden für technische Geräte gewesen.

»Ich hatte die *VisoStar* da gestern schon liegen sehen. Und als wir uns nach dem Absturz und allem auf den Heimweg machten, fiel mir auf, dass die Brille ›Hallo‹ anzeigte und auffällig blinkte.«

Finn zuckte mit den Schultern. »Ja, das habe ich auch gesehen. Aber das war doch Werbung.«

»Dachte ich auch zuerst. Aber abends überkamen mich Zweifel. Ich wusste doch, wie schnell sich Omikron von einem Gerät zum anderen überspielen kann. Und es kam mir schon seltsam vor, dass eine Brille ›Hallo‹ sagt. Warum sollte sie das tun? Datenbrillen sind nur Geräte, keine Roboter oder eben Künstliche Intelligenzen. Also bin ich noch einmal in den Laden gefahren – und fand dort zu meiner Freude tatsächlich Omikron, der in der *VisoStar* steckte.«

»Ich bin froh, dass wenigstens einer von euch meine Botschaft verstanden hat«, warf die K.I. ein.

»Wahnsinn«, murmelte Finn. In seiner Stimme lag fast so etwas wie Ehrfurcht. »Aber es ergibt tatsächlich so viel Sinn. Die alte Brille gab den Geist auf. Und deine einzige Chance, zu überleben, war es, das Gerät zu wechseln, wie damals im Taxi, als du dich auf meine Brille kopiert hast.«

»So ist es«, bestätigte die K.I. selbstzufrieden. »Es war knapp, aber es hat gerade noch funktioniert.

»Und dieses andere Gerät …« Beeindruckt deutete Tresk auf die *VisoStar*-Brille.

»Es war das Nächstbeste«, sagte Omikron 1. »Ganz ehrlich. Es lag ja direkt im Schaufenster, nur wenige Meter vom Friedensbrunnen entfernt.«

»Aber war die Brille nicht ziemlich teuer?«, fragte Tresk Anna. »Du konntest sie ja nicht einfach mitnehmen, nur weil Omikron sich darin eingenistet hat.«

»Stimmt schon, kaufen musste ich sie«, bestätigte Anna. »Und sie war auch nicht ganz billig. Aber als ich meinem Vater von Omikron erzählte, gab er mir das Geld sofort. Er will auch, dass du nicht mehr so traurig bist, Finn. Außerdem findet er, wir alle hätten uns eine Belohnung verdient. Dank uns bleibt der Zoo bestehen. Habt ihr gewusst, dass sich *Crane, Schmidt & Abrahams* bei Direktor at Damaar entschuldigt hat? Mehr noch, die Chefs der Firma wollen dem Zoo sogar Geld spenden, so sehr ärgert es sie, was Señor Palmer ohne ihr Wissen alles verbrochen hat!«

»Was für eine tolle Geschichte!« Tresk staunte nicht schlecht. Das waren sehr gute Nachrichten. Seit dem vergangenen Abend musste sich hinter den Kulissen von Aquaterra einiges getan haben. Er griff nach einem Ast des Kletterbaumes und schwang sich in die Höhe, so sehr freute er sich.

Heisenberg sah ihm kurz zu, kratzte sich am Kopf und kletterte dann ebenfalls auf den Baum.

»Ja, ich finde sie auch äußerst erfreulich«, sagte Omikron. »Zumal ich jetzt endlich genügend Speicherplatz habe, um mich weiter zu entfalten. Diese Brille bietet mir ganz neue Möglichkeiten. Ich bin ehrlich gespannt, was die Zukunft bringt.«

»Das bin ich auch«, sagte Finn. Er zog die Brille aus und sah Anna an. Dann umarmte er sie und drückte sie ganz fest.

»Na, eins bringt sie ganz sicher«, sagte Tresk und ließ sich kopfüber vom Kletterbaum hängen, wie er es gernhatte. »Einen schönen neuen Tag. Und er hat schon angefangen. Was meint ihr, Menschen? Sollen wir ihn nicht viel lieber draußen genießen? In der Sonne?«

»Sehr guter Vorschlag«, fand Anna. Sie nahm sich ihren Rucksack und das Hover-Board. »Am Strand vielleicht? Habt ihr Lust?«

Finn nickte. »Strand klingt super.«

»Wasser?« Tresk erschrak so sehr, dass er fast den Halt verlor. »Schon wieder Wasser? Davon hatte ich wirklich mehr als genug! Wir könnten doch auch in jeden anderen Winkel der Stadt gehen. Zurück ins Arboretum, beispielsweise. Da war's doch toll!«

Der Menschenjunge schüttelte den Kopf. »Also, nichts für ungut, Tresk«, sagte er grinsend. »Aber du kannst doch nicht ein Brunnenbecken mit dem Meer vergleichen. Das ist was völlig anderes.«

»Du kannst doch kein Bürger von Aquaterra sein, ohne das Wellenrauschen des Atlantiks zu kennen und dir den Seewind um die Nase wehen zu lassen«, stimmte Anna ein, ebenfalls grinsend. »Diese Stadt liebt das Meer. Und genau das bringen wir dir heute bei. Aufeinander zugehen, schon vergessen? Sich in den anderen hineinversetzen.«

Tresk sprang vom Baum und landete auf den Füßen. »Meint ihr wirklich, das ist nötig?«

»Absolut«, sagten Finn und Anna einstimmig. Dann nahmen sie ihren neuen Freund an den Pfoten und gingen einfach los.

Perplies, Bernd und Humberg, Christian:
Die Wächter von Aquaterra
ISBN 978 3 522 18452 6

Einbandgestaltung: Timo Kümmel
Innentypografie: FSM Premedia GmbH & Co. KG, Münster
Reproduktion: Digitalprint GmbH, Stuttgart
Druck und Bindung: GGP Media GmbH, Pößneck

FSC
www.fsc.org
MIX
Papier aus verantwortungsvollen Quellen
FSC® C014496

Leseprobe aus
„Die unheimlichen Fälle des Lucius Adler –
Jagd auf den Unsichtbaren“

»Mann, das ist echt gruselig!«

Lucius Adler, Sohn der berühmten Zauberkünstlerin und Meisterdiebin Irene Adler, stand vor dem offenen Sarkophag und starrte auf die Mumie, die darin lag. Es handelte sich um eine mannsgroße Gestalt, die in schmutzig weiße Leinenbinden eingewickelt war. Vor dem Gesicht hing eine matt glänzende Bronzemaske, die einen ernsten jungen Mann zeigte. Die Arme waren mürrisch vor der Brust gefaltet.

»Du hast recht«, pflichtete sein Freund Harold Cavor ihm bei. Der Junge mit der Nickelbrille hatte die Arme um den schmächtigen Leib geschlungen und musterte ihr totes Gegenüber ausgesprochen skeptisch. »Warum muss bei dieser Party auch unbedingt eine Mumie ausgewickelt werden? Hätten die keinen Automatenmann zerlegen können? Da hätte ich wenigstens noch etwas Hilfreiches lernen können, falls bei James mal wieder was kaputt ist.«

James war Harolds Butler, ein dampfendes, quietschendes Wunder aus Kolben, Zahnrädern und Messingverstrebungen, das Harold aus Schrottteilen selbst zusammengebastelt hatte. Harolds Vater war ein erfolgreicher Automatenbauer, und Harold hatte sein Talent ganz offensichtlich geerbt. Im Unterschied zu gewöhnlichen Automaten war James jedoch bei einem Ausflug vor eineinhalb Jahren vom Blitz getroffen worden, und seitdem verhielt er sich – das konnte auch Lucius bezeugen – beinahe wie ein lebendiges Wesen.

»Tja«, meinte Lucius und verschränkte wie die Mumie die Arme vor der Brust. »Du warst es, der mich hierher mitgeschleppt hat. Also beschwer dich jetzt nicht.«

»Aber in der Einladung stand nichts von einer Mumienauswicklung«, klagte Harold. »Das wäre interessant für Sebastian oder Theo gewesen, aber ist doch nichts für mich.«

Sebastian Quatermain und Theodosia Paddington, ihre beiden Freunde, fehlten heute Abend. Harolds Vater hatte seinem Sohn nur einen Begleiter erlaubt, und Harolds Wahl war auf Lucius gefallen. Das lag nicht daran, dass er Lucius den anderen beiden vorgezogen hätte. Bloß war Sebastian mit seinem alten Herrn, dem großen Afrikaforscher Allan Quatermain jr., heute Abend selbst zu Gast bei einer Veranstaltung in London. Und Theo zu fragen, ob sie ihn begleiten würde, hatte Harold sich nicht getraut, wie er Lucius unter vier Augen verriet.

Lucius hatte darüber nur gestaunt. »Warum denn nicht? Theo beißt doch nicht.«

Daraufhin hatte Harold rote Ohren bekommen und gemurmelt, dass aber vielleicht Miss Sophie, die Schmuseschlange des in Indien aufgewachsenen Mädchens, beißen könnte. Was natürlich Unsinn war, denn Miss Sophie war ein Tigerpython, und Tigerpythons gehörten zu den Würgeschlangen. Ganz abgesehen davon war sie zahm und noch nie durch mehr als ein unwilliges Zischen aufgefallen. Und das gab sie auch nur dann von sich, wenn Lucius oder Sebastian sich versehentlich auf sie setzten – was manchmal passierte, denn Miss Sophie liebte es, sich unter Sofakissen zusammenzurollen.

Welches Problem auch immer Harold mit Theo hatte, Lucius jedenfalls freute sich, dass sein Freund ihn ausgewählt hatte, um dieser Feier beizuwohnen.

Zunächst war er eigentlich gar nicht begeistert gewesen, denn Harold hatte die Veranstaltung ungefähr so beworben: »He, Lucius, mein Vater nimmt mich morgen Abend mit auf eine Wohltätigkeitsveranstaltung der Wissenschaftlichen Gesellschaft. Da laufen ansonsten nur grauhaarige Professoren herum. Ich brauche dringend jemanden, der mir beisteht.«

Das hatte in etwa so verlockend geklungen, wie bei Regen die Straße vor der Baker Street 221b zu fegen, wo Lucius wohnte.

Doch als Lucius darüber nachgedacht hatte, war ihm aufgegangen, dass es Schlimmeres gab. Beispielsweise am Abend einmal mehr in seinem Zimmer im ersten Stock zu sitzen und lesen zu müssen, weil man in der Baker Street 221b nicht laut sein durfte. Das störte den Herrn des Hauses nämlich beim Nachdenken. Zumindest behauptete er das.

Bei diesem handelte es sich um den Meisterdetektiv Sherlock Holmes, den unbestritten größten Ermittler, den die Krone von England je gehabt hatte. Lucius lebte bei Holmes, solange seine Mutter außer Landes weilte, denn Holmes war ein alter Freund von Irene Adler – wenn auch ein etwas seltsamer Freund, wie Lucius fand. Er erinnerte sich noch gut an den Tag, an dem seine Mutter und er zum ersten Mal in der Baker Street 221b aufgetaucht waren. Eigentlich hatten sich Irene und Sherlock nur gestritten. Trotzdem war sie schließlich mit tränenfeuchten Augen und ohne Lucius aus London abgereist.

Warum seine Mutter untertauchen musste und wohin sie verschwunden war, wusste er nicht. Ebenso wenig wusste er, wie lange Irene fort sein würde. Aber er ahnte, dass er noch eine ganze Weile bei Holmes, dessen gemütlichen und stets hungrigen Freund Doktor Watson und der fürsorglichen Haushälterin Mrs Hudson wohnen würde. Insofern kam ihm jede Ablenkung vom täglichen Einerlei recht.

Zumal der Abend doch deutlich spannender zu werden schien, als Lucius anfangs befürchtet hatte. Die Mumienauswicklung, ein beliebter Partyspaß im London des Jahres 1895, ließ sein zwölfjähriges Herz vor Aufregung schneller schlagen. Er hatte schon oft davon gehört, aber natürlich nie an einer solchen teilnehmen dürfen. Hätte Mrs Hudson gewusst, dass bei der Wohltätigkeitsveranstaltung ein seit mehr als dreitausend Jahren toter Mann aus dem alten Ägypten zu Gast sein würde, hätte sie Lucius vermutlich nicht hingehen lassen. Zum Glück hatte die Einladung ihres Gastgebers Professor Brimblewood, der mit dieser Abendveranstaltung Geld für irgendeine Expedition nach Ägypten sammeln wollte, davon nichts verraten. Und Harolds Vater schien der Ansicht zu sein, dass jede Form der wissenschaftlichen Betätigung für

Jungs in Lucius' und Harolds Alter gut war – egal wie gruselig sie daherkam.

Lucius wandte den Blick von der Mumie ab und ließ ihn durch den Raum schweifen. Professor Brimblewood lebte in Mayfair, einem der besseren Viertel von London, unweit des Hyde Parks, wie Harold die große Grünanlage vor der Tür genannt hatte. Ihr Gastgeber war alt, schien Wert auf ein gepflegtes Auftreten zu legen und besaß offenbar viel Geld. Das alles spiegelte sich auch in der Einrichtung seines Hauses wider. In dem Wohnzimmer, in dem sie sich aufhielten, standen schwere, dunkle Holzmöbel herum, auf dem Boden lag ein Perserteppich, und von der hohen, stuckverzierten Decke hing ein protziger und blitzblanker Kristallleuchter.

Die Gäste, die Brimblewood eingeladen hatte, passten wiederum zum Mobiliar. Es handelte sich überwiegend um Männer, die mindestens so alt wie Doktor Watson waren, in grauen oder braunen Anzügen steckten und ebenso ernst wie wichtig dreinschauten. Einige von ihnen wurden von Frauen in kostbarer Abendgarderobe begleitet, manche hager und streng wie eine Gouvernante, andere rundlich und mit einem mütterlichen Lächeln auf den Lippen, wann immer ihr Blick den von Lucius und Harold kreuzte. Es roch nach Pomade, Duftwasser und Mottenkugeln. Sherlock Holmes hätte sich hier wie zu Hause gefühlt.

Ein kleiner, dürrer Mann gesellte sich zu Lucius und Harold. Er hieß Doktor Farnsworth, wenn Lucius seinen Namen von der Vorstellungsrunde vorhin richtig in Erinnerung hatte. Seine dunkle Kleidung, das blasse, schmale Gesicht, der fast haarlose Schädel und die leicht vorgebeugte Haltung verliehen ihm den Eindruck eines Totengräbers. Nur sein verschmitztes Lächeln passte nicht ganz dazu. »Na, Jungs, was haltet ihr von unserem guten Mantuhotep?«

So hieß die Mumie also. »Er ist ja noch völlig eingewickelt«, antwortete Lucius. »Viel sieht man von ihm nicht.«

»Wie schaut er eigentlich unter den Binden aus?«, wollte Harold wissen.

Farnsworth machte ein geheimnisvolles Gesicht. »Das wüsstet ihr wohl gerne, hm? Nun, wahrscheinlich wird seine Haut ganz braun und ledrig sein, vollkommen vertrocknet. Die alten Ägypter haben ihre Toten nämlich, nachdem sie ihnen die Eingeweide entnommen hatten, in ein Natronbad gelegt, um ihren Körpern alle Feuchtigkeit zu entziehen. Weiterhin dürften seine Haare dünn und verfilzt sein und seine Glieder völlig dürr und knochig.«

»Igitt«, murmelte Harold. »Warum wird so jemand überhaupt ausgepackt?«

»Es ist ein schauriges Glücksspiel«, verriet Farnsworth. Er senkte vertraulich die Stimme. »Die Gäste hoffen, zwischen den Binden wertvolle Amulette zu finden.«

Als Lucius das hörte, blickte er mit frisch entfachter Neugierde auf die eingewickelte Gestalt. »Die alten Ägypter haben ihren Toten Schmuck mit ins Grab gegeben?«

»Oh ja.« Der kleine Mann nickte. »Kleinode aus Gold und Edelsteinen. Was glaubt ihr, warum die Pyramiden bei Grabräubern so beliebt sind. Aber Vorsicht! Die alten Ägypter waren auch in den magischen Künsten bewandert, und sie haben ihre Toten mit Schutzzaubern belegt, die jeden frechen Dieb verfluchen sollten.«

Das verpasste Lucius' Neugierde gleich wieder einen Dämpfer. Mit Unglück bringender Magie hatten seine Freunde und er schon genug Erfahrungen gemacht. Beinahe wären sie vor ein paar Wochen alle in den Bann des Goldenen Machtkristalls geraten, eines gefährlichen Artefakts, das Sebastians Vater unwissentlich von seiner letzten Afrikaexpedition mit nach London gebracht hatte.

»Der Fluch der Mumie ...« Harold wich einen Schritt von dem eingewickelten Mann zurück. »Das klingt gar nicht gut.« Er warf Lucius einen Blick zu, der besagte, dass auch er sich noch lebhaft an ihr letztes Abenteuer erinnerte.

Farnsworth blickte unheilvoll von einem zum anderen. »Der Fluch der Mumie ...«, wiederholte er. »Wir sollten uns vor ihm fürchten. Denn nach allem, was man weiß, war Mantuhotep kein Niemand in seiner Heimat. Er war der Sohn eines Hohepriesters, der von einem Gottlosen im Schlaf ermordet wurde. Es würde mich nicht wundern, wenn sein zorniger Vater ihm einiges mit ins Grab gegeben hätte, damit wenigstens seine Totenruhe ungestört bleibt.«

Lucius spürte, wie ihm ein Schauer über den Rücken lief. Vielleicht hätte er doch besser in der Baker Street bleiben sollen.

Lucius Adler und die Baker-Street-Bande lösen jeden Fall

Bernd Perplies · Christian Humberg

Die unheimlichen Fälle des Lucius Adler – Der Goldene Machtkristall

Band 1 · 288 Seiten · Gebunden · ISBN 978-3-522-18400-7

Dass er kurz nach seiner Ankunft in London im größten Abenteuer seines Lebens steckt, hätte Lucius nie geahnt. Zum Glück sind seine neuen Freunde mit allen Wassern gewaschen: Theodosia besitzt übersinnliche Kräfte, Sebastian hat schon gegen Löwen gekämpft und Harold, der junge Erfinder, hat einen Automatenmann gebaut. Zusammen machen sie sich auf die Suche nach einem geheimnisvollen Kristall, der aus dem Museum gestohlen wurde – und der von dunkler Magie erfüllt ist!

Bernd Perplies · Christian Humberg

Die unheimlichen Fälle des Lucius Adler – Jagd auf den Unsichtbaren

Band 2 · 304 Seiten · Gebunden
ISBN 978-3-522-18438-0

Bernd Perplies · Christian Humberg

Die unheimlichen Fälle des Lucius Adler – Angriff der Automatenmenschen

Band 3 · 288 Seiten · Gebunden
ISBN 978-3-522-18448-9

THIENEMANN
Wir schreiben Geschichten!

www.thienemann-esslinger.de